Image Comics presenta

™

LOS MUERTOS VIVIENTES

WITHDRAWN

ROBERT KIRKMAN
CREADOR, ESCRITOR, LETRISTA

CHARLIE ADLARD
TRAZOS, ENTINTADOR

CLIFF RATHBURN
GRISES

TONY MOORE
PORTADA

For SKYBOUND ENTERTAINMENT

Robert Kirkman - CEO
J.J. Didde - President
Sean Mackiewicz - Editorial Director
Shawn Kirkham - Director of Business Development
Helen Leigh - Office Manager
Brian Huntington - Online Editorial Director
Lizzy Iverson - Administrative Assistant

FOR INTERNATIONAL RIGHTS INQUIRIES, PLEASE CONTACT FOREIGN@SKYBOUND.COM

WWW.SKYBOUND.COM

IMAGE COMICS, INC.
Robert Kirkman – Chief Operating Officer
Erik Larsen – Chief Financial Officer
Todd McFarlane – President
Marc Silvestri – Chief Executive Officer
Jim Valentino – Vice-President

Eric Stephenson – Publisher
Ron Richards – Director of Business Development
Jennifer de Guzman – Director of Trade Book Sales
Kat Salazar – Director of PR & Marketing
Jeremy Sullivan – Director of Digital Sales
Emilio Bautista – Sales Assistant
Branwyn Bigglestone – Senior Accounts Manager
Emily Miller – Accounts Manager
Jessica Ambriz – Administrative Assistant
Tyler Shainline – Events Coordinator
David Brothers – Content Manager
Jonathan Chan – Production Manager
Drew Gill – Art Director
Meredith Wallace – Print Manager
Monica Garcia – Senior Production Artist
Jenna Savage – Production Artist
Addison Duke – Production Artist
Tricia Ramos – Production Assistant
IMAGECOMICS.COM

THE WALKING DEAD, VOL. 3 SPANISH EDITION. First Printing. Published by Image Comics, Inc. Office of publication: 2001 Center Street, Sixth Floor, Berkeley, California 94704.

PRINTED IN THE USA

ISBN: 978-1-60706-883-9

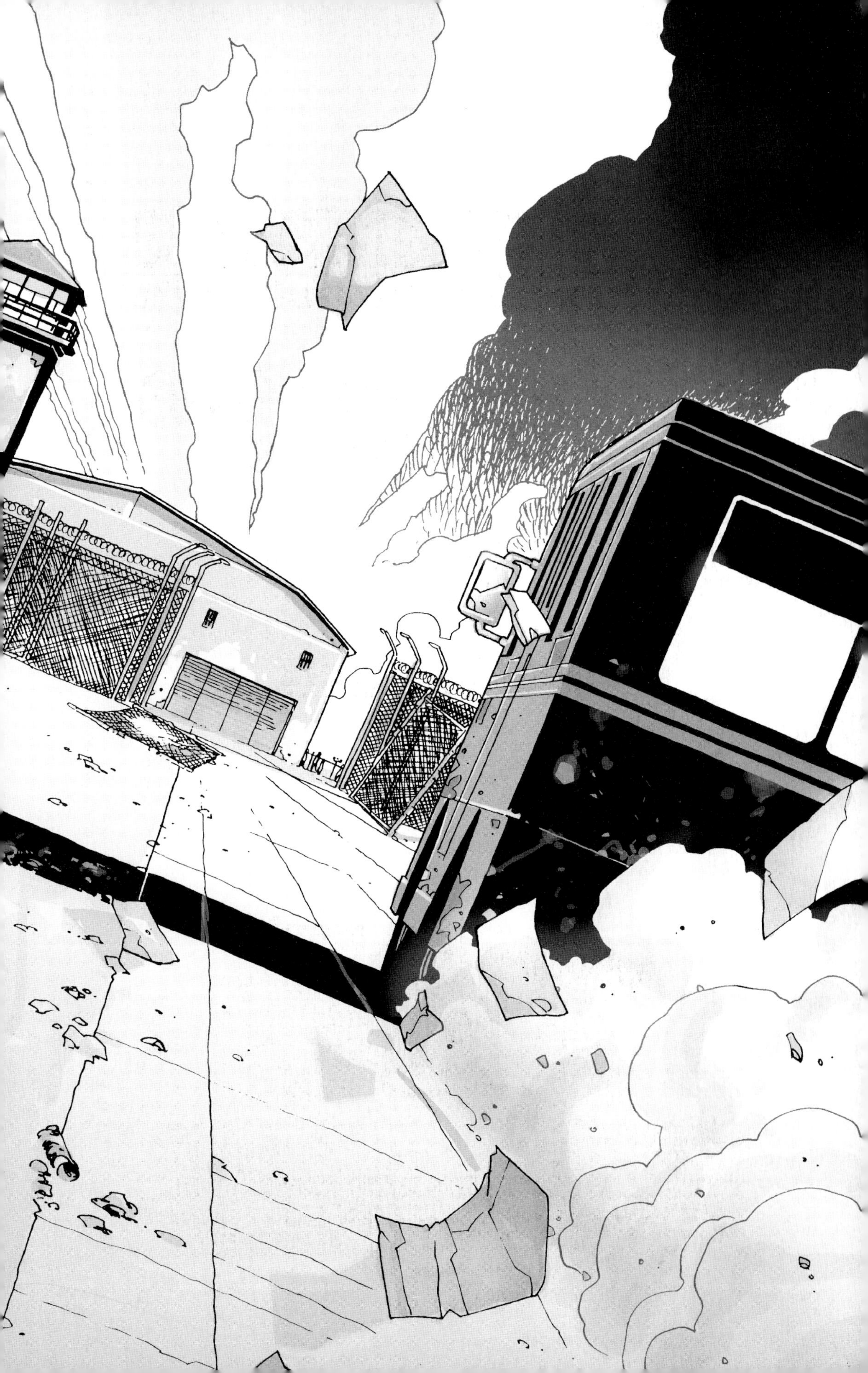

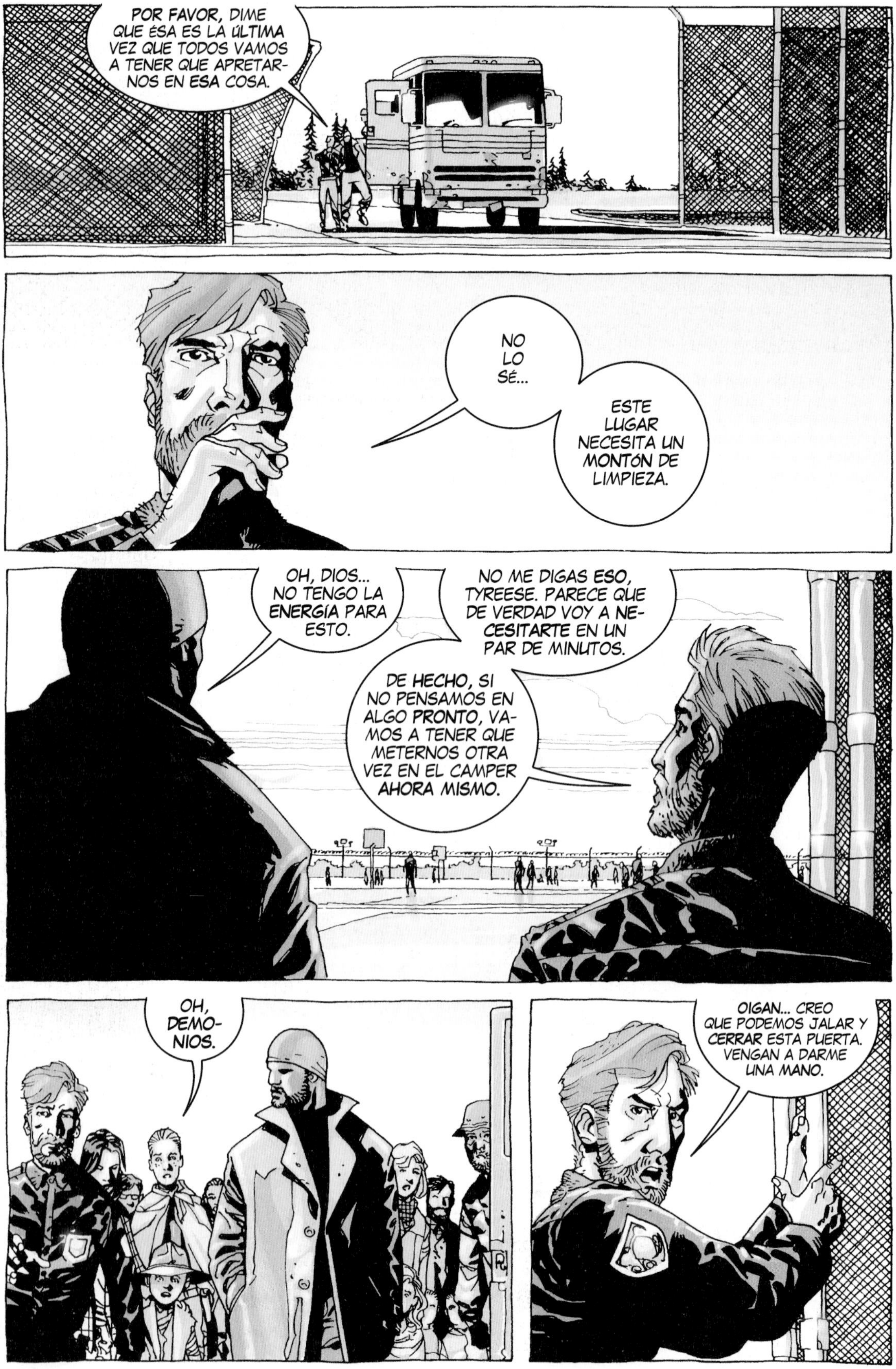

POR FAVOR, DIME QUE ÉSA ES LA ÚLTIMA VEZ QUE TODOS VAMOS A TENER QUE APRETAR-NOS EN ESA COSA.
NO LO SÉ...
ESTE LUGAR NECESITA UN MONTÓN DE LIMPIEZA.
OH, DIOS... NO TENGO LA ENERGÍA PARA ESTO.
NO ME DIGAS ESO, TYREESE. PARECE QUE DE VERDAD VOY A NE-CESITARTE EN UN PAR DE MINUTOS.
DE HECHO, SI NO PENSAMOS EN ALGO PRONTO, VA-MOS A TENER QUE METERNOS OTRA VEZ EN EL CAMPER AHORA MISMO.
OH, DEMO-NIOS.
OIGAN... CREO QUE PODEMOS JALAR Y CERRAR ESTA PUERTA. VENGAN A DARME UNA MANO.

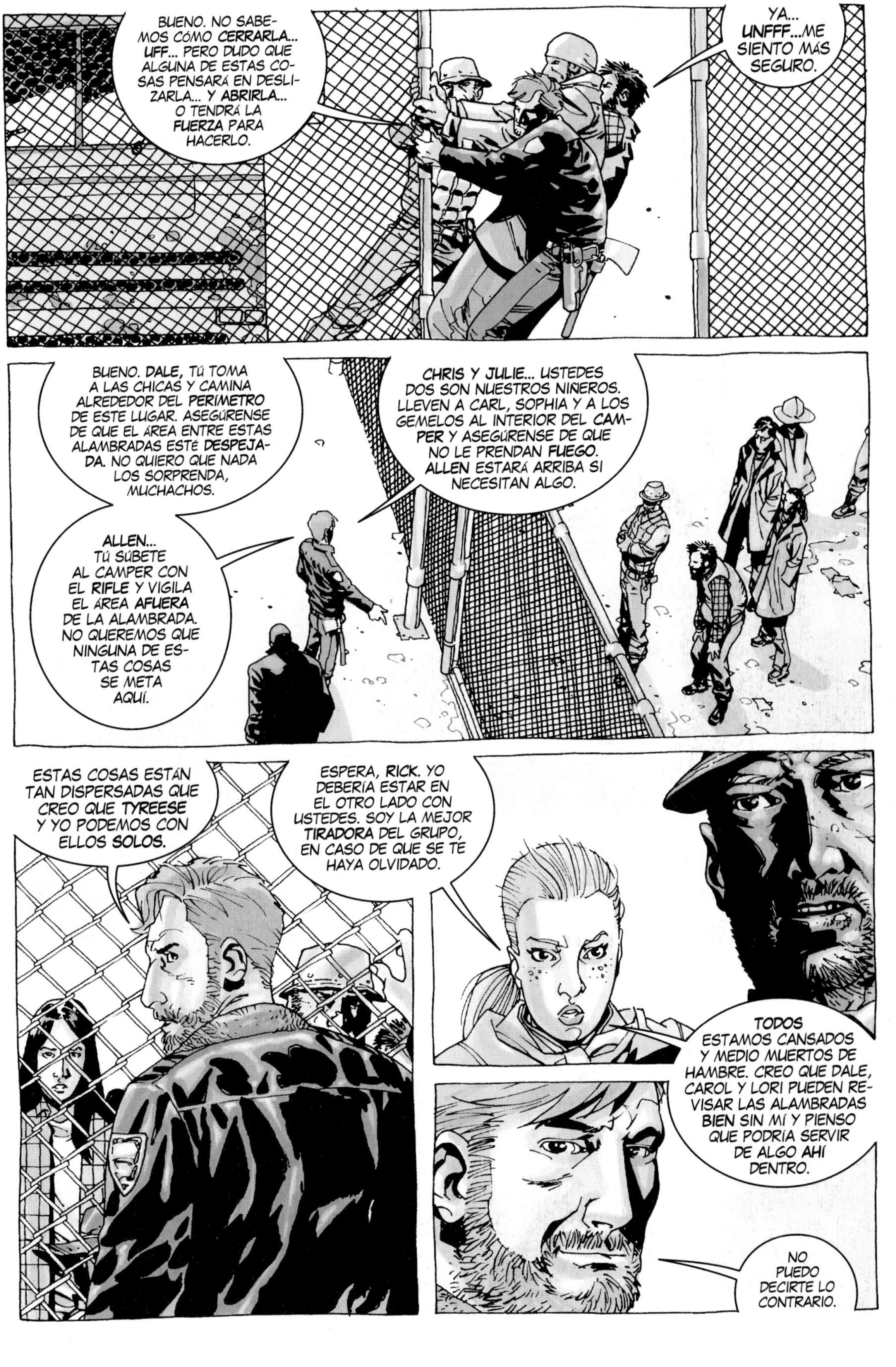
BUENO. NO SABEMOS CÓMO CERRARLA... UFF... PERO DUDO QUE ALGUNA DE ESTAS COSAS PENSARÁ EN DESLIZARLA... Y ABRIRLA... O TENDRÁ LA FUERZA PARA HACERLO.
YA... UNFFF...ME SIENTO MÁS SEGURO.
BUENO. DALE, TÚ TOMA A LAS CHICAS Y CAMINA ALREDEDOR DEL PERÍMETRO DE ESTE LUGAR. ASEGÚRENSE DE QUE EL ÁREA ENTRE ESTAS ALAMBRADAS ESTÉ DESPEJADA. NO QUIERO QUE NADA LOS SORPRENDA, MUCHACHOS.
ALLEN... TÚ SÚBETE AL CAMPER CON EL RIFLE Y VIGILA EL ÁREA AFUERA DE LA ALAMBRADA. NO QUEREMOS QUE NINGUNA DE ESTAS COSAS SE META AQUÍ.
CHRIS Y JULIE... USTEDES DOS SON NUESTROS NIÑEROS. LLEVEN A CARL, SOPHIA Y A LOS GEMELOS AL INTERIOR DEL CAMPER Y ASEGÚRENSE DE QUE NO LE PRENDAN FUEGO. ALLEN ESTARÁ ARRIBA SI NECESITAN ALGO.
ESTAS COSAS ESTÁN TAN DISPERSADAS QUE CREO QUE TYREESE Y YO PODEMOS CON ELLOS SOLOS.
ESPERA, RICK. YO DEBERÍA ESTAR EN EL OTRO LADO CON USTEDES. SOY LA MEJOR TIRADORA DEL GRUPO, EN CASO DE QUE SE TE HAYA OLVIDADO.
TODOS ESTAMOS CANSADOS Y MEDIO MUERTOS DE HAMBRE. CREO QUE DALE, CAROL Y LORI PUEDEN REVISAR LAS ALAMBRADAS BIEN SIN MÍ Y PIENSO QUE PODRÍA SERVIR DE ALGO AHÍ DENTRO.
NO PUEDO DECIRTE LO CONTRARIO.

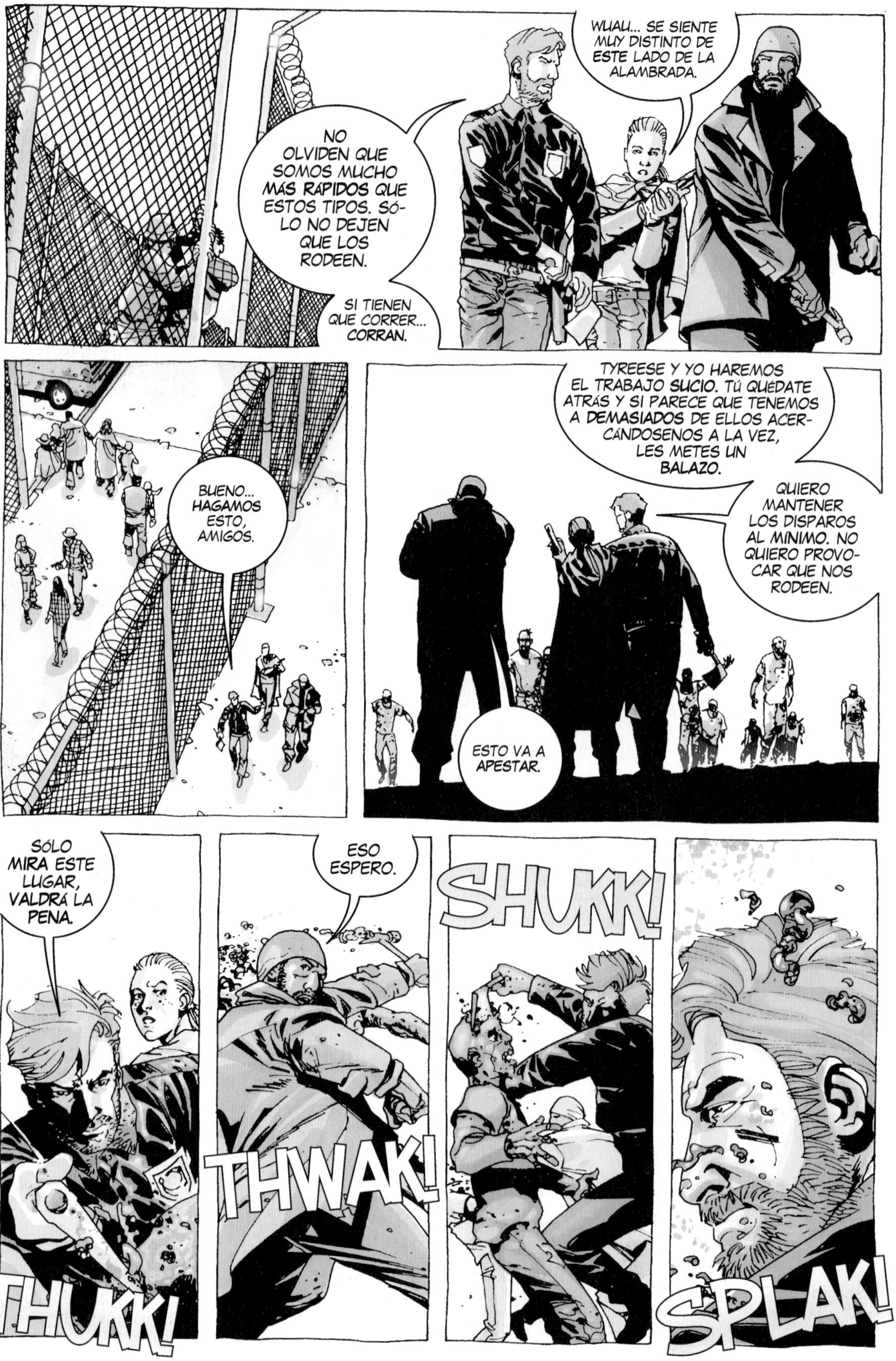
NO OLVIDEN QUE SOMOS MUCHO MÁS RÁPIDOS QUE ESTOS TIPOS. SÓLO NO DEJEN QUE LOS RODEEN.
SI TIENEN QUE CORRER... CORRAN.
WUAU... SE SIENTE MUY DISTINTO DE ESTE LADO DE LA ALAMBRADA.
BUENO... HAGAMOS ESTO, AMIGOS.
TYREESE Y YO HAREMOS EL TRABAJO SUCIO. TÚ QUÉDATE ATRÁS Y SI PARECE QUE TENEMOS A DEMASIADOS DE ELLOS ACERCÁNDOSENOS A LA VEZ, LES METES UN BALAZO.
QUIERO MANTENER LOS DISPAROS AL MÍNIMO. NO QUIERO PROVOCAR QUE NOS RODEEN.
ESTO VA A APESTAR.
SÓLO MIRA ESTE LUGAR, VALDRÁ LA PENA.
THUKK!
ESO ESPERO.
THWAK!
SHUKK!
SPLAK!

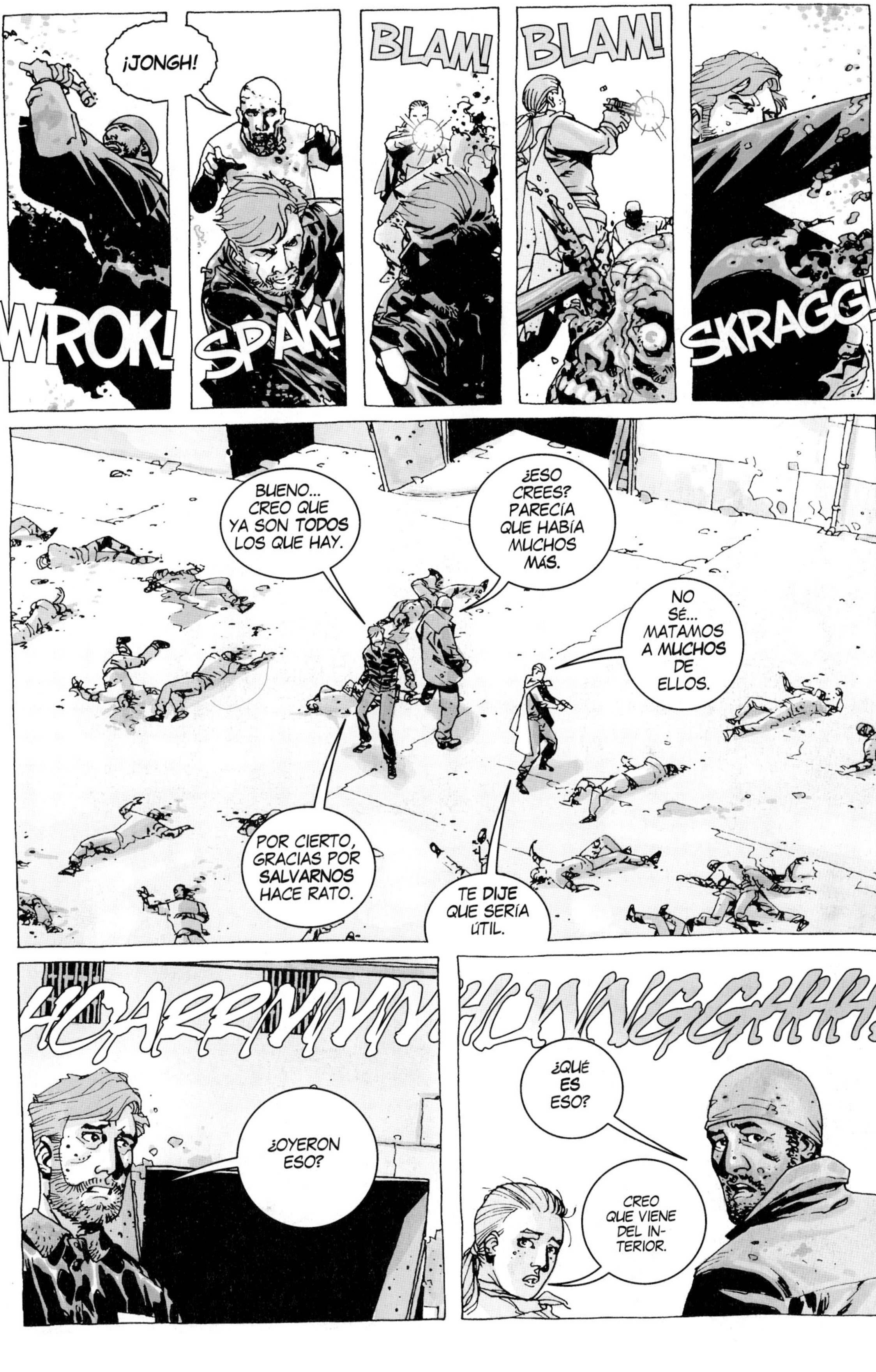
WROK!
¡JONGH!
SPAK!
BLAM!
BLAM!
SKRAGG!
BUENO... CREO QUE YA SON TODOS LOS QUE HAY.
¿ESO CREES? PARECÍA QUE HABÍA MUCHOS MÁS.
NO SÉ... MATAMOS A MUCHOS DE ELLOS.
POR CIERTO, GRACIAS POR SALVARNOS HACE RATO.
TE DIJE QUE SERÍA ÚTIL.
HOARRMMMHUNNGGHHH!
¿OYERON ESO?
¿QUÉ ES ESO?
CREO QUE VIENE DEL IN-TERIOR.

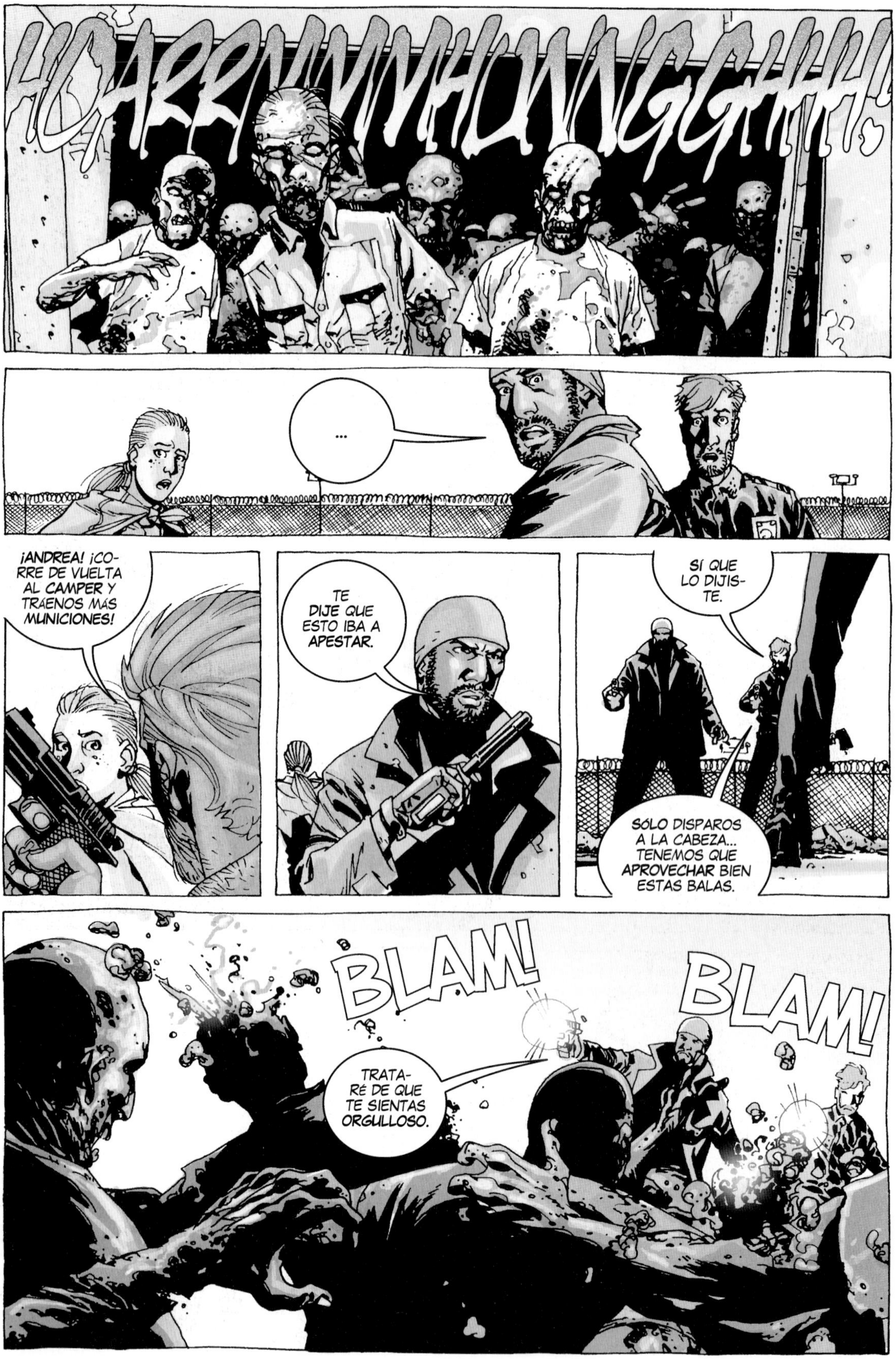
HOARRNNNNHUNNGGHHH!
...
¡ANDREA! ¡CORRE DE VUELTA AL CAMPER Y TRÁENOS MÁS MUNICIONES!
TE DIJE QUE ESTO IBA A APESTAR.
SÍ QUE LO DIJISTE.
SÓLO DISPAROS A LA CABEZA... TENEMOS QUE APROVECHAR BIEN ESTAS BALAS.
BLAM!
BLAM!
TRATARÉ DE QUE TE SIENTAS ORGULLOSO.

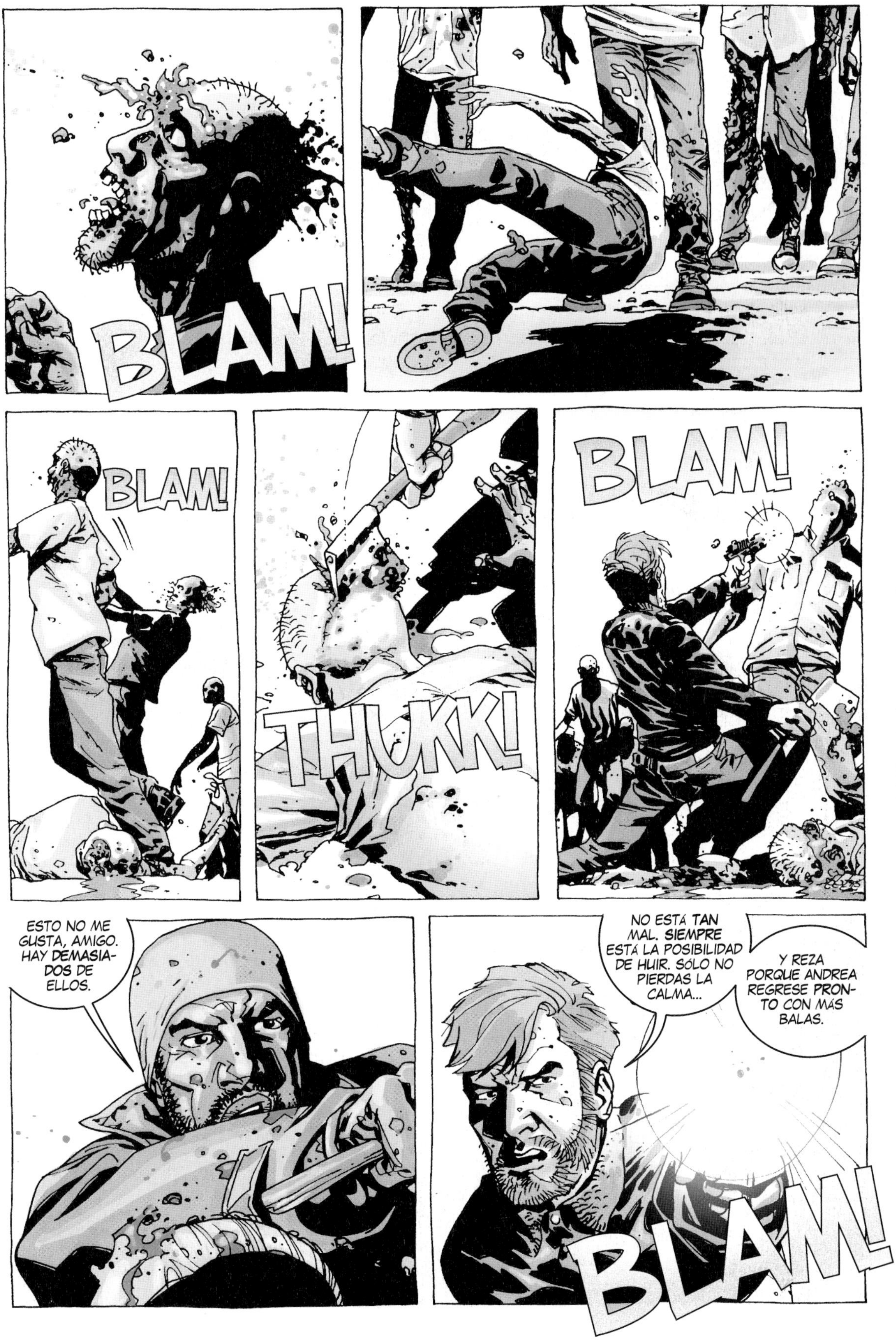
BLAM!
BLAM!
THUKK!
BLAM!
ESTO NO ME GUSTA, AMIGO. HAY DEMASIADOS DE ELLOS.
NO ESTÁ TAN MAL. SIEMPRE ESTÁ LA POSIBILIDAD DE HUIR. SÓLO NO PIERDAS LA CALMA...
Y REZA PORQUE ANDREA REGRESE PRONTO CON MÁS BALAS.
BLAM!

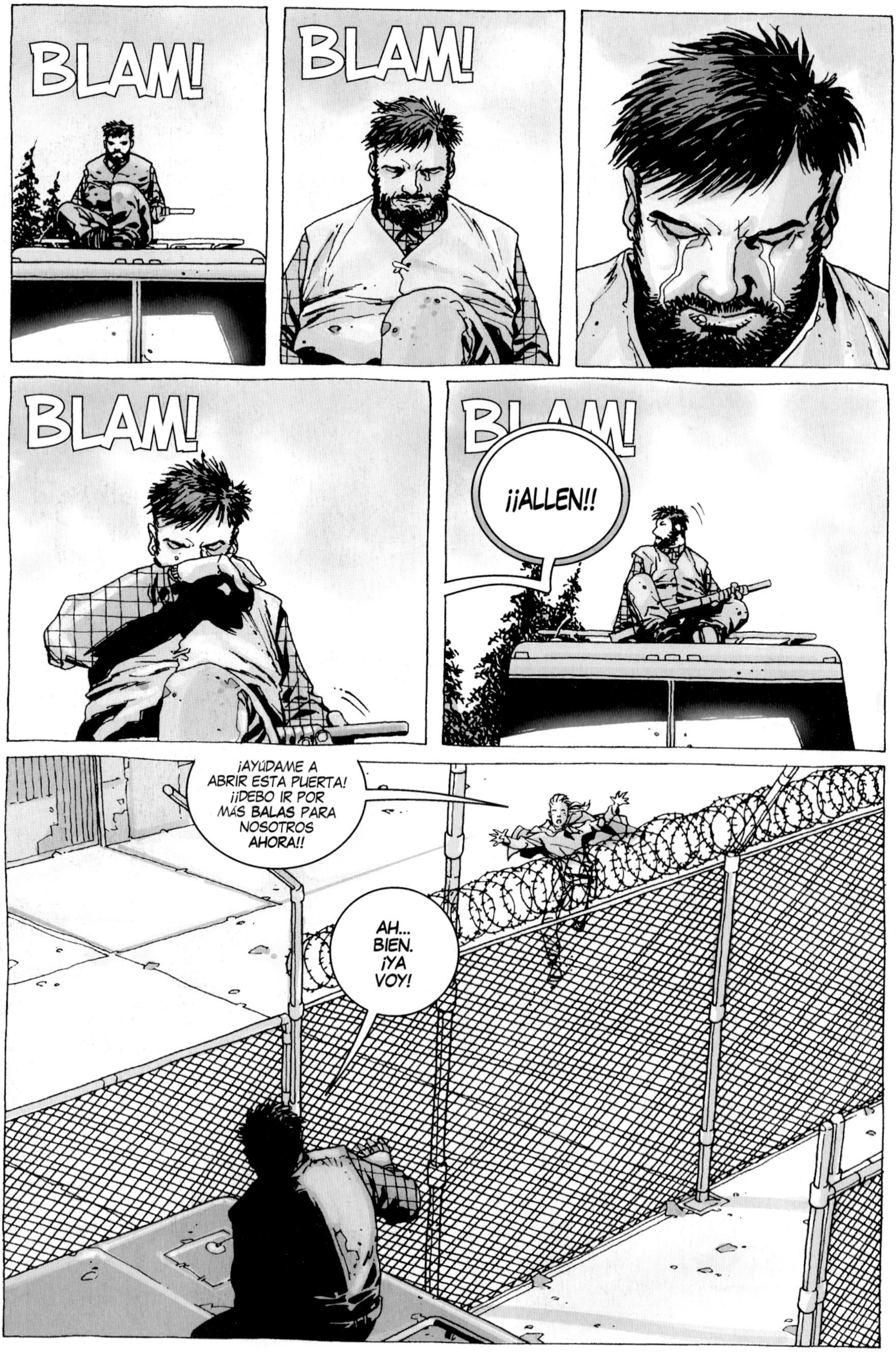
BLAM!
BLAM!
BLAM!
BLAM!
¡¡ALLEN!!
¡AYÚDAME A ABRIR ESTA PUERTA! ¡¡DEBO IR POR MÁS BALAS PARA NOSOTROS AHORA!!
AH... BIEN. ¡YA VOY!

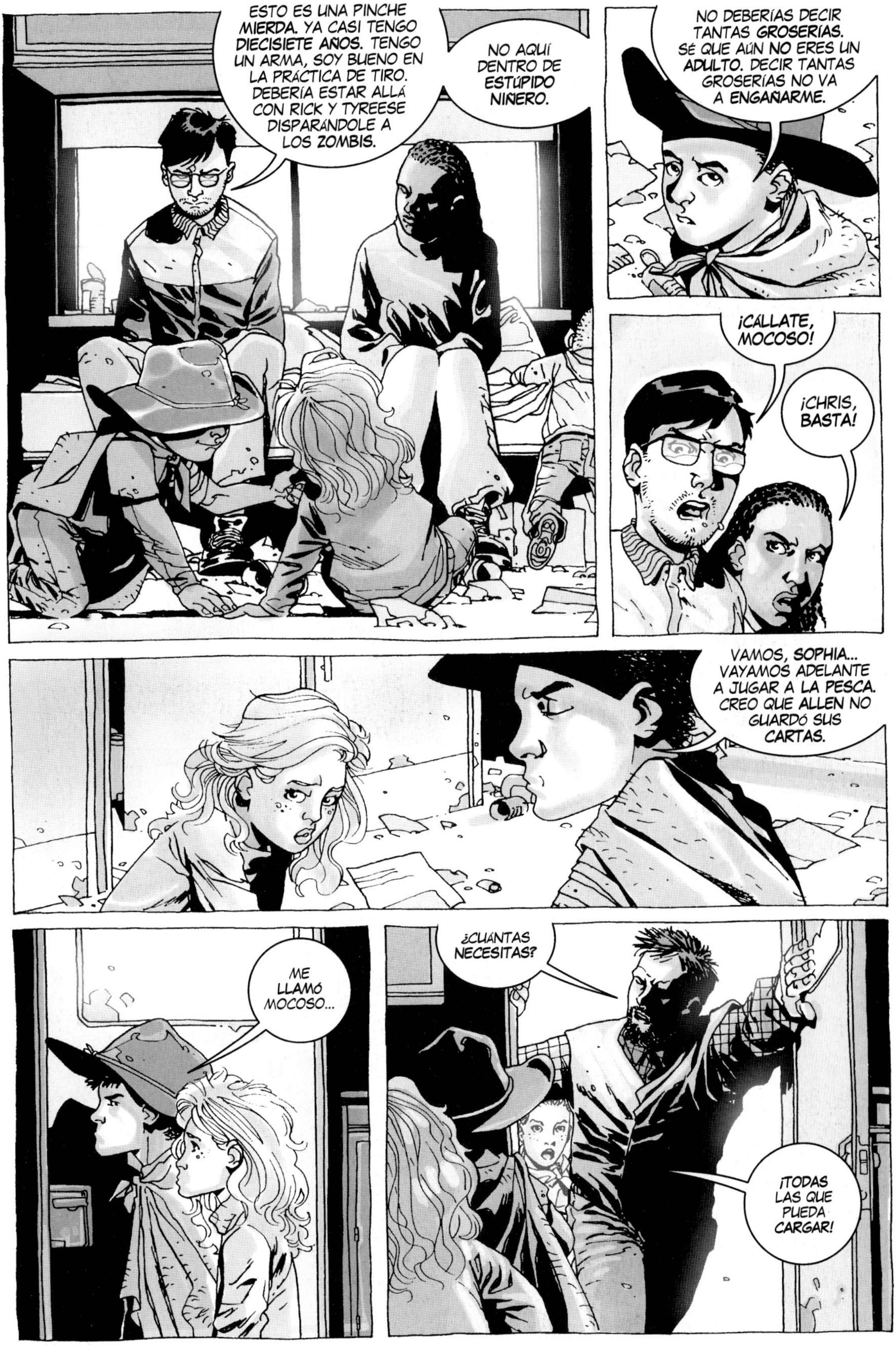
ESTO ES UNA PINCHE MIERDA. YA CASI TENGO DIECISIETE AÑOS. TENGO UN ARMA, SOY BUENO EN LA PRÁCTICA DE TIRO. DEBERÍA ESTAR ALLÁ CON RICK Y TYREESE DISPARÁNDOLE A LOS ZOMBIS.
NO AQUÍ DENTRO DE ESTÚPIDO NIÑERO.
NO DEBERÍAS DECIR TANTAS GROSERÍAS. SÉ QUE AÚN NO ERES UN ADULTO. DECIR TANTAS GROSERÍAS NO VA A ENGAÑARME.
¡CÁLLATE, MOCOSO!
¡CHRIS, BASTA!
VAMOS, SOPHIA... VAYAMOS ADELANTE A JUGAR A LA PESCA. CREO QUE ALLEN NO GUARDÓ SUS CARTAS.
ME LLAMÓ MOCOSO...
¿CUÁNTAS NECESITAS?
¡TODAS LAS QUE PUEDA CARGAR!

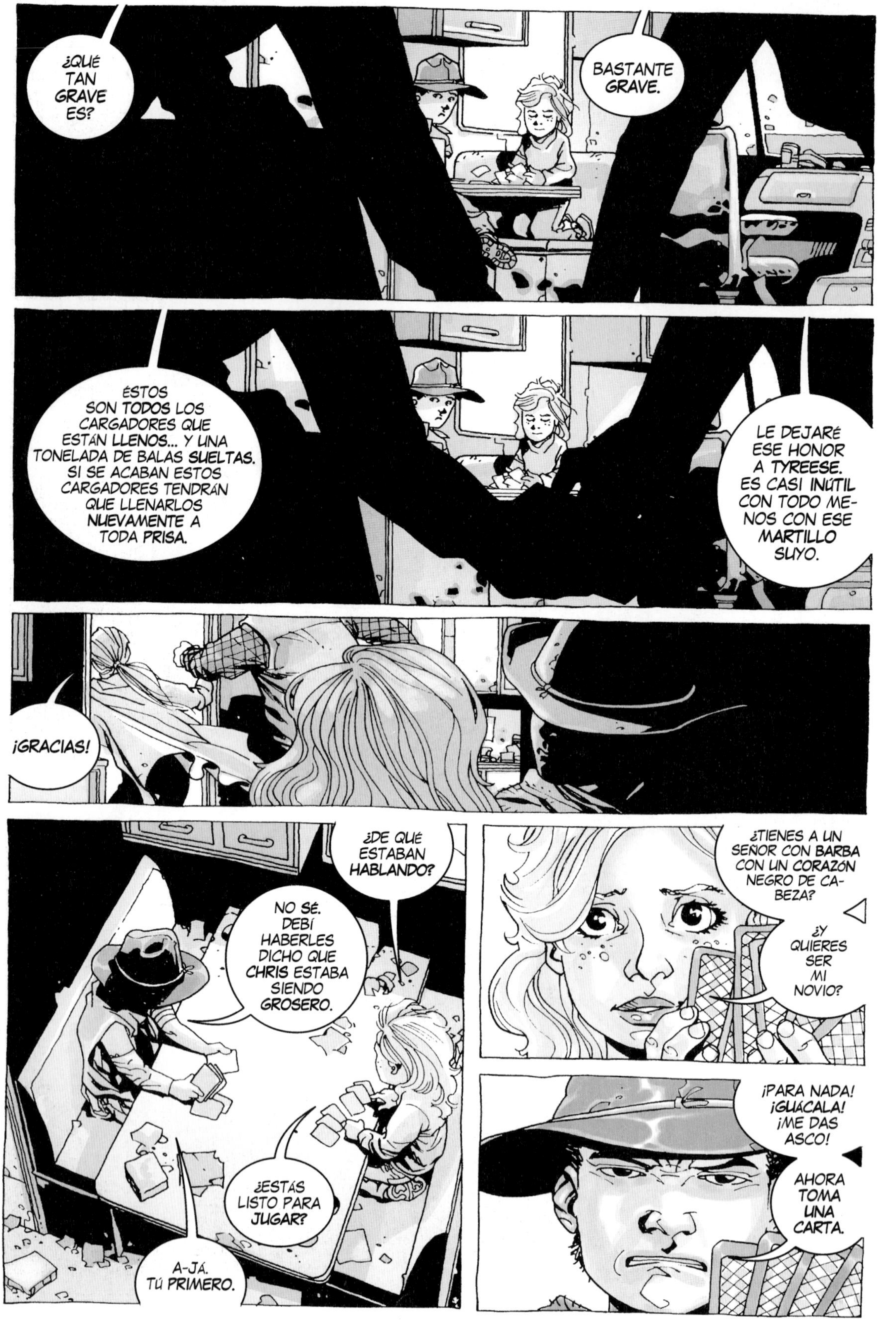
¿QUÉ TAN GRAVE ES?
BASTANTE GRAVE.
ESTOS SON TODOS LOS CARGADORES QUE ESTÁN LLENOS... Y UNA TONELADA DE BALAS SUELTAS. SI SE ACABAN ESTOS CARGADORES TENDRÁN QUE LLENARLOS NUEVAMENTE A TODA PRISA.
LE DEJARÉ ESE HONOR A TYREESE. ES CASI INÚTIL CON TODO MENOS CON ESE MARTILLO SUYO.
¡GRACIAS!
¿DE QUÉ ESTABAN HABLANDO?
NO SÉ. DEBÍ HABERLES DICHO QUE CHRIS ESTABA SIENDO GROSERO.
¿ESTÁS LISTO PARA JUGAR?
A-JÁ. TÚ PRIMERO.
¿TIENES A UN SEÑOR CON BARBA CON UN CORAZÓN NEGRO DE CABEZA?
¿Y QUIERES SER MI NOVIO?
¡PARA NADA! ¡GUÁCALA! ¡ME DAS ASCO!
AHORA TOMA UNA CARTA.

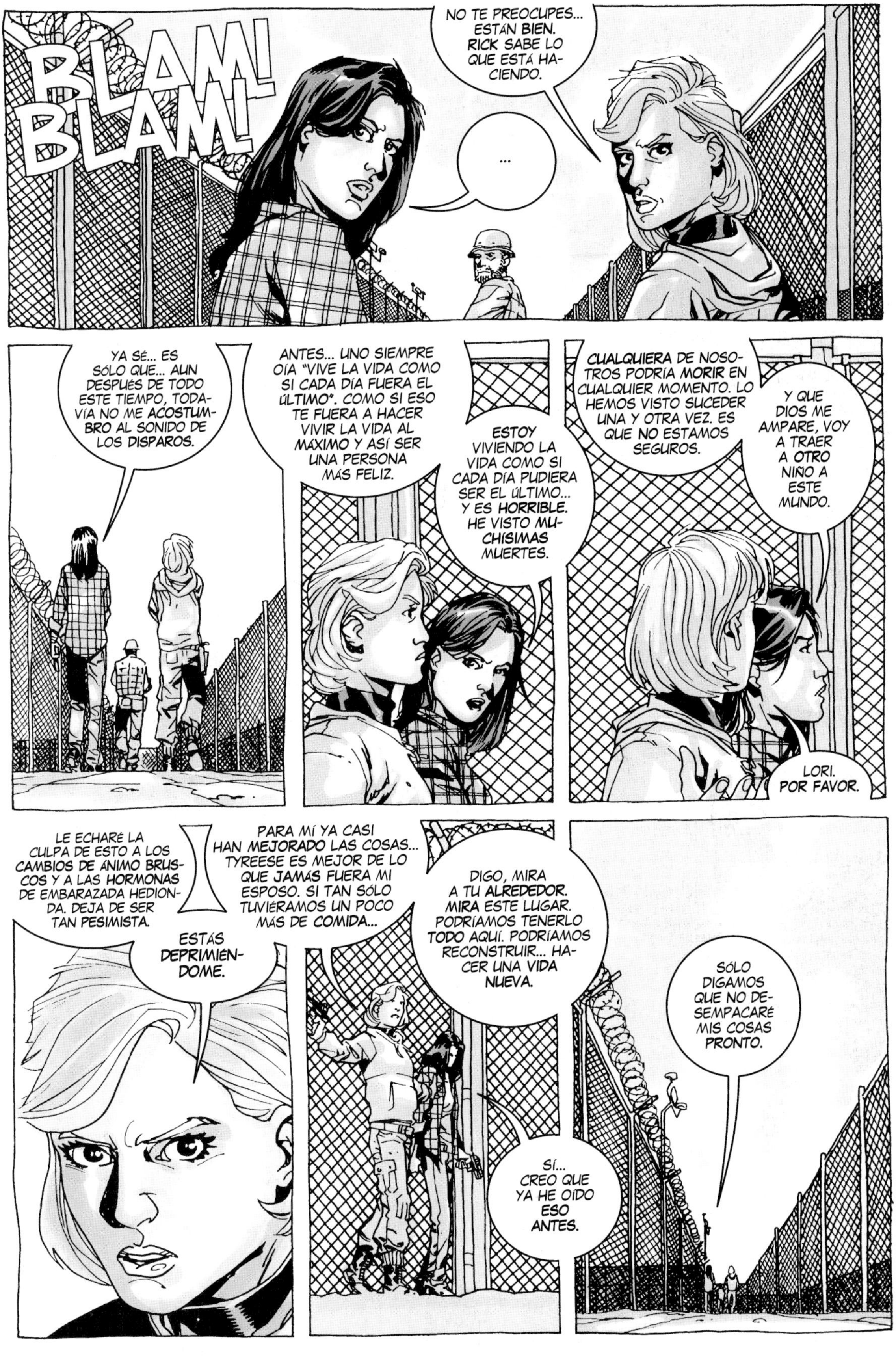

BLAM! BLAM!
NO TE PREOCUPES... ESTÁN BIEN. RICK SABE LO QUE ESTÁ HACIENDO.
...
YA SÉ... ES SÓLO QUE... AUN DESPUÉS DE TODO ESTE TIEMPO, TODAVÍA NO ME ACOSTUMBRO AL SONIDO DE LOS DISPAROS.
ANTES... UNO SIEMPRE OÍA "VIVE LA VIDA COMO SI CADA DÍA FUERA EL ÚLTIMO". COMO SI ESO TE FUERA A HACER VIVIR LA VIDA AL MÁXIMO Y ASÍ SER UNA PERSONA MÁS FELIZ.
ESTOY VIVIENDO LA VIDA COMO SI CADA DÍA PUDIERA SER EL ÚLTIMO... Y ES HORRIBLE. HE VISTO MUCHÍSIMAS MUERTES.
CUALQUIERA DE NOSOTROS PODRÍA MORIR EN CUALQUIER MOMENTO. LO HEMOS VISTO SUCEDER UNA Y OTRA VEZ. ES QUE NO ESTAMOS SEGUROS.
Y QUE DIOS ME AMPARE, VOY A TRAER A OTRO NIÑO A ESTE MUNDO.
LORI. POR FAVOR.
LE ECHARÉ LA CULPA DE ESTO A LOS CAMBIOS DE ÁNIMO BRUSCOS Y A LAS HORMONAS DE EMBARAZADA HEDIONDA. DEJA DE SER TAN PESIMISTA.
ESTÁS DEPRIMIÉNDOME.
PARA MÍ YA CASI HAN MEJORADO LAS COSAS... TYREESE ES MEJOR DE LO QUE JAMÁS FUERA MI ESPOSO. SI TAN SÓLO TUVIÉRAMOS UN POCO MÁS DE COMIDA...
DIGO, MIRA A TU ALREDEDOR. MIRA ESTE LUGAR. PODRÍAMOS TENERLO TODO AQUÍ. PODRÍAMOS RECONSTRUIR... HACER UNA VIDA NUEVA.
SÍ... CREO QUE YA HE OÍDO ESO ANTES.
SÓLO DIGAMOS QUE NO DESEMPACARÉ MIS COSAS PRONTO.

BLAM! BLAM!

¡TENGO OTRO CARGADOR LLENO! ¡¿QUIÉN LO QUIERE?!

¡YO LO TOMARÉ!

SI ESTO SIGUE ASÍ... ¡SE NOS VAN A ACABAR!

CREO QUE TENEMOS SUERTE... MIRA.

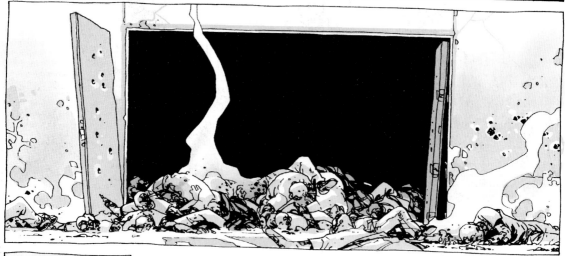

¿CREES QUE YA SEAN TODOS?

SERÍA GENIAL.

SÓLO HAY UNA MANERA DE AVERIGUARLO...

BLAM!

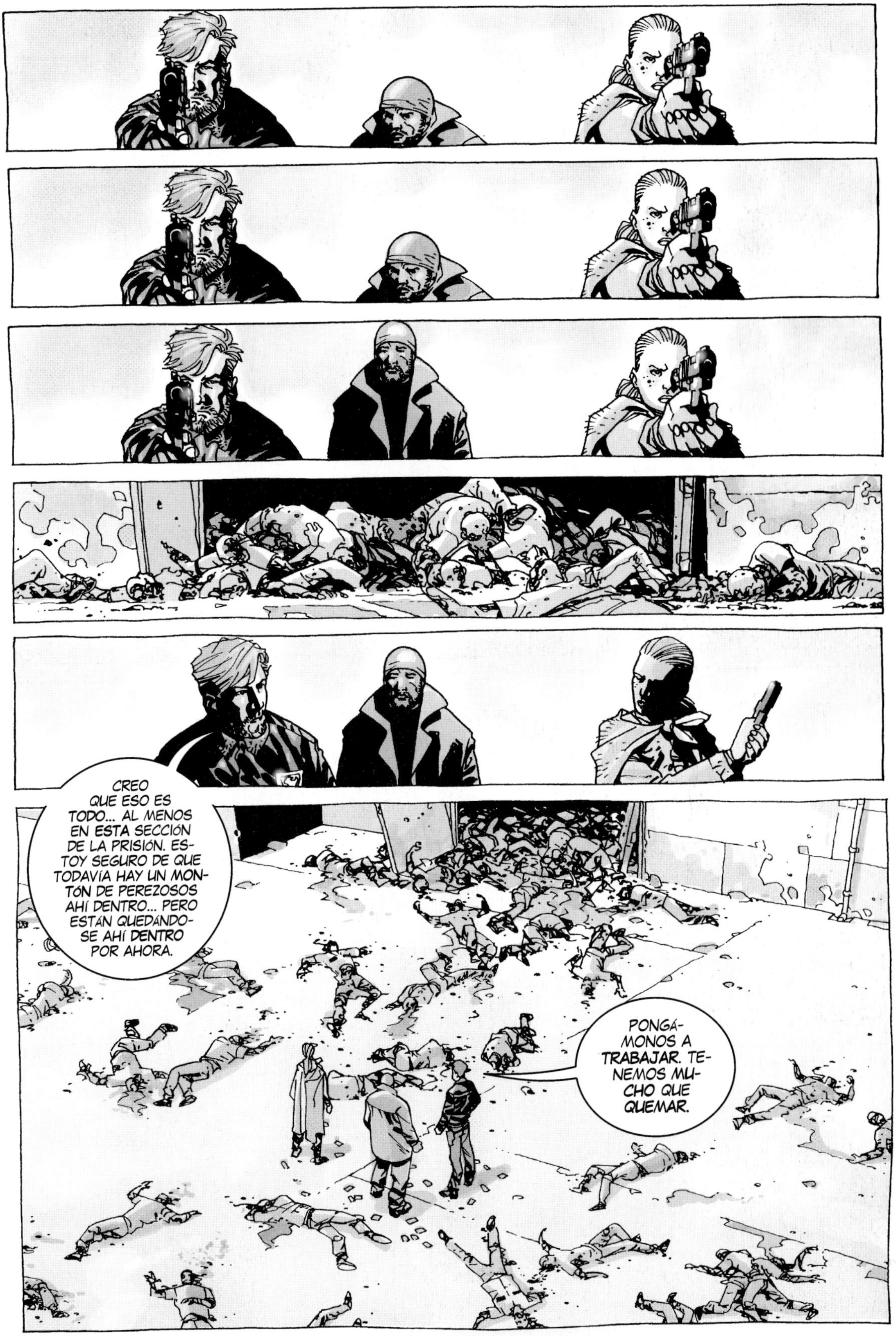
CREO QUE ESO ES TODO... AL MENOS EN ESTA SECCIÓN DE LA PRISIÓN. ESTOY SEGURO DE QUE TODAVÍA HAY UN MONTÓN DE PEREZOSOS AHÍ DENTRO... PERO ESTÁN QUEDÁNDOSE AHÍ DENTRO POR AHORA.
PONGÁMONOS A TRABAJAR. TENEMOS MUCHO QUE QUEMAR.

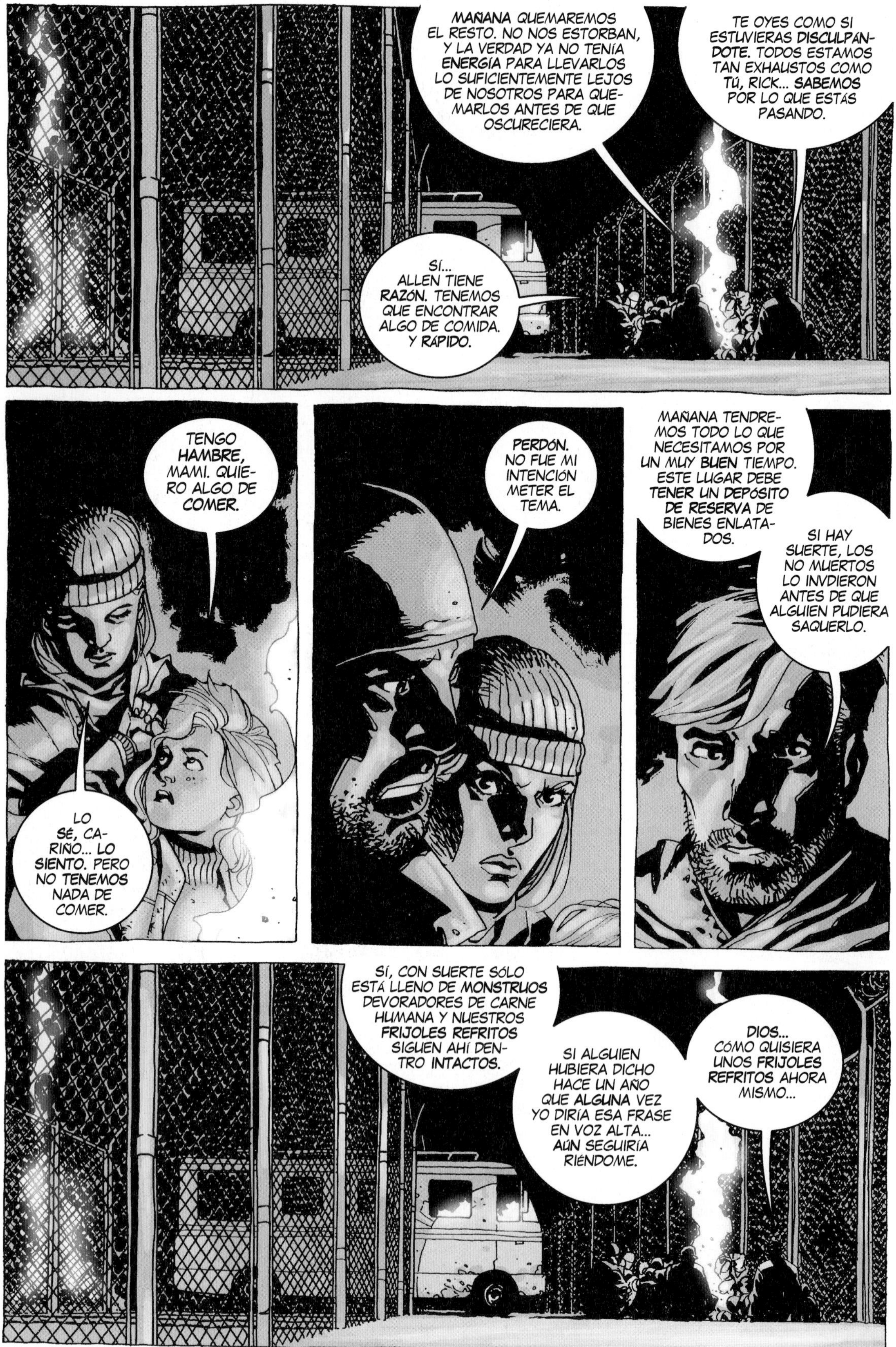

MAÑANA QUEMAREMOS EL RESTO. NO NOS ESTORBAN, Y LA VERDAD YA NO TENÍA ENERGÍA PARA LLEVARLOS LO SUFICIENTEMENTE LEJOS DE NOSOTROS PARA QUEMARLOS ANTES DE QUE OSCURECIERA.
TE OYES COMO SI ESTUVIERAS DISCULPÁNDOTE. TODOS ESTAMOS TAN EXHAUSTOS COMO TÚ, RICK... SABEMOS POR LO QUE ESTÁS PASANDO.
SÍ... ALLEN TIENE RAZÓN. TENEMOS QUE ENCONTRAR ALGO DE COMIDA. Y RÁPIDO.
TENGO HAMBRE, MAMI. QUIERO ALGO DE COMER.
LO SÉ, CARIÑO... LO SIENTO. PERO NO TENEMOS NADA DE COMER.
PERDÓN. NO FUE MI INTENCIÓN METER EL TEMA.
MAÑANA TENDREMOS TODO LO QUE NECESITAMOS POR UN MUY BUEN TIEMPO. ESTE LUGAR DEBE TENER UN DEPÓSITO DE RESERVA DE BIENES ENLATADOS.
SI HAY SUERTE, LOS NO MUERTOS LO INVDIERON ANTES DE QUE ALGUIEN PUDIERA SAQUERLO.
SÍ, CON SUERTE SÓLO ESTÁ LLENO DE MONSTRUOS DEVORADORES DE CARNE HUMANA Y NUESTROS FRIJOLES REFRITOS SIGUEN AHÍ DENTRO INTACTOS.
SI ALGUIEN HUBIERA DICHO HACE UN AÑO QUE ALGUNA VEZ YO DIRÍA ESA FRASE EN VOZ ALTA... AÚN SEGUIRÍA RIÉNDOME.
DIOS... CÓMO QUISIERA UNOS FRIJOLES REFRITOS AHORA MISMO...

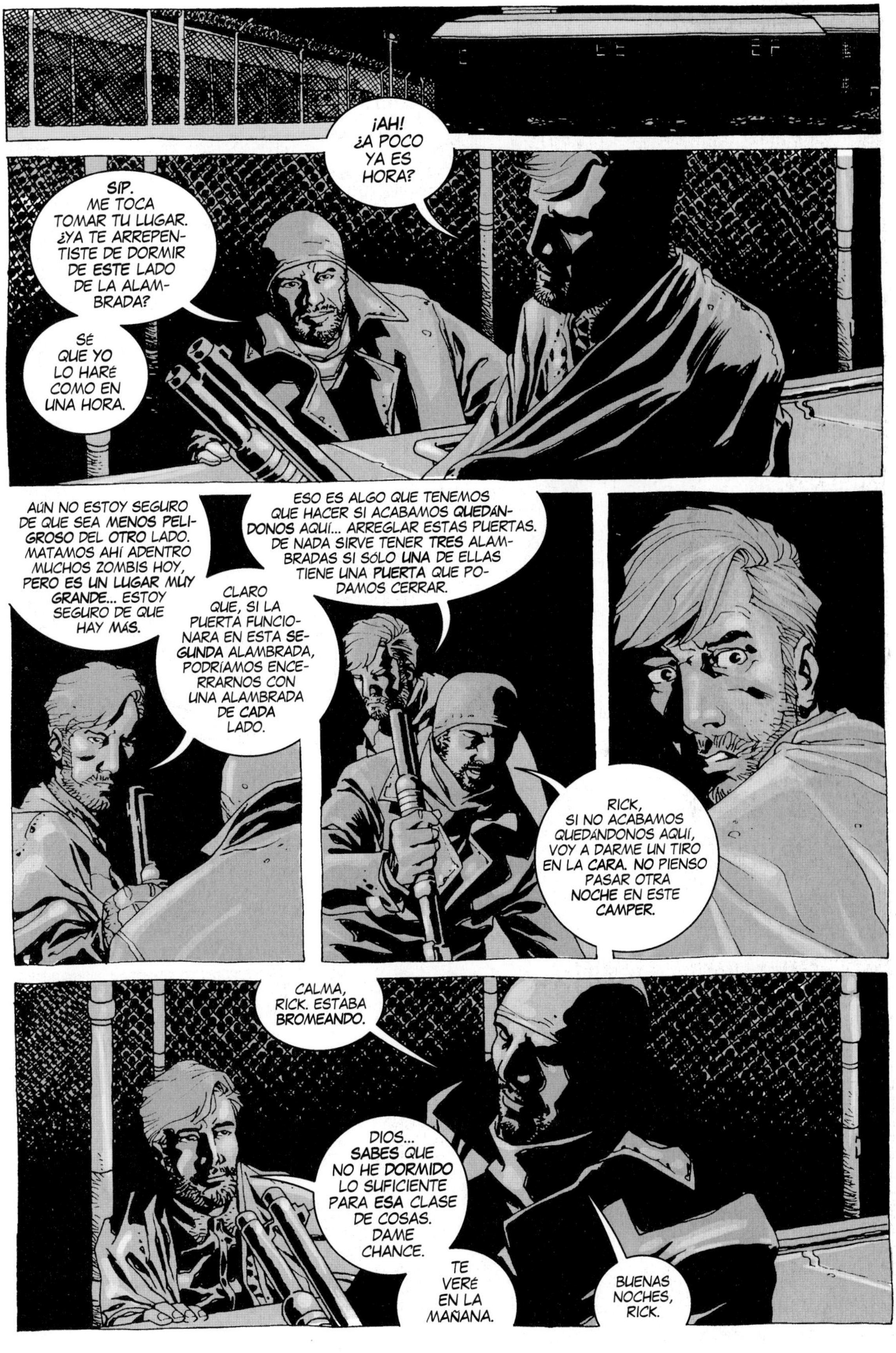

¡AH! ¿A POCO YA ES HORA?
SÍP. ME TOCA TOMAR TU LUGAR. ¿YA TE ARREPENTISTE DE DORMIR DE ESTE LADO DE LA ALAMBRADA?
SÉ QUE YO LO HARÉ COMO EN UNA HORA.
AÚN NO ESTOY SEGURO DE QUE SEA MENOS PELIGROSO DEL OTRO LADO. MATAMOS AHÍ ADENTRO MUCHOS ZOMBIS HOY, PERO ES UN LUGAR MUY GRANDE... ESTOY SEGURO DE QUE HAY MÁS.
CLARO QUE, SI LA PUERTA FUNCIONARA EN ESTA SEGUNDA ALAMBRADA, PODRÍAMOS ENCERRARNOS CON UNA ALAMBRADA DE CADA LADO.
ESO ES ALGO QUE TENEMOS QUE HACER SI ACABAMOS QUEDÁNDONOS AQUÍ... ARREGLAR ESTAS PUERTAS. DE NADA SIRVE TENER TRES ALAMBRADAS SI SÓLO UNA DE ELLAS TIENE UNA PUERTA QUE PODAMOS CERRAR.
RICK, SI NO ACABAMOS QUEDÁNDONOS AQUÍ, VOY A DARME UN TIRO EN LA CARA. NO PIENSO PASAR OTRA NOCHE EN ESTE CAMPER.
CALMA, RICK. ESTABA BROMEANDO.
DIOS... SABES QUE NO HE DORMIDO LO SUFICIENTE PARA ESA CLASE DE COSAS. DAME CHANCE.
TE VERÉ EN LA MAÑANA.
BUENAS NOCHES, RICK.

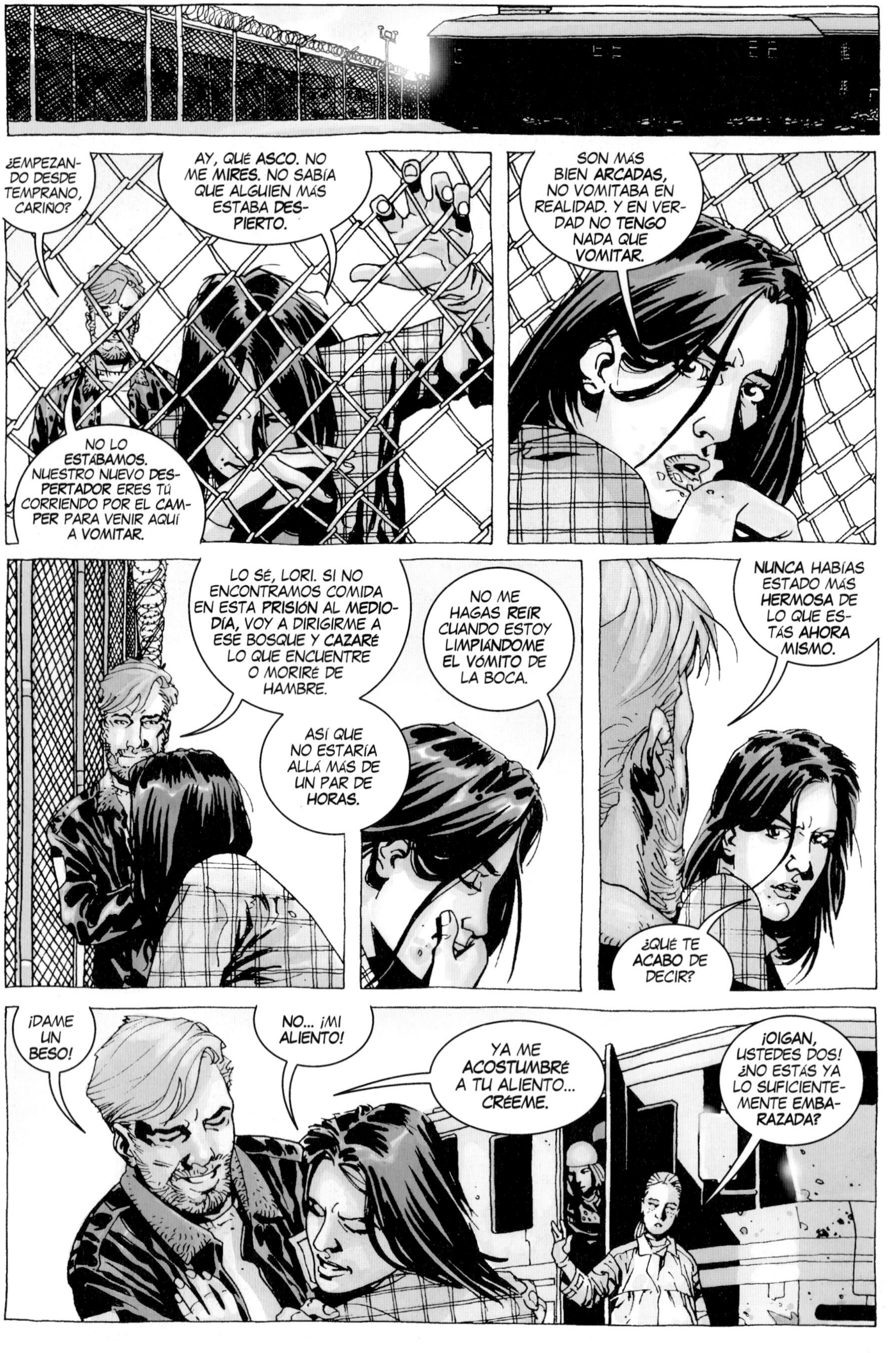
¿EMPEZANDO DESDE TEMPRANO, CARIÑO?
AY, QUÉ ASCO. NO ME MIRES. NO SABÍA QUE ALGUIEN MÁS ESTABA DESPIERTO.
NO LO ESTÁBAMOS. NUESTRO NUEVO DESPERTADOR ERES TÚ CORRIENDO POR EL CAMPER PARA VENIR AQUÍ A VOMITAR.
SON MÁS BIEN ARCADAS, NO VOMITABA EN REALIDAD. Y EN VERDAD NO TENGO NADA QUE VOMITAR.
LO SÉ, LORI. SI NO ENCONTRAMOS COMIDA EN ESTA PRISIÓN AL MEDIODÍA, VOY A DIRIGIRME A ESE BOSQUE Y CAZARÉ LO QUE ENCUENTRE O MORIRÉ DE HAMBRE.
ASÍ QUE NO ESTARÍA ALLÁ MÁS DE UN PAR DE HORAS.
NO ME HAGAS REÍR CUANDO ESTOY LIMPIÁNDOME EL VÓMITO DE LA BOCA.
NUNCA HABÍAS ESTADO MÁS HERMOSA DE LO QUE ESTÁS AHORA MISMO.
¿QUÉ TE ACABO DE DECIR?
¡DAME UN BESO!
NO... ¡MI ALIENTO!
YA ME ACOSTUMBRÉ A TU ALIENTO... CRÉEME.
¡OIGAN, USTEDES DOS! ¿NO ESTÁS YA LO SUFICIENTEMENTE EMBARAZADA?

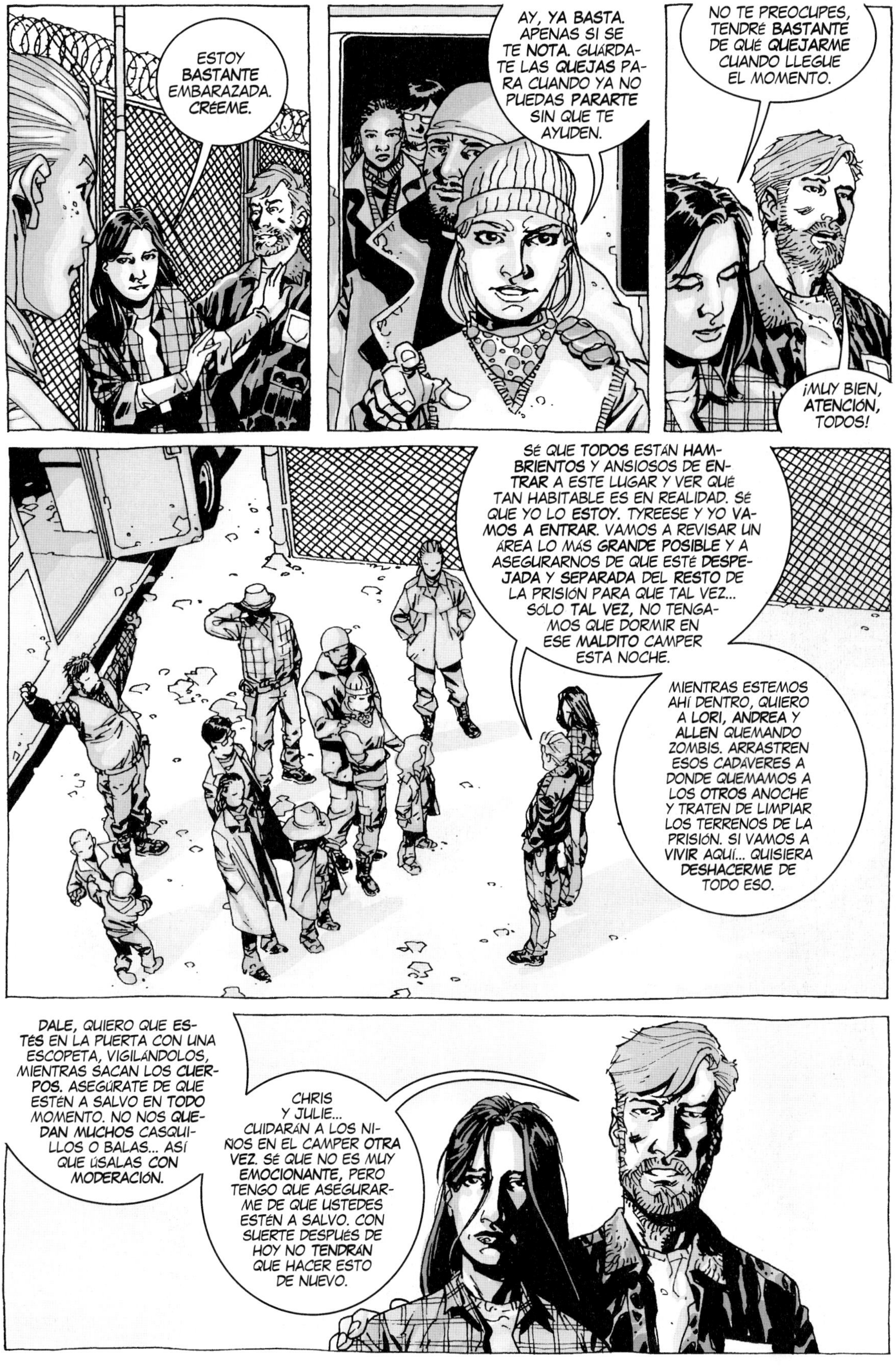

ESTOY BASTANTE EMBARAZADA. CRÉEME.
AY, YA BASTA. APENAS SI SE TE NOTA. GUÁRDATE LAS QUEJAS PARA CUANDO YA NO PUEDAS PARARTE SIN QUE TE AYUDEN.
NO TE PREOCUPES, TENDRÉ BASTANTE DE QUÉ QUEJARME CUANDO LLEGUE EL MOMENTO.
¡MUY BIEN, ATENCIÓN, TODOS!
SÉ QUE TODOS ESTÁN HAMBRIENTOS Y ANSIOSOS DE ENTRAR A ESTE LUGAR Y VER QUÉ TAN HABITABLE ES EN REALIDAD. SÉ QUE YO LO ESTOY. TYREESE Y YO VAMOS A ENTRAR. VAMOS A REVISAR UN ÁREA LO MÁS GRANDE POSIBLE Y A ASEGURARNOS DE QUE ESTÉ DESPEJADA Y SEPARADA DEL RESTO DE LA PRISIÓN PARA QUE TAL VEZ... SÓLO TAL VEZ, NO TENGAMOS QUE DORMIR EN ESE MALDITO CAMPER ESTA NOCHE.
MIENTRAS ESTEMOS AHÍ DENTRO, QUIERO A LORI, ANDREA Y ALLEN QUEMANDO ZOMBIS. ARRASTREN ESOS CADÁVERES A DONDE QUEMAMOS A LOS OTROS ANOCHE Y TRATEN DE LIMPIAR LOS TERRENOS DE LA PRISIÓN. SI VAMOS A VIVIR AQUÍ... QUISIERA DESHACERME DE TODO ESO.
DALE, QUIERO QUE ESTÉS EN LA PUERTA CON UNA ESCOPETA, VIGILÁNDOLOS, MIENTRAS SACAN LOS CUERPOS. ASEGÚRATE DE QUE ESTÉN A SALVO EN TODO MOMENTO. NO NOS QUEDAN MUCHOS CASQUILLOS O BALAS... ASÍ QUE ÚSALAS CON MODERACIÓN.
CHRIS Y JULIE... CUIDARÁN A LOS NIÑOS EN EL CAMPER OTRA VEZ. SÉ QUE NO ES MUY EMOCIONANTE, PERO TENGO QUE ASEGURARME DE QUE USTEDES ESTÉN A SALVO. CON SUERTE DESPUÉS DE HOY NO TENDRÁN QUE HACER ESTO DE NUEVO.

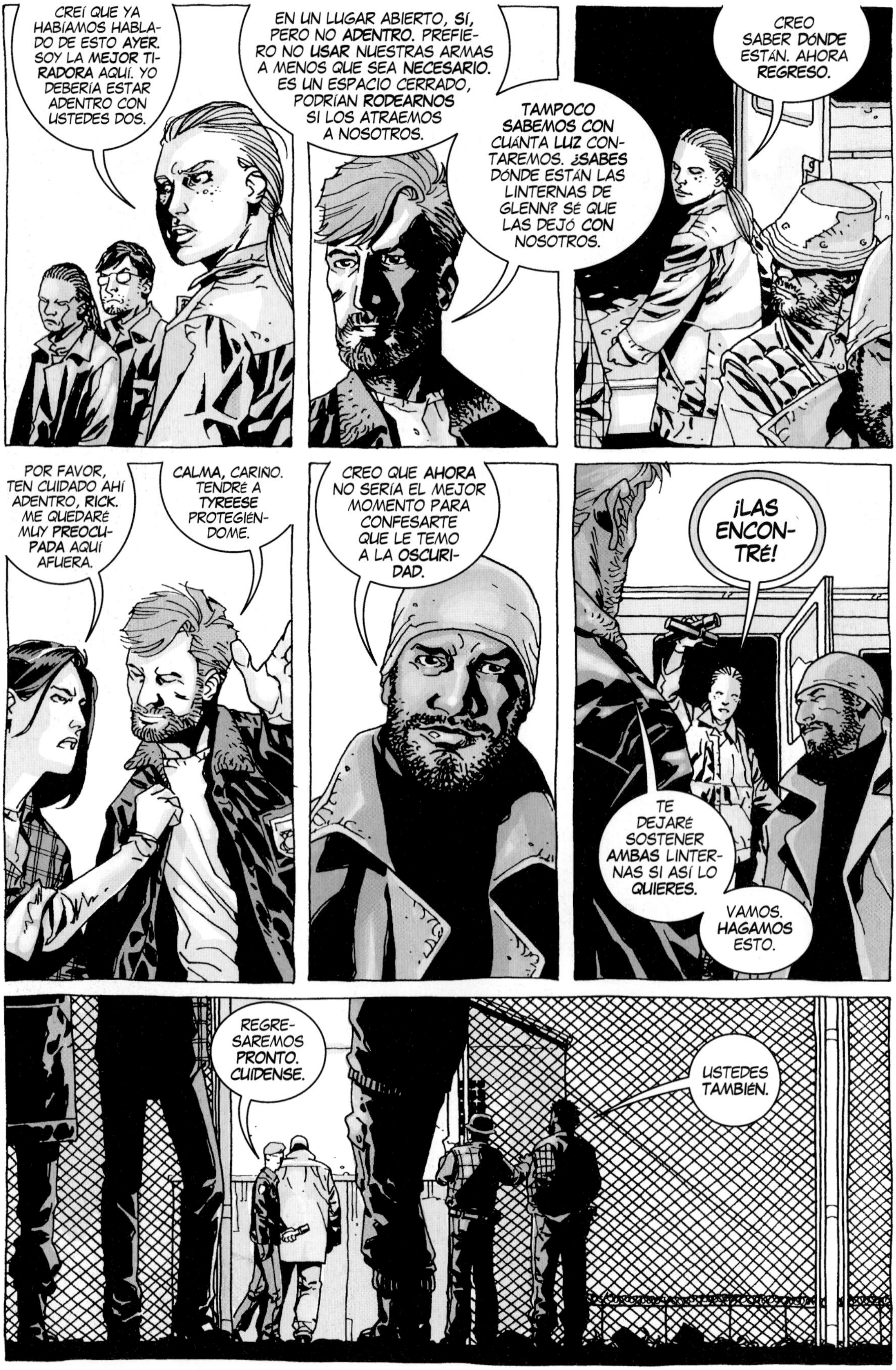
CREÍ QUE YA HABÍAMOS HABLADO DE ESTO AYER. SOY LA MEJOR TIRADORA AQUÍ. YO DEBERÍA ESTAR ADENTRO CON USTEDES DOS.
EN UN LUGAR ABIERTO, SÍ, PERO NO ADENTRO. PREFIERO NO USAR NUESTRAS ARMAS A MENOS QUE SEA NECESARIO. ES UN ESPACIO CERRADO, PODRÍAN RODEARNOS SI LOS ATRAEMOS A NOSOTROS.
TAMPOCO SABEMOS CON CUÁNTA LUZ CONTAREMOS. ¿SABES DÓNDE ESTÁN LAS LINTERNAS DE GLENN? SÉ QUE LAS DEJÓ CON NOSOTROS.
CREO SABER DÓNDE ESTÁN. AHORA REGRESO.
POR FAVOR, TEN CUIDADO AHÍ ADENTRO, RICK. ME QUEDARÉ MUY PREOCUPADA AQUÍ AFUERA.
CALMA, CARIÑO. TENDRÉ A TYREESE PROTEGIÉNDOME.
CREO QUE AHORA NO SERÍA EL MEJOR MOMENTO PARA CONFESARTE QUE LE TEMO A LA OSCURIDAD.
¡LAS ENCONTRÉ!
TE DEJARÉ SOSTENER AMBAS LINTERNAS SI ASÍ LO QUIERES.
VAMOS. HAGAMOS ESTO.
REGRESAREMOS PRONTO. CUÍDENSE.
USTEDES TAMBIÉN.

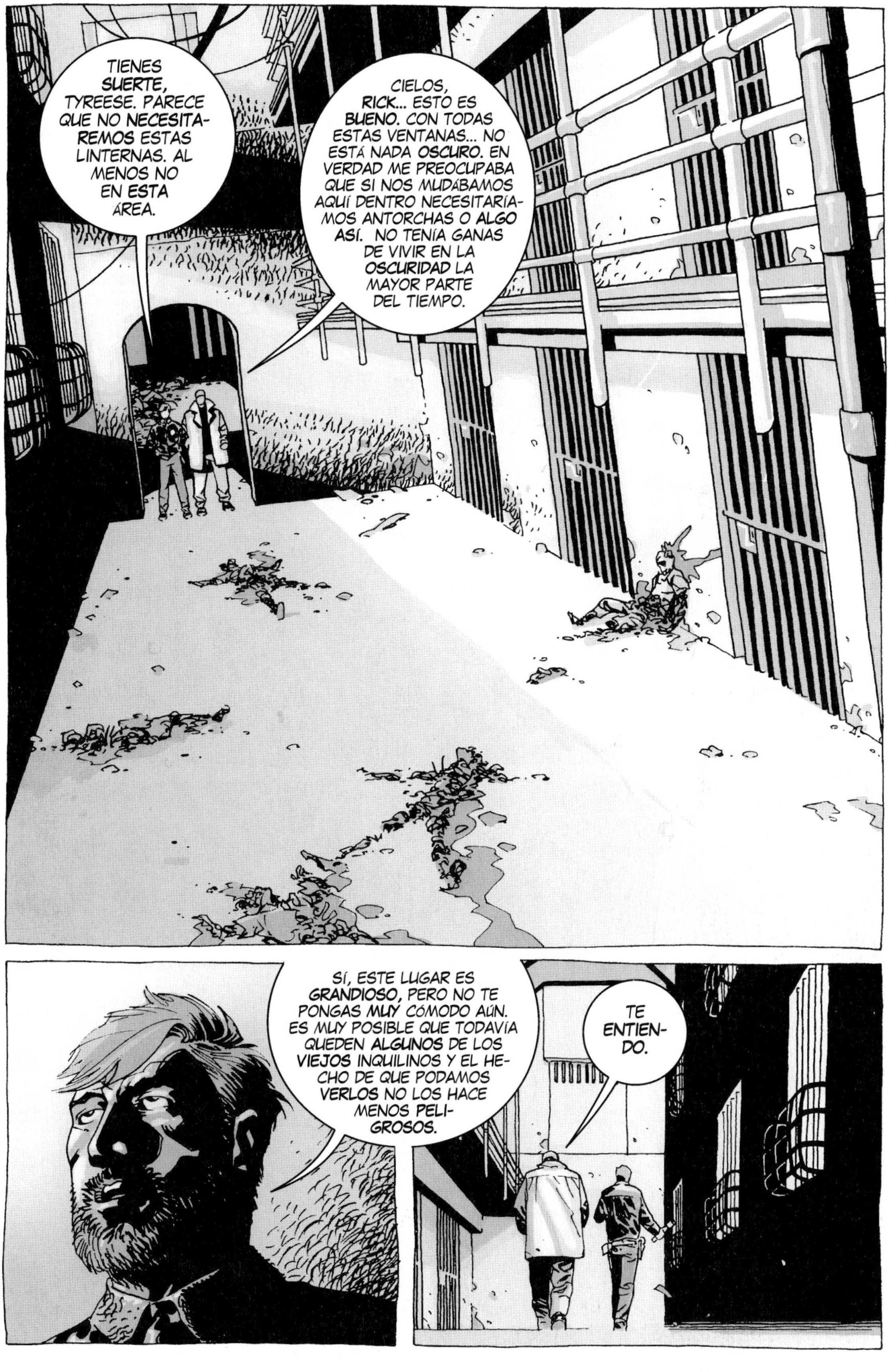
TIENES SUERTE, TYREESE. PARECE QUE NO NECESITAREMOS ESTAS LINTERNAS. AL MENOS NO EN ESTA ÁREA.
CIELOS, RICK... ESTO ES BUENO. CON TODAS ESTAS VENTANAS... NO ESTÁ NADA OSCURO. EN VERDAD ME PREOCUPABA QUE SI NOS MUDÁBAMOS AQUÍ DENTRO NECESITARÍAMOS ANTORCHAS O ALGO ASÍ. NO TENÍA GANAS DE VIVIR EN LA OSCURIDAD LA MAYOR PARTE DEL TIEMPO.
SÍ, ESTE LUGAR ES GRANDIOSO, PERO NO TE PONGAS MUY CÓMODO AÚN. ES MUY POSIBLE QUE TODAVÍA QUEDEN ALGUNOS DE LOS VIEJOS INQUILINOS Y EL HECHO DE QUE PODAMOS VERLOS NO LOS HACE MENOS PELIGROSOS.
TE ENTIENDO.

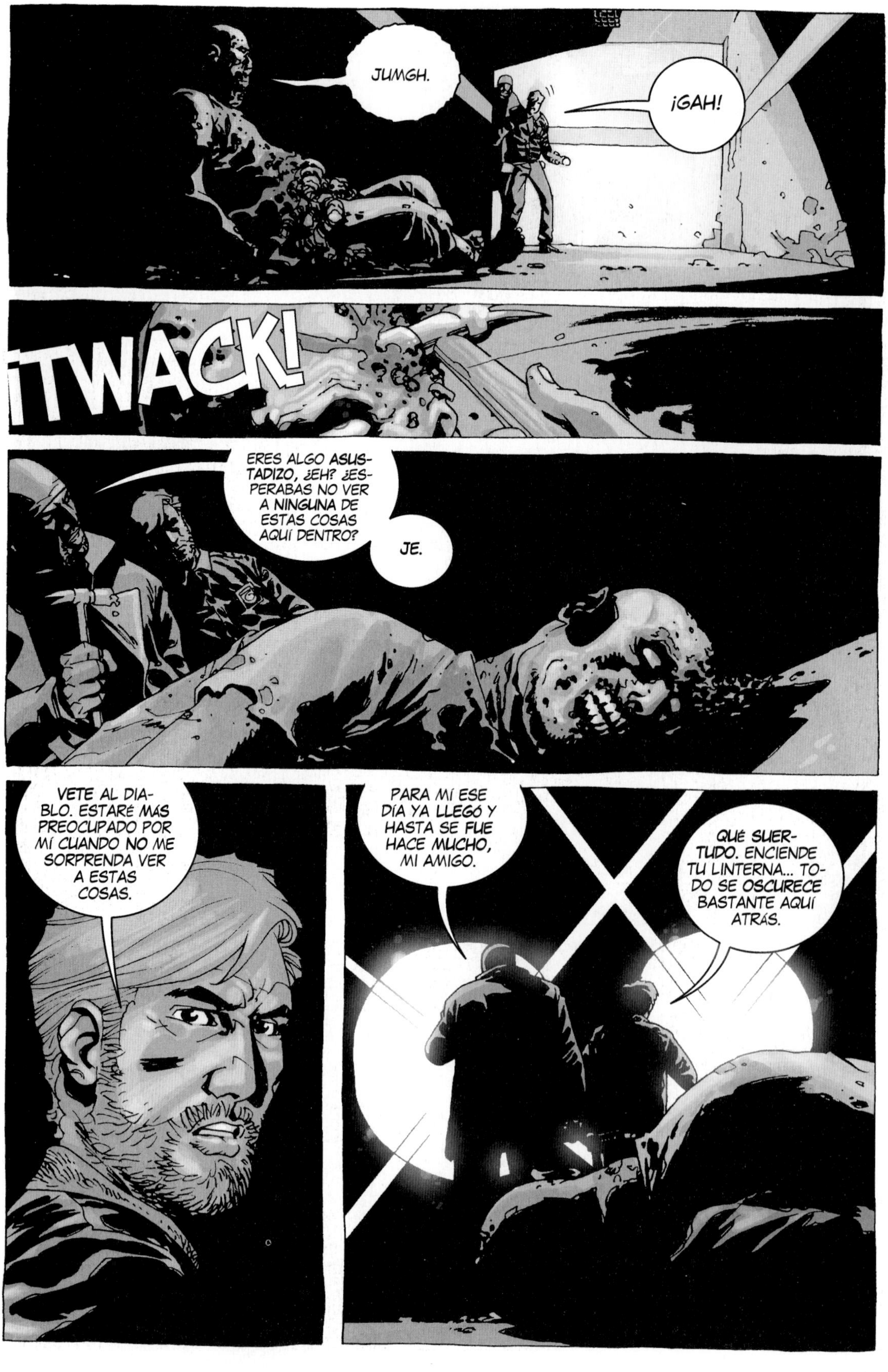
JUMGH.
¡GAH!
¡TWACK!
ERES ALGO ASUSTADIZO, ¿EH? ¿ESPERABAS NO VER A NINGUNA DE ESTAS COSAS AQUÍ DENTRO?
JE.
VETE AL DIABLO. ESTARÉ MÁS PREOCUPADO POR MÍ CUANDO NO ME SORPRENDA VER A ESTAS COSAS.
PARA MÍ ESE DÍA YA LLEGÓ Y HASTA SE FUE HACE MUCHO, MI AMIGO.
QUÉ SUERTUDO. ENCIENDE TU LINTERNA... TODO SE OSCURECE BASTANTE AQUÍ ATRÁS.

SERÍA ALGO GRANDIOSO SI TODOS LOS ZOMBIS SE SE NOS HUBIERAN ABALANZADO AYER Y NOS HUBIERAN DEJADO ELIMINAR-LOS. SI NO HUBIERA AQUÍ DENTRO MÁS QUE LOS APACIBLES, SERÍA MUCHO MÁS FÁCIL DESHACERSE DE TODOS.

¿QUÉ CREES QUE HAYA DETRÁS DE LA PUERTA NÚMERO UNO?

CAFETERÍA

SI LAS EXPE-RIENCIAS PASADAS SON UNA INDICACIÓN... NOS ESPERA UN CUARTO LLENO DE ZOMBIS DEL OTRO LADO DE ESTA PUERTA. CONO-CEMOS LA SALIDA. YO DIGO QUE ABRAMOS FUEGO Y EMPECEMOS A RETROCEDER EN CUANTO ABRA ESTAS PUERTAS. PO-DREMOS DISPARARLES UNO POR UNO YA QUE LLEGUEMOS AFUERA.

PARECE UN BUEN PLAN. ESTOY LISTO CUANDO TÚ LO ESTÉS.

ENTONCES PREPÁ-RATE.

¡VAMOS!

...

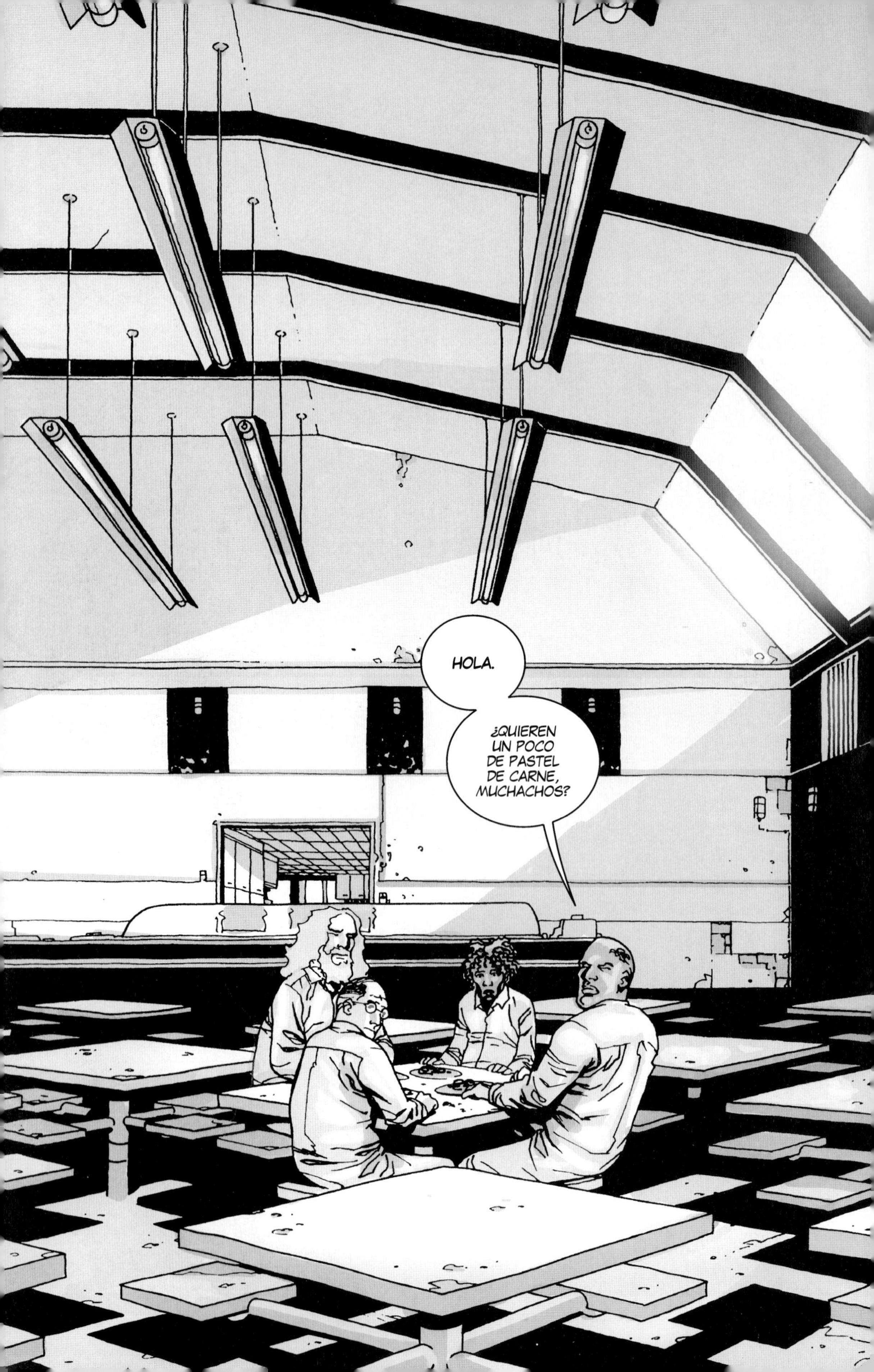
HOLA.
¿QUIEREN UN POCO DE PASTEL DE CARNE, MUCHACHOS?

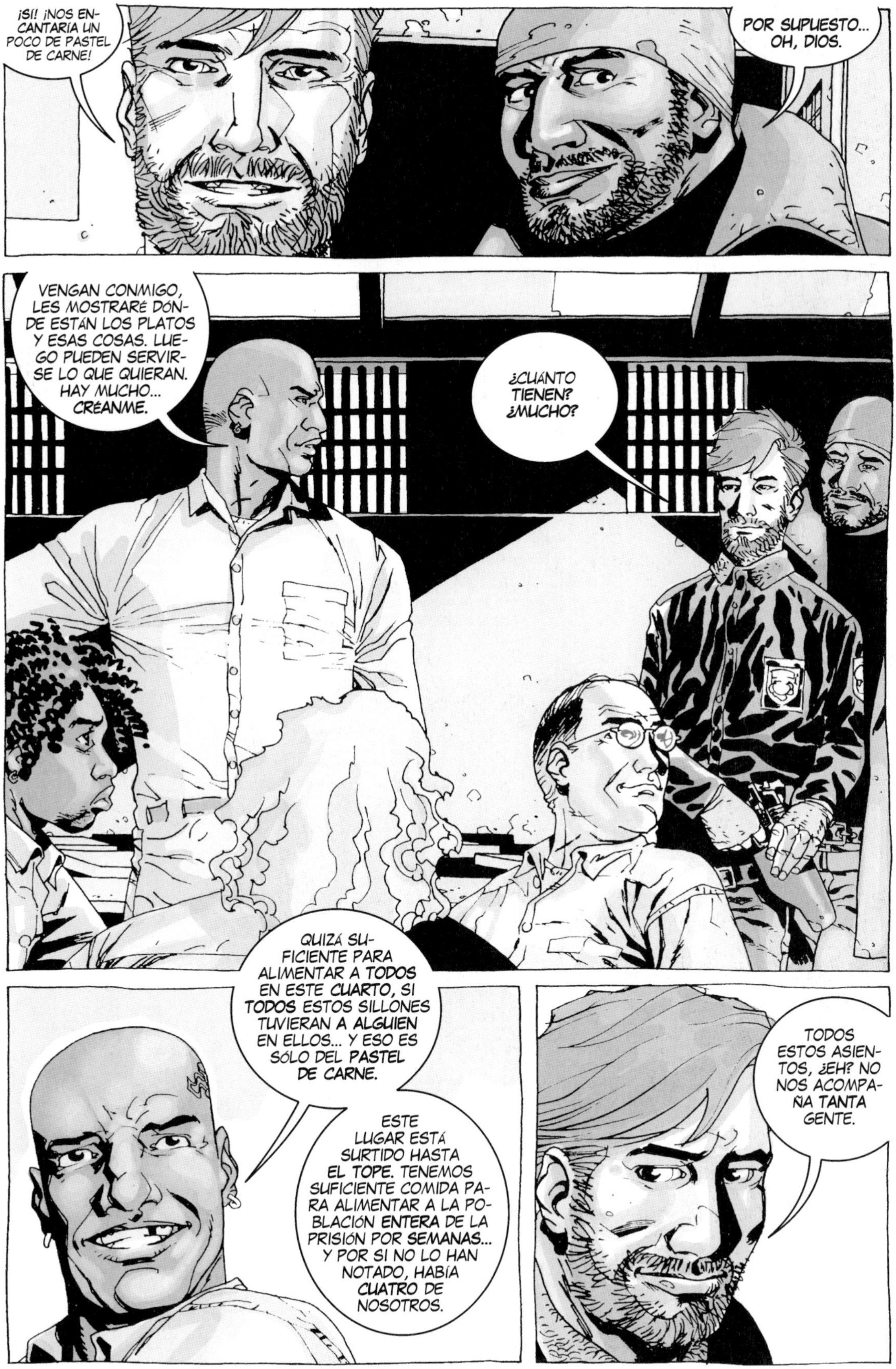
¡SÍ! ¡NOS ENCANTARÍA UN POCO DE PASTEL DE CARNE!
POR SUPUESTO... OH, DIOS.
VENGAN CONMIGO, LES MOSTRARÉ DÓNDE ESTÁN LOS PLATOS Y ESAS COSAS. LUEGO PUEDEN SERVIRSE LO QUE QUIERAN. HAY MUCHO... CRÉANME.
¿CUÁNTO TIENEN? ¿MUCHO?
QUIZÁ SUFICIENTE PARA ALIMENTAR A TODOS EN ESTE CUARTO, SI TODOS ESTOS SILLONES TUVIERAN A ALGUIEN EN ELLOS... Y ESO ES SÓLO DEL PASTEL DE CARNE.
ESTE LUGAR ESTÁ SURTIDO HASTA EL TOPE. TENEMOS SUFICIENTE COMIDA PARA ALIMENTAR A LA POBLACIÓN ENTERA DE LA PRISIÓN POR SEMANAS... Y POR SI NO LO HAN NOTADO, HABÍA CUATRO DE NOSOTROS.
TODOS ESTOS ASIENTOS, ¿EH? NO NOS ACOMPAÑA TANTA GENTE.

¡WUAU! ESTO ES INCREÍBLE.

¿YA CAMBIASTE DE OPINIÓN SOBRE ESTE LUGAR? ¿CREES QUE PODAMOS QUEDARNOS AQUÍ?

NO ESTOY SEGURA... PERO AÚN PUEDEN IMPRESIONARME.

VAMOS, TODOS... TIENEN LA COMIDA POR ACÁ ATRÁS. SÉ QUE TODOS SE MUEREN DE HAMBRE.

NO DEMASIADO, HIJO. TENEMOS QUE GUARDAR SUFICIENTE PARA QUE TODOS COMAN UN POCO.

RICK, MIRA ESTA CHAROLA. NO CREO QUE PODAMOS COMER TODO ESTO AUNQUE LO INTENTÁRAMOS.

NO QUIERO INTERRUMPIR... PERO USTEDES NO ME DAN LA IMPRESIÓN DE SER UN EQUIPO DE RESCATE. QUIERO DECIR QUE ACTÚAN COMO SI NO HUBIERAN COMIDO EN SEMANAS.

¿ME CAPTAS?

¿EQUIPO DE RESCATE? NO... SÓLO SOMOS... NO SÉ LO QUE SOMOS... SÓLO SOMOS GENTE. A USTEDES ESTÁ YÉNDOLES MUCHO MEJOR AQUÍ DENTRO QUE A NOSOTROS ALLÁ AFUERA.

NO ESTAMOS AQUÍ PARA RESCATARLOS.

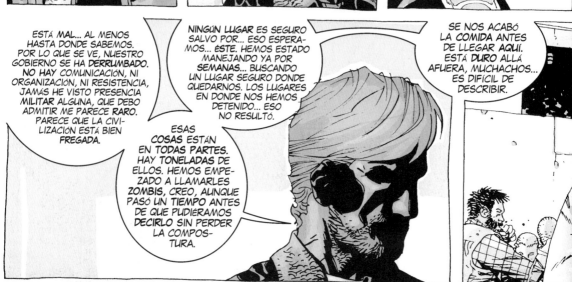

ESTÁ MAL... AL MENOS HASTA DONDE SABEMOS. POR LO QUE SE VE, NUESTRO GOBIERNO SE HA DERRUMBADO. NO HAY COMUNICACIÓN, NI ORGANIZACIÓN, NI RESISTENCIA, JAMÁS HE VISTO PRESENCIA MILITAR ALGUNA, QUE DEBO ADMITIR ME PARECE RARO. PARECE QUE LA CIVILIZACIÓN ESTÁ BIEN FREGADA.

NINGÚN LUGAR ES SEGURO SALVO POR... ESO ESPERAMOS... ÉSTE. HEMOS ESTADO MANEJANDO YA POR SEMANAS... BUSCANDO UN LUGAR SEGURO DONDE QUEDARNOS. LOS LUGARES EN DONDE NOS HEMOS DETENIDO... ESO NO RESULTÓ.

ESAS COSAS ESTÁN EN TODAS PARTES. HAY TONELADAS DE ELLOS. HEMOS EMPEZADO A LLAMARLES ZOMBIS, CREO, AUNQUE PASÓ UN TIEMPO ANTES DE QUE PUDIÉRAMOS DECIRLO SIN PERDER LA COMPOSTURA.

SE NOS ACABÓ LA COMIDA ANTES DE LLEGAR AQUÍ. ESTÁ DURO ALLÁ AFUERA, MUCHACHOS... ES DIFÍCIL DE DESCRIBIR.

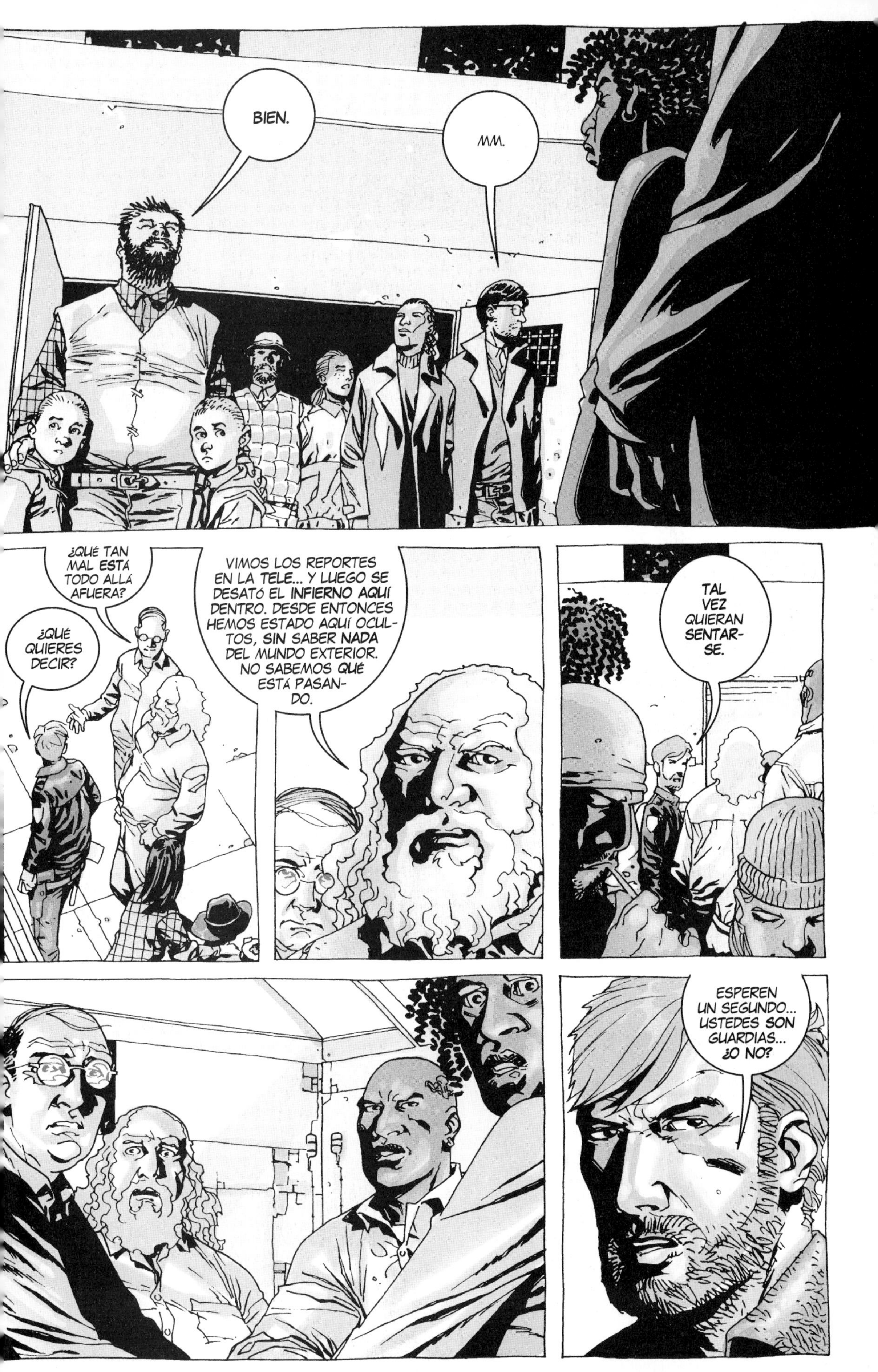
BIEN.
MM.
¿QUÉ TAN MAL ESTÁ TODO ALLÁ AFUERA?
¿QUÉ QUIERES DECIR?
VIMOS LOS REPORTES EN LA TELE... Y LUEGO SE DESATÓ EL INFIERNO AQUÍ DENTRO. DESDE ENTONCES HEMOS ESTADO AQUÍ OCULTOS, SIN SABER NADA DEL MUNDO EXTERIOR. NO SABEMOS QUÉ ESTÁ PASANDO.
TAL VEZ QUIERAN SENTARSE.
ESPEREN UN SEGUNDO... USTEDES SON GUARDIAS... ¿O NO?

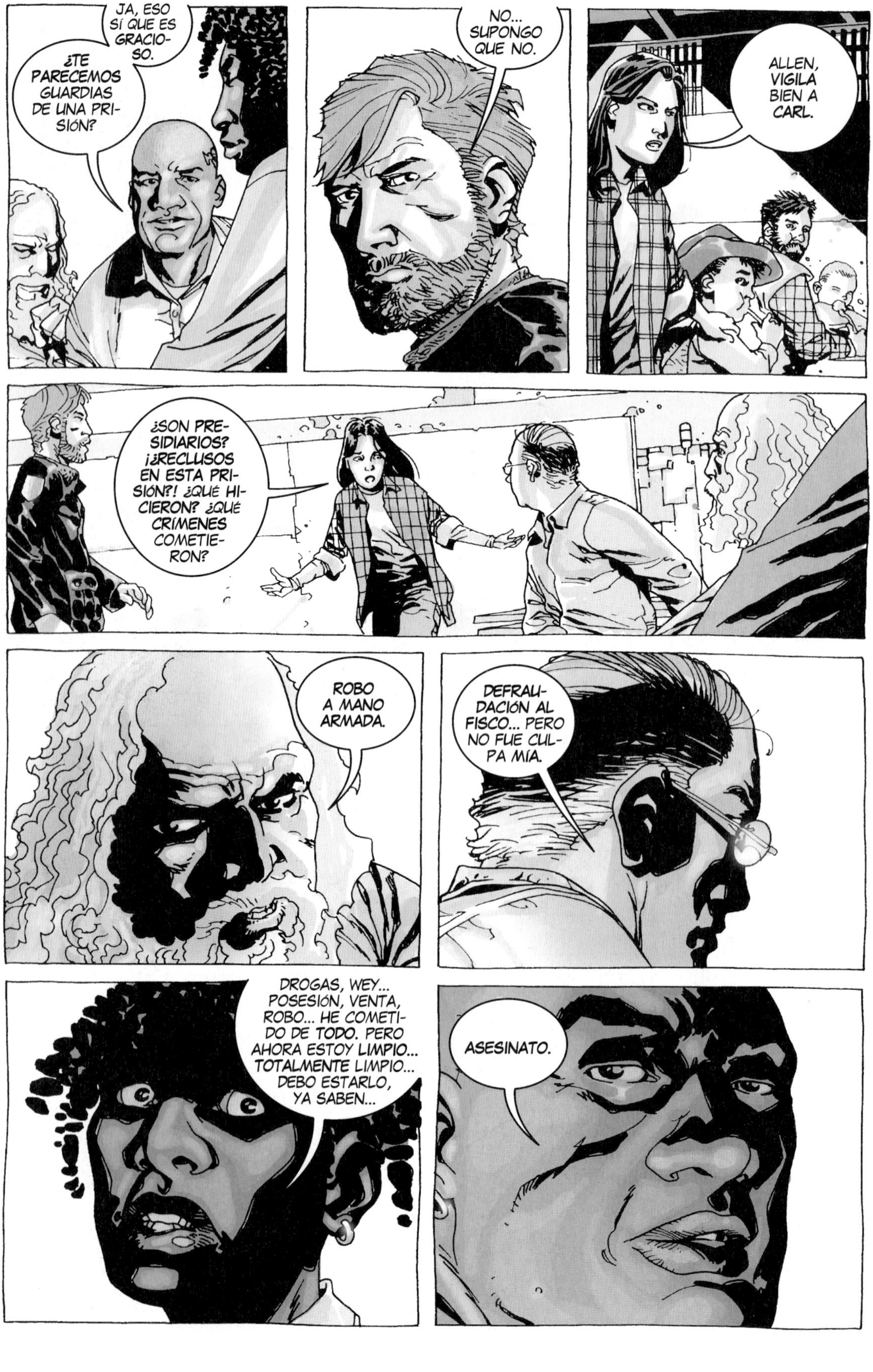
JA, ESO SÍ QUE ES GRACIO-SO.
¿TE PARECEMOS GUARDIAS DE UNA PRI-SIÓN?
NO... SUPONGO QUE NO.
ALLEN, VIGILA BIEN A CARL.
¿SON PRE-SIDIARIOS? ¡¿RECLUSOS EN ESTA PRI-SIÓN?! ¿QUÉ HI-CIERON? ¿QUÉ CRÍMENES COMETIE-RON?
ROBO A MANO ARMADA.
DEFRAU-DACIÓN AL FISCO... PERO NO FUE CUL-PA MÍA.
DROGAS, WEY... POSESIÓN, VENTA, ROBO... HE COMETI-DO DE TODO. PERO AHORA ESTOY LIMPIO... TOTALMENTE LIMPIO... DEBO ESTARLO, YA SABEN...
ASESINATO.

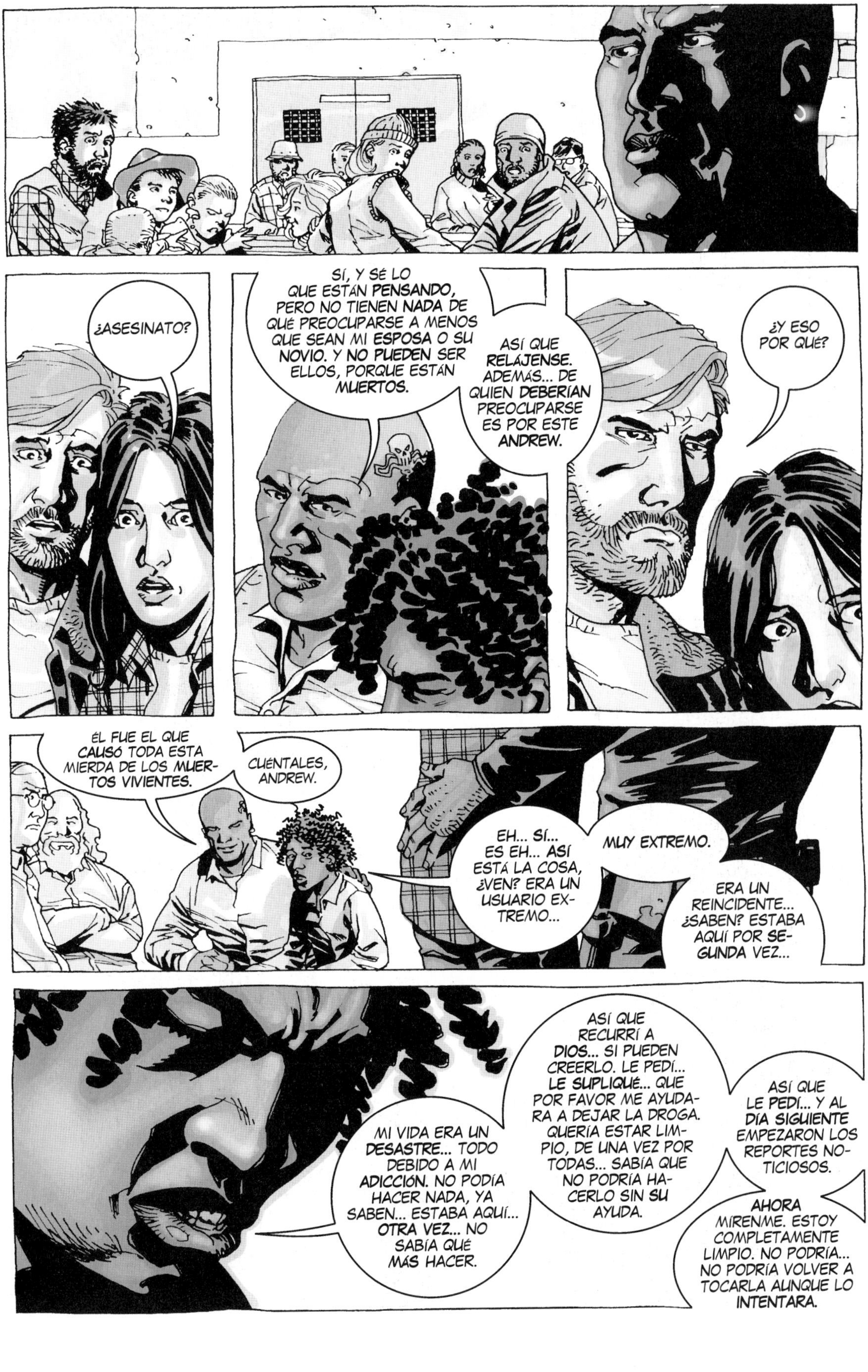
¿ASESINATO?
SÍ, Y SÉ LO QUE ESTÁN PENSANDO, PERO NO TIENEN NADA DE QUÉ PREOCUPARSE A MENOS QUE SEAN MI ESPOSA O SU NOVIO. Y NO PUEDEN SER ELLOS, PORQUE ESTÁN MUERTOS.
ASÍ QUE RELÁJENSE. ADEMÁS... DE QUIEN DEBERÍAN PREOCUPARSE ES POR ESTE ANDREW.
¿Y ESO POR QUÉ?
ÉL FUE EL QUE CAUSÓ TODA ESTA MIERDA DE LOS MUERTOS VIVIENTES.
CUÉNTALES, ANDREW.
EH... SÍ... ES EH... ASÍ ESTÁ LA COSA, ¿VEN? ERA UN USUARIO EXTREMO...
MUY EXTREMO.
ERA UN REINCIDENTE... ¿SABEN? ESTABA AQUÍ POR SEGUNDA VEZ...
MI VIDA ERA UN DESASTRE... TODO DEBIDO A MI ADICCIÓN. NO PODÍA HACER NADA, YA SABEN... ESTABA AQUÍ... OTRA VEZ... NO SABÍA QUÉ MÁS HACER.
ASÍ QUE RECURRÍ A DIOS... SI PUEDEN CREERLO. LE PEDÍ... LE SUPLIQUÉ... QUE POR FAVOR ME AYUDARA A DEJAR LA DROGA. QUERÍA ESTAR LIMPIO, DE UNA VEZ POR TODAS... SABÍA QUE NO PODRÍA HACERLO SIN SU AYUDA.
ASÍ QUE LE PEDÍ... Y AL DÍA SIGUIENTE EMPEZARON LOS REPORTES NOTICIOSOS.
AHORA MÍRENME. ESTOY COMPLETAMENTE LIMPIO. NO PODRÍA... NO PODRÍA VOLVER A TOCARLA AUNQUE LO INTENTARA.

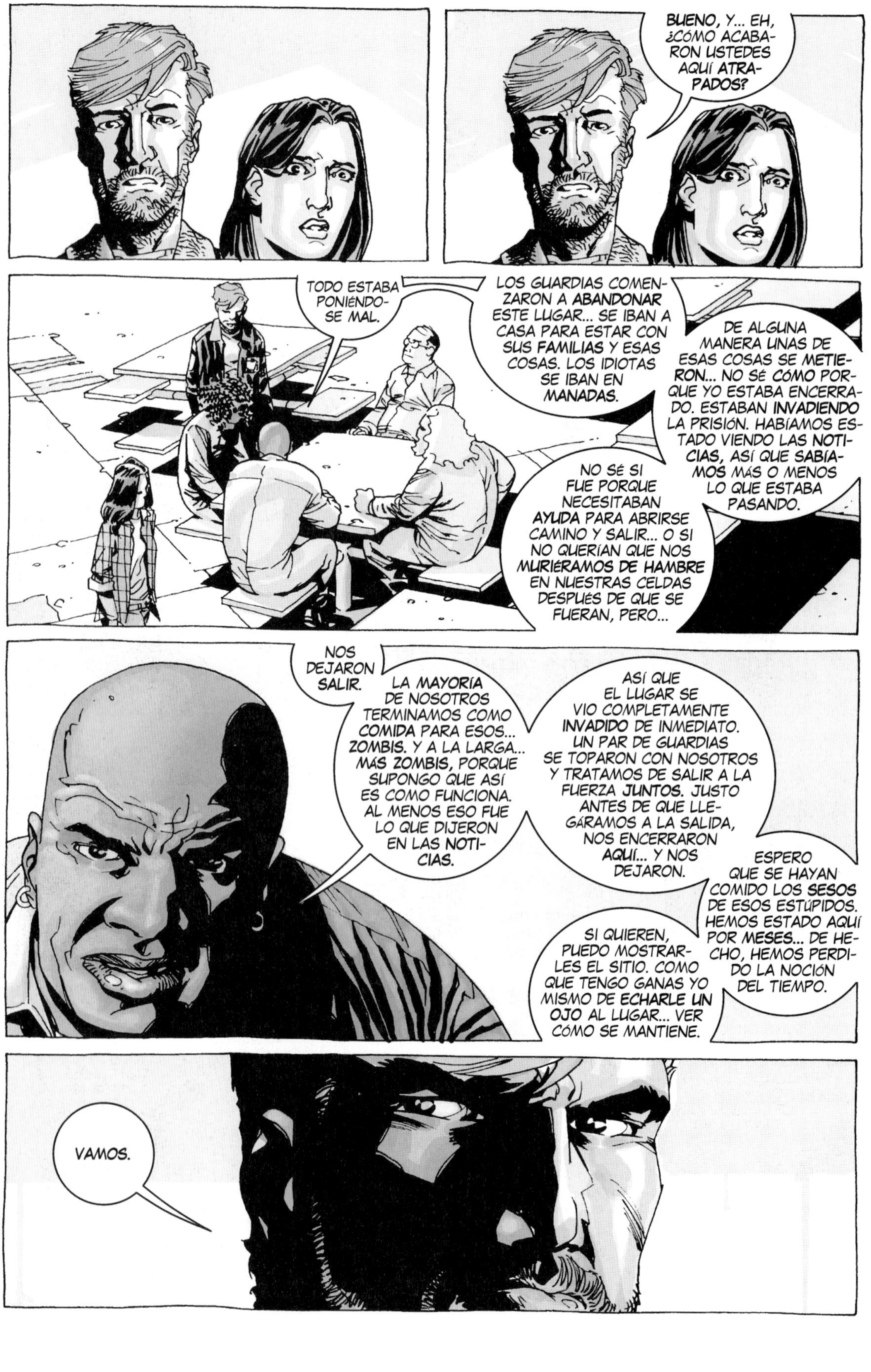

BUENO, Y... EH, ¿CÓMO ACABARON USTEDES AQUÍ ATRAPADOS?
TODO ESTABA PONIÉNDOSE MAL.
LOS GUARDIAS COMENZARON A ABANDONAR ESTE LUGAR... SE IBAN A CASA PARA ESTAR CON SUS FAMILIAS Y ESAS COSAS. LOS IDIOTAS SE IBAN EN MANADAS.
DE ALGUNA MANERA UNAS DE ESAS COSAS SE METIERON... NO SÉ CÓMO PORQUE YO ESTABA ENCERRADO. ESTABAN INVADIENDO LA PRISIÓN. HABÍAMOS ESTADO VIENDO LAS NOTICIAS, ASÍ QUE SABÍAMOS MÁS O MENOS LO QUE ESTABA PASANDO.
NO SÉ SI FUE PORQUE NECESITABAN AYUDA PARA ABRIRSE CAMINO Y SALIR... O SI NO QUERÍAN QUE NOS MURIÉRAMOS DE HAMBRE EN NUESTRAS CELDAS DESPUÉS DE QUE SE FUERAN, PERO...
NOS DEJARON SALIR.
LA MAYORÍA DE NOSOTROS TERMINAMOS COMO COMIDA PARA ESOS... ZOMBIS. Y A LA LARGA... MÁS ZOMBIS, PORQUE SUPONGO QUE ASÍ ES COMO FUNCIONA. AL MENOS ESO FUE LO QUE DIJERON EN LAS NOTICIAS.
ASÍ QUE EL LUGAR SE VIO COMPLETAMENTE INVADIDO DE INMEDIATO. UN PAR DE GUARDIAS SE TOPARON CON NOSOTROS Y TRATAMOS DE SALIR A LA FUERZA JUNTOS. JUSTO ANTES DE QUE LLEGÁRAMOS A LA SALIDA, NOS ENCERRARON AQUÍ... Y NOS DEJARON.
ESPERO QUE SE HAYAN COMIDO LOS SESOS DE ESOS ESTÚPIDOS. HEMOS ESTADO AQUÍ POR MESES... DE HECHO, HEMOS PERDIDO LA NOCIÓN DEL TIEMPO.
SI QUIEREN, PUEDO MOSTRARLES EL SITIO. COMO QUE TENGO GANAS YO MISMO DE ECHARLE UN OJO AL LUGAR... VER CÓMO SE MANTIENE.
VAMOS.

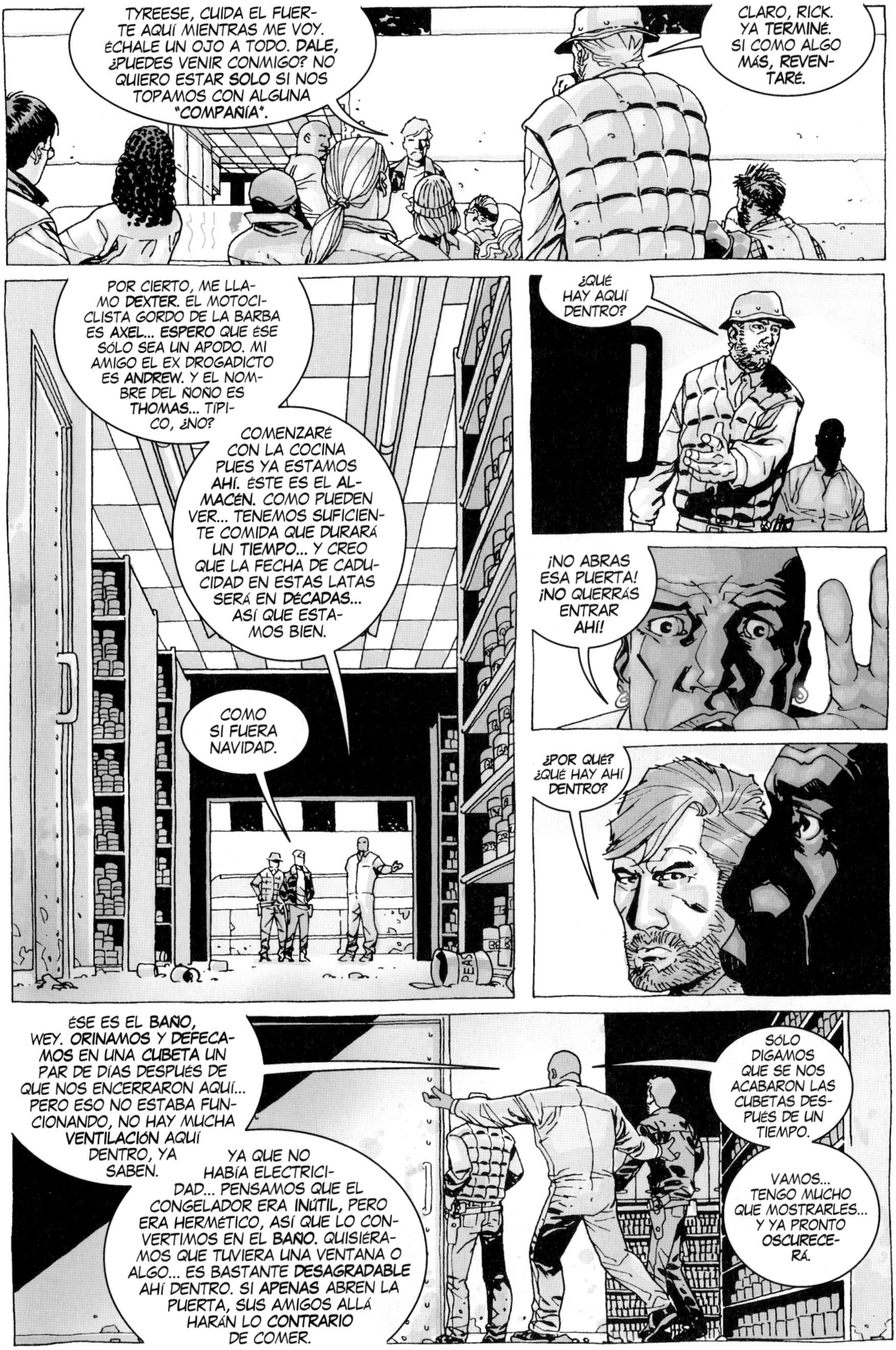
TYREESE, CUIDA EL FUERTE AQUÍ MIENTRAS ME VOY. ÉCHALE UN OJO A TODO. DALE, ¿PUEDES VENIR CONMIGO? NO QUIERO ESTAR SOLO SI NOS TOPAMOS CON ALGUNA "COMPAÑÍA".
CLARO, RICK. YA TERMINÉ. SI COMO ALGO MÁS, REVENTARÉ.
POR CIERTO, ME LLAMO DEXTER. EL MOTOCICLISTA GORDO DE LA BARBA ES AXEL... ESPERO QUE ÉSE SÓLO SEA UN APODO. MI AMIGO EL EX DROGADICTO ES ANDREW. Y EL NOMBRE DEL ÑOÑO ES THOMAS... TÍPICO, ¿NO?
COMENZARÉ CON LA COCINA PUES YA ESTAMOS AHÍ. ÉSTE ES EL ALMACÉN. COMO PUEDEN VER... TENEMOS SUFICIENTE COMIDA QUE DURARÁ UN TIEMPO... Y CREO QUE LA FECHA DE CADUCIDAD EN ESTAS LATAS SERÁ EN DÉCADAS... ASÍ QUE ESTAMOS BIEN.
COMO SI FUERA NAVIDAD.
PEAS
¿QUÉ HAY AQUÍ DENTRO?
¡NO ABRAS ESA PUERTA! ¡NO QUERRÁS ENTRAR AHÍ!
¿POR QUÉ? ¿QUÉ HAY AHÍ DENTRO?
ÉSE ES EL BAÑO, WEY. ORINAMOS Y DEFECAMOS EN UNA CUBETA UN PAR DE DÍAS DESPUÉS DE QUE NOS ENCERRARON AQUÍ... PERO ESO NO ESTABA FUNCIONANDO, NO HAY MUCHA VENTILACIÓN AQUÍ DENTRO, YA SABEN.
YA QUE NO HABÍA ELECTRICIDAD... PENSAMOS QUE EL CONGELADOR ERA INÚTIL, PERO ERA HERMÉTICO, ASÍ QUE LO CONVERTIMOS EN EL BAÑO. QUISIÉRAMOS QUE TUVIERA UNA VENTANA O ALGO... ES BASTANTE DESAGRADABLE AHÍ DENTRO. SI APENAS ABREN LA PUERTA, SUS AMIGOS ALLÁ HARÁN LO CONTRARIO DE COMER.
SÓLO DIGAMOS QUE SE NOS ACABARON LAS CUBETAS DESPUÉS DE UN TIEMPO.
VAMOS... TENGO MUCHO QUE MOSTRARLES... Y YA PRONTO OSCURECERÁ.

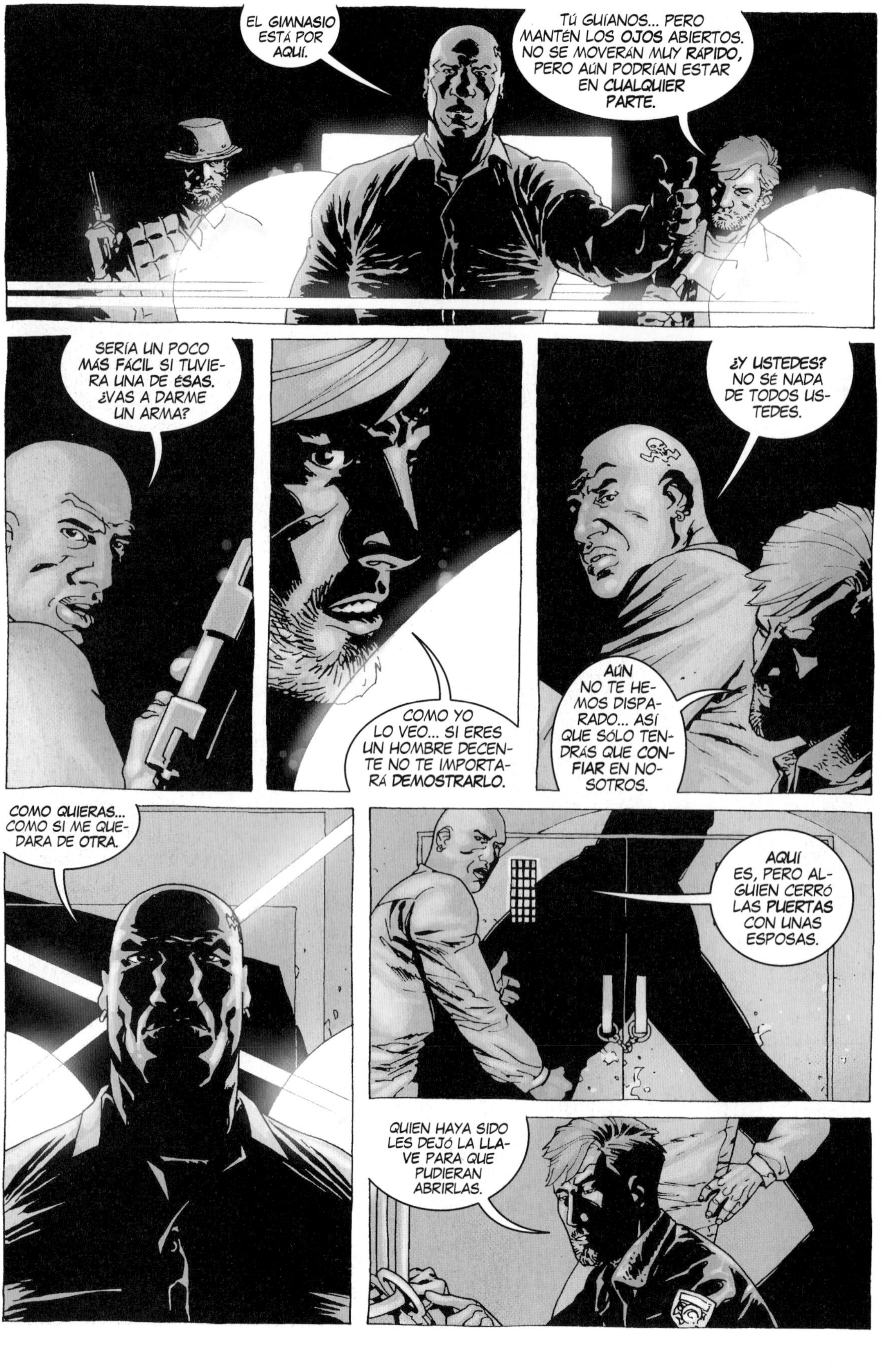
EL GIMNASIO ESTÁ POR AQUÍ.
TÚ GUÍANOS... PERO MANTÉN LOS OJOS ABIERTOS. NO SE MOVERÁN MUY RÁPIDO, PERO AÚN PODRÍAN ESTAR EN CUALQUIER PARTE.
SERÍA UN POCO MÁS FÁCIL SI TUVIERA UNA DE ÉSAS. ¿VAS A DARME UN ARMA?
COMO YO LO VEO... SI ERES UN HOMBRE DECENTE NO TE IMPORTARÁ DEMOSTRARLO.
¿Y USTEDES? NO SÉ NADA DE TODOS USTEDES.
AÚN NO TE HEMOS DISPARADO... ASÍ QUE SÓLO TENDRÁS QUE CONFIAR EN NOSOTROS.
COMO QUIERAS... COMO SI ME QUEDARA DE OTRA.
AQUÍ ES, PERO ALGUIEN CERRÓ LAS PUERTAS CON UNAS ESPOSAS.
QUIEN HAYA SIDO LES DEJÓ LA LLAVE PARA QUE PUDIERAN ABRIRLAS.

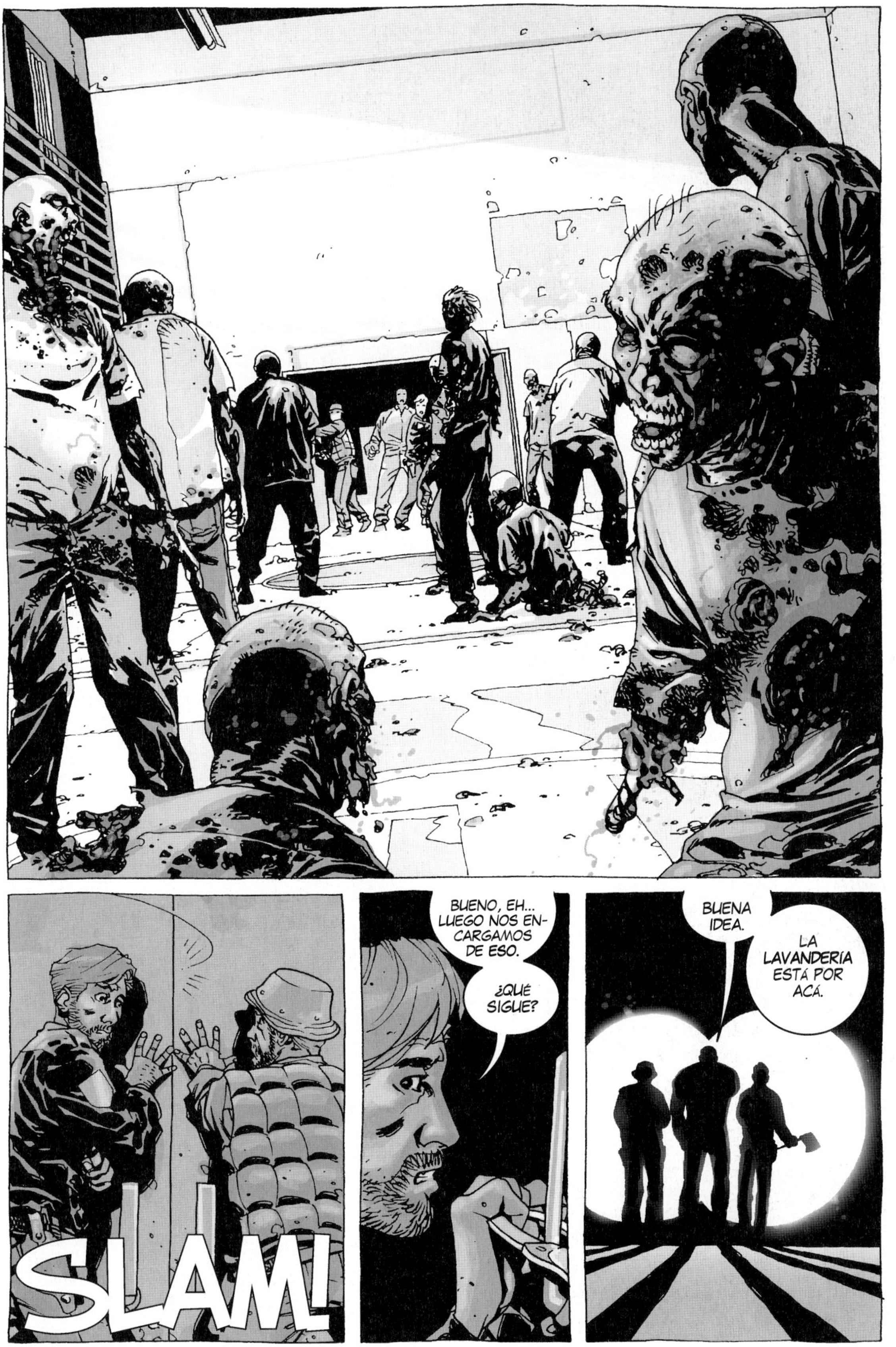
SLAM!
BUENO, EH... LUEGO NOS ENCARGAMOS DE ESO.
¿QUÉ SIGUE?
BUENA IDEA.
LA LAVANDERÍA ESTÁ POR ACÁ.

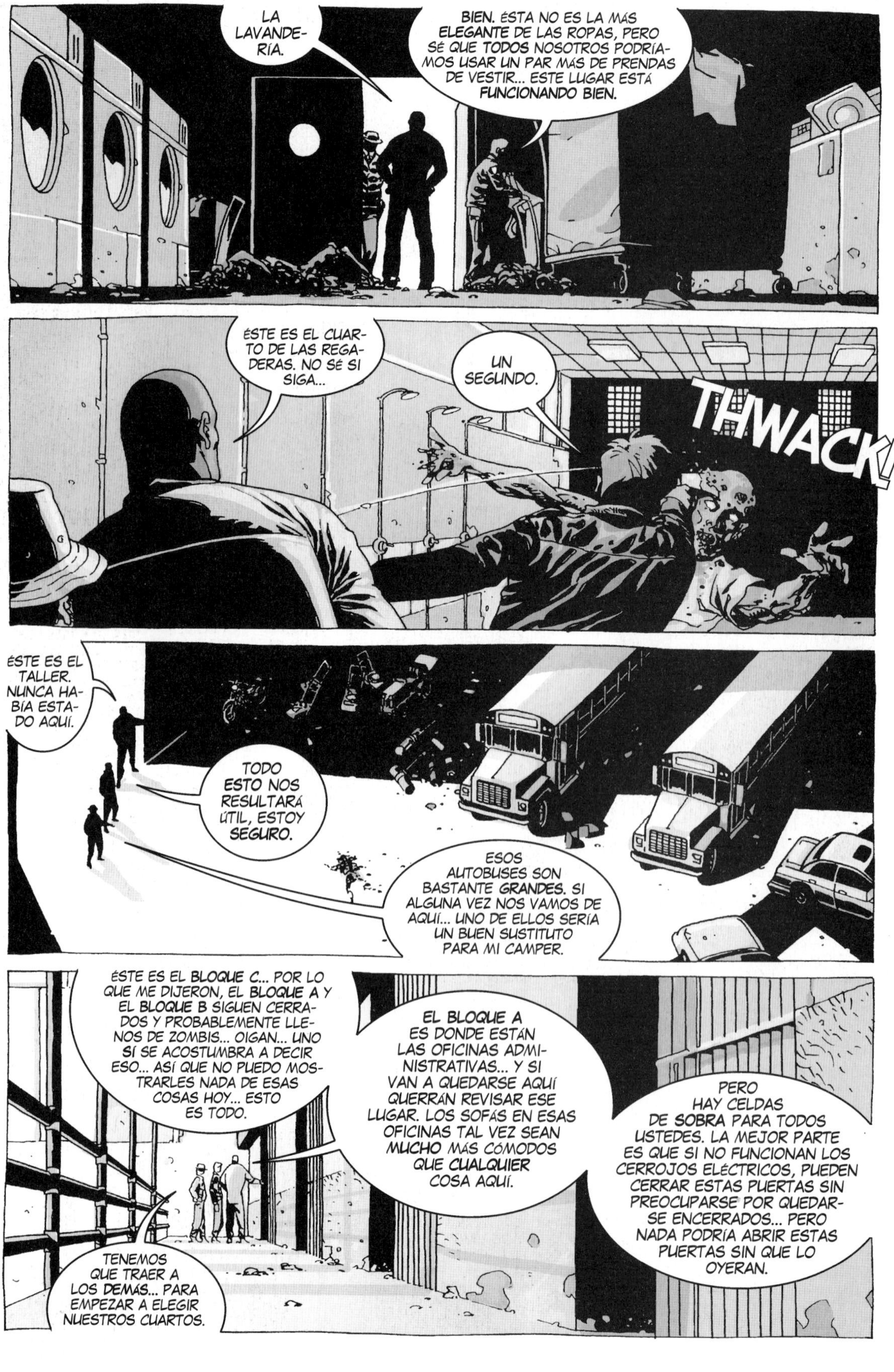
LA LAVANDERÍA.
BIEN. ÉSTA NO ES LA MÁS ELEGANTE DE LAS ROPAS, PERO SÉ QUE TODOS NOSOTROS PODRÍAMOS USAR UN PAR MÁS DE PRENDAS DE VESTIR... ESTE LUGAR ESTÁ FUNCIONANDO BIEN.
ÉSTE ES EL CUARTO DE LAS REGADERAS. NO SÉ SI SIGA...
UN SEGUNDO.
THWACK!
ÉSTE ES EL TALLER. NUNCA HABÍA ESTADO AQUÍ.
TODO ESTO NOS RESULTARÁ ÚTIL, ESTOY SEGURO.
ESOS AUTOBUSES SON BASTANTE GRANDES. SI ALGUNA VEZ NOS VAMOS DE AQUÍ... UNO DE ELLOS SERÍA UN BUEN SUSTITUTO PARA MI CAMPER.
ÉSTE ES EL BLOQUE C... POR LO QUE ME DIJERON, EL BLOQUE A Y EL BLOQUE B SIGUEN CERRADOS Y PROBABLEMENTE LLENOS DE ZOMBIS... OIGAN... UNO SÍ SE ACOSTUMBRA A DECIR ESO... ASÍ QUE NO PUEDO MOSTRARLES NADA DE ESAS COSAS HOY... ESTO ES TODO.
EL BLOQUE A ES DONDE ESTÁN LAS OFICINAS ADMINISTRATIVAS... Y SI VAN A QUEDARSE AQUÍ QUERRÁN REVISAR ESE LUGAR. LOS SOFÁS EN ESAS OFICINAS TAL VEZ SEAN MUCHO MÁS CÓMODOS QUE CUALQUIER COSA AQUÍ.
PERO HAY CELDAS DE SOBRA PARA TODOS USTEDES. LA MEJOR PARTE ES QUE SI NO FUNCIONAN LOS CERROJOS ELÉCTRICOS, PUEDEN CERRAR ESTAS PUERTAS SIN PREOCUPARSE POR QUEDARSE ENCERRADOS... PERO NADA PODRÍA ABRIR ESTAS PUERTAS SIN QUE LO OYERAN.
TENEMOS QUE TRAER A LOS DEMÁS... PARA EMPEZAR A ELEGIR NUESTROS CUARTOS.

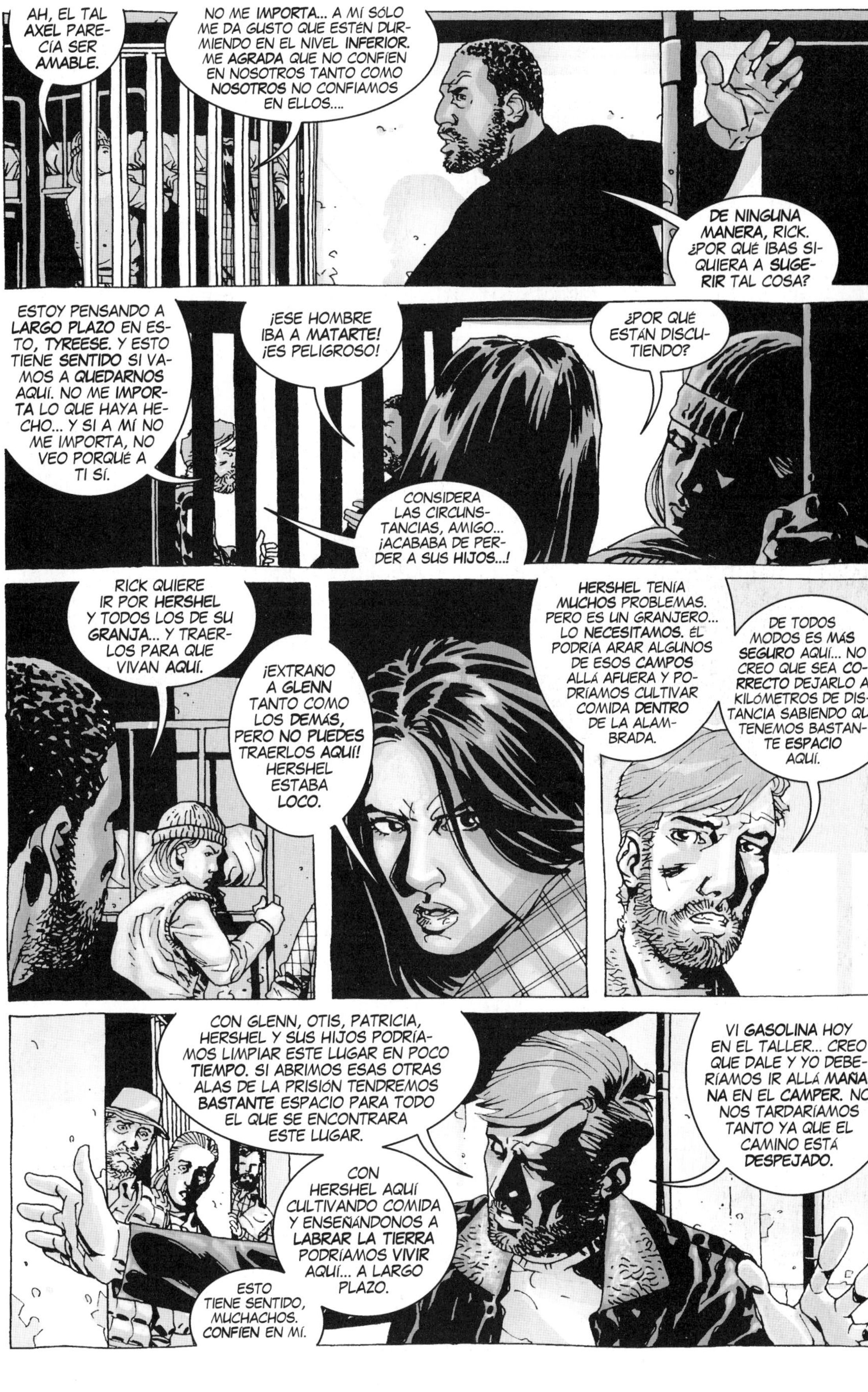
AH, EL TAL AXEL PARECÍA SER AMABLE.
NO ME IMPORTA... A MÍ SÓLO ME DA GUSTO QUE ESTÉN DURMIENDO EN EL NIVEL INFERIOR. ME AGRADA QUE NO CONFÍEN EN NOSOTROS TANTO COMO NOSOTROS NO CONFIAMOS EN ELLOS....
DE NINGUNA MANERA, RICK. ¿POR QUÉ IBAS SIQUIERA A SUGERIR TAL COSA?
ESTOY PENSANDO A LARGO PLAZO EN ESTO, TYREESE. Y ESTO TIENE SENTIDO SI VAMOS A QUEDARNOS AQUÍ. NO ME IMPORTA LO QUE HAYA HECHO... Y SI A MÍ NO ME IMPORTA, NO VEO PORQUÉ A TI SÍ.
¡ESE HOMBRE IBA A MATARTE! ¡ES PELIGROSO!
¿POR QUÉ ESTÁN DISCUTIENDO?
CONSIDERA LAS CIRCUNSTANCIAS, AMIGO... ¡ACABABA DE PERDER A SUS HIJOS...!
RICK QUIERE IR POR HERSHEL Y TODOS LOS DE SU GRANJA... Y TRAERLOS PARA QUE VIVAN AQUÍ.
¡EXTRAÑO A GLENN TANTO COMO LOS DEMÁS, PERO NO PUEDES TRAERLOS AQUÍ! HERSHEL ESTABA LOCO.
HERSHEL TENÍA MUCHOS PROBLEMAS. PERO ES UN GRANJERO... LO NECESITAMOS. ÉL PODRÍA ARAR ALGUNOS DE ESOS CAMPOS ALLÁ AFUERA Y PODRÍAMOS CULTIVAR COMIDA DENTRO DE LA ALAMBRADA.
DE TODOS MODOS ES MÁS SEGURO AQUÍ... NO CREO QUE SEA CORRECTO DEJARLO A KILÓMETROS DE DISTANCIA SABIENDO QUE TENEMOS BASTANTE ESPACIO AQUÍ.
CON GLENN, OTIS, PATRICIA, HERSHEL Y SUS HIJOS PODRÍAMOS LIMPIAR ESTE LUGAR EN POCO TIEMPO. SI ABRIMOS ESAS OTRAS ALAS DE LA PRISIÓN TENDREMOS BASTANTE ESPACIO PARA TODO EL QUE SE ENCONTRARA ESTE LUGAR.
CON HERSHEL AQUÍ CULTIVANDO COMIDA Y ENSEÑÁNDONOS A LABRAR LA TIERRA PODRÍAMOS VIVIR AQUÍ... A LARGO PLAZO.
ESTO TIENE SENTIDO, MUCHACHOS. CONFÍEN EN MÍ.
VI GASOLINA HOY EN EL TALLER... CREO QUE DALE Y YO DEBERÍAMOS IR ALLÁ MAÑANA EN EL CAMPER. NO NOS TARDARÍAMOS TANTO YA QUE EL CAMINO ESTÁ DESPEJADO.

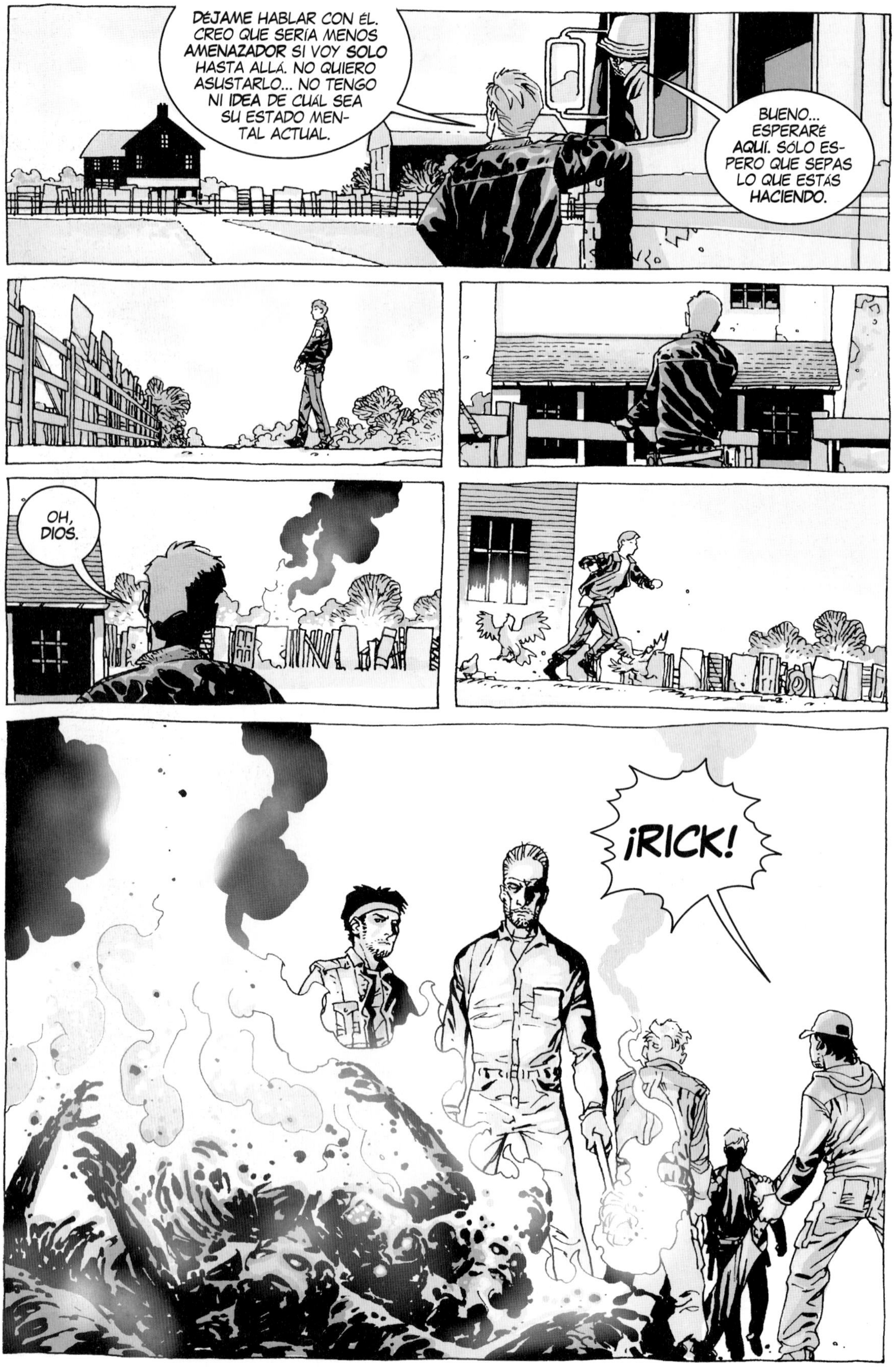
DÉJAME HABLAR CON ÉL. CREO QUE SERÍA MENOS AMENAZADOR SI VOY SOLO HASTA ALLÁ. NO QUIERO ASUSTARLO... NO TENGO NI IDEA DE CUÁL SEA SU ESTADO MENTAL ACTUAL.
BUENO... ESPERARÉ AQUÍ. SÓLO ESPERO QUE SEPAS LO QUE ESTÁS HACIENDO.
OH, DIOS.
¡RICK!

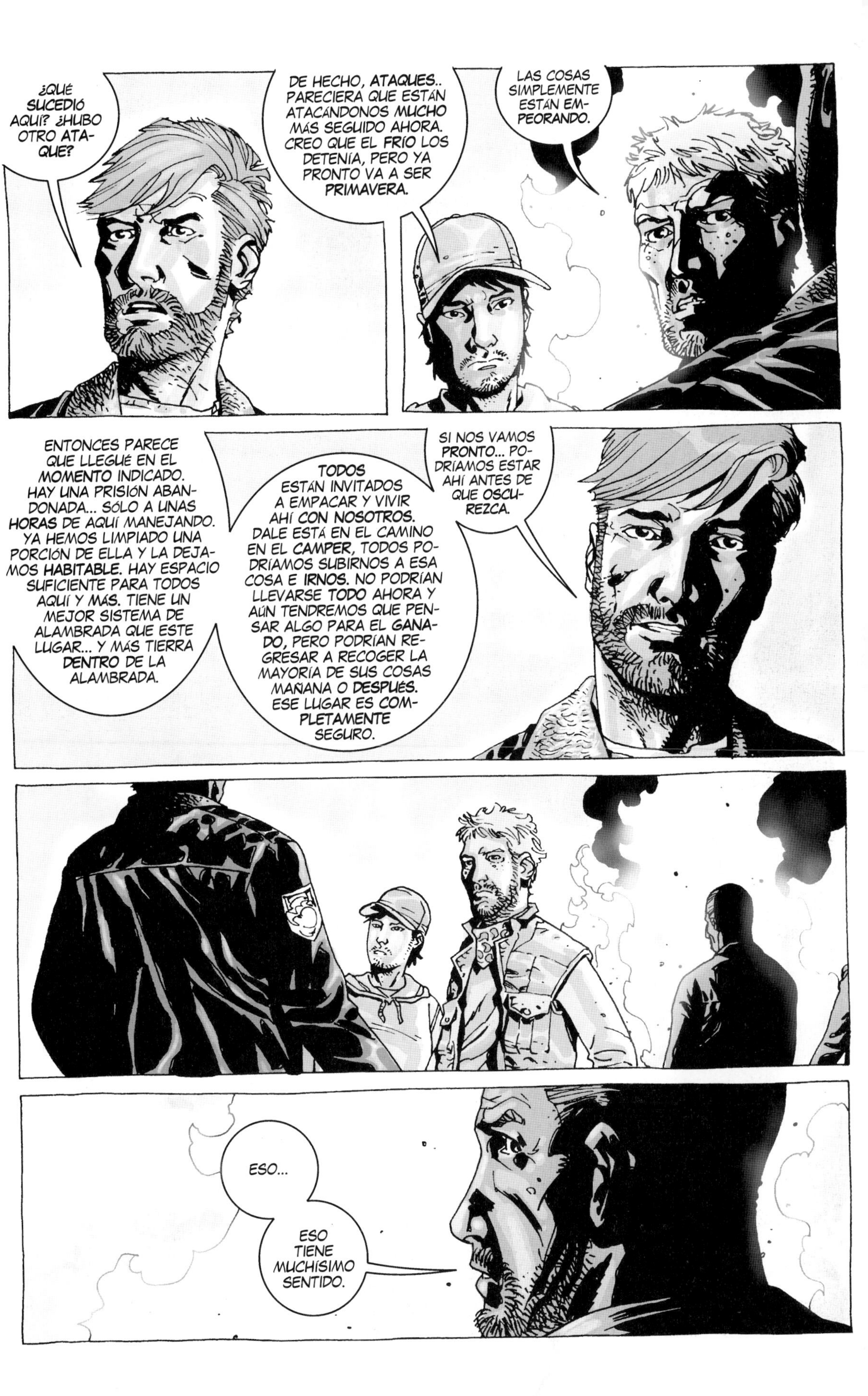
¿QUÉ SUCEDIÓ AQUÍ? ¿HUBO OTRO ATAQUE?
DE HECHO, ATAQUES.. PARECIERA QUE ESTÁN ATACÁNDONOS MUCHO MÁS SEGUIDO AHORA. CREO QUE EL FRÍO LOS DETENÍA, PERO YA PRONTO VA A SER PRIMAVERA.
LAS COSAS SIMPLEMENTE ESTÁN EMPEORANDO.
ENTONCES PARECE QUE LLEGUÉ EN EL MOMENTO INDICADO. HAY UNA PRISIÓN ABANDONADA... SÓLO A UNAS HORAS DE AQUÍ MANEJANDO. YA HEMOS LIMPIADO UNA PORCIÓN DE ELLA Y LA DEJAMOS HABITABLE. HAY ESPACIO SUFICIENTE PARA TODOS AQUÍ Y MÁS. TIENE UN MEJOR SISTEMA DE ALAMBRADA QUE ESTE LUGAR... Y MÁS TIERRA DENTRO DE LA ALAMBRADA.
TODOS ESTÁN INVITADOS A EMPACAR Y VIVIR AHÍ CON NOSOTROS. DALE ESTÁ EN EL CAMINO EN EL CAMPER, TODOS PODRÍAMOS SUBIRNOS A ESA COSA E IRNOS. NO PODRÍAN LLEVARSE TODO AHORA Y AÚN TENDREMOS QUE PENSAR ALGO PARA EL GANADO, PERO PODRÍAN REGRESAR A RECOGER LA MAYORÍA DE SUS COSAS MAÑANA O DESPUÉS. ESE LUGAR ES COMPLETAMENTE SEGURO.
SI NOS VAMOS PRONTO... PODRÍAMOS ESTAR AHÍ ANTES DE QUE OSCUREZCA.
ESO...
ESO TIENE MUCHISIMO SENTIDO.

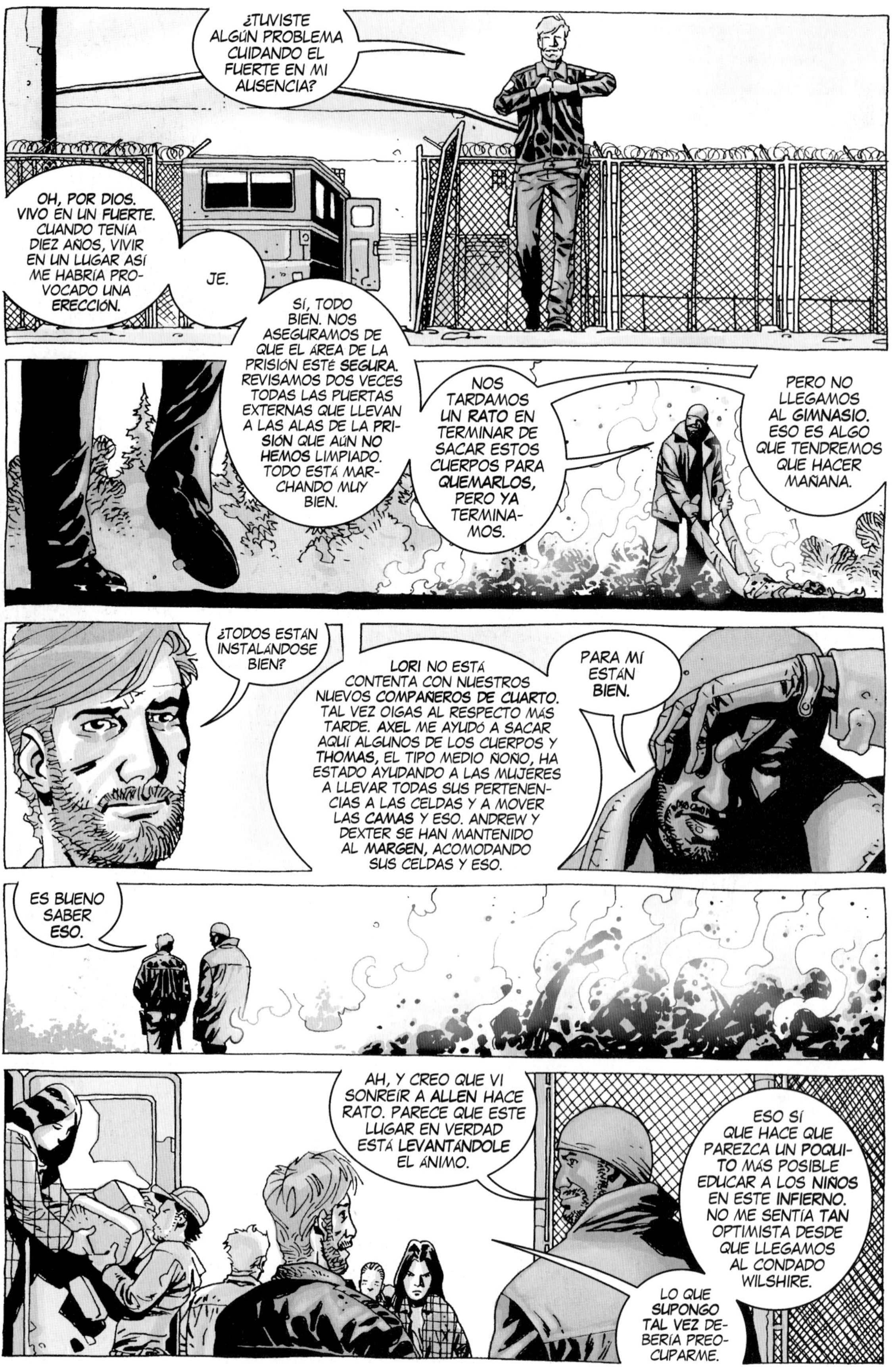
¿TUVISTE ALGÚN PROBLEMA CUIDANDO EL FUERTE EN MI AUSENCIA?
OH, POR DIOS. VIVO EN UN FUERTE. CUANDO TENÍA DIEZ AÑOS, VIVIR EN UN LUGAR ASÍ ME HABRÍA PROVOCADO UNA ERECCIÓN.
JE.
SÍ, TODO BIEN. NOS ASEGURAMOS DE QUE EL ÁREA DE LA PRISIÓN ESTÉ SEGURA. REVISAMOS DOS VECES TODAS LAS PUERTAS EXTERNAS QUE LLEVAN A LAS ALAS DE LA PRISIÓN QUE AÚN NO HEMOS LIMPIADO. TODO ESTÁ MARCHANDO MUY BIEN.
NOS TARDAMOS UN RATO EN TERMINAR DE SACAR ESTOS CUERPOS PARA QUEMARLOS, PERO YA TERMINAMOS.
PERO NO LLEGAMOS AL GIMNASIO. ESO ES ALGO QUE TENDREMOS QUE HACER MAÑANA.
¿TODOS ESTÁN INSTALÁNDOSE BIEN?
LORI NO ESTÁ CONTENTA CON NUESTROS NUEVOS COMPAÑEROS DE CUARTO. TAL VEZ OIGAS AL RESPECTO MÁS TARDE. AXEL ME AYUDÓ A SACAR AQUÍ ALGUNOS DE LOS CUERPOS Y THOMAS, EL TIPO MEDIO ÑOÑO, HA ESTADO AYUDANDO A LAS MUJERES A LLEVAR TODAS SUS PERTENENCIAS A LAS CELDAS Y A MOVER LAS CAMAS Y ESO. ANDREW Y DEXTER SE HAN MANTENIDO AL MARGEN, ACOMODANDO SUS CELDAS Y ESO.
PARA MÍ ESTÁN BIEN.
ES BUENO SABER ESO.
AH, Y CREO QUE VI SONREÍR A ALLEN HACE RATO. PARECE QUE ESTE LUGAR EN VERDAD ESTÁ LEVANTÁNDOLE EL ÁNIMO.
ESO SÍ QUE HACE QUE PAREZCA UN POQUITO MÁS POSIBLE EDUCAR A LOS NIÑOS EN ESTE INFIERNO. NO ME SENTÍA TAN OPTIMISTA DESDE QUE LLEGAMOS AL CONDADO WILSHIRE.
LO QUE SUPONGO TAL VEZ DEBERÍA PREOCUPARME.

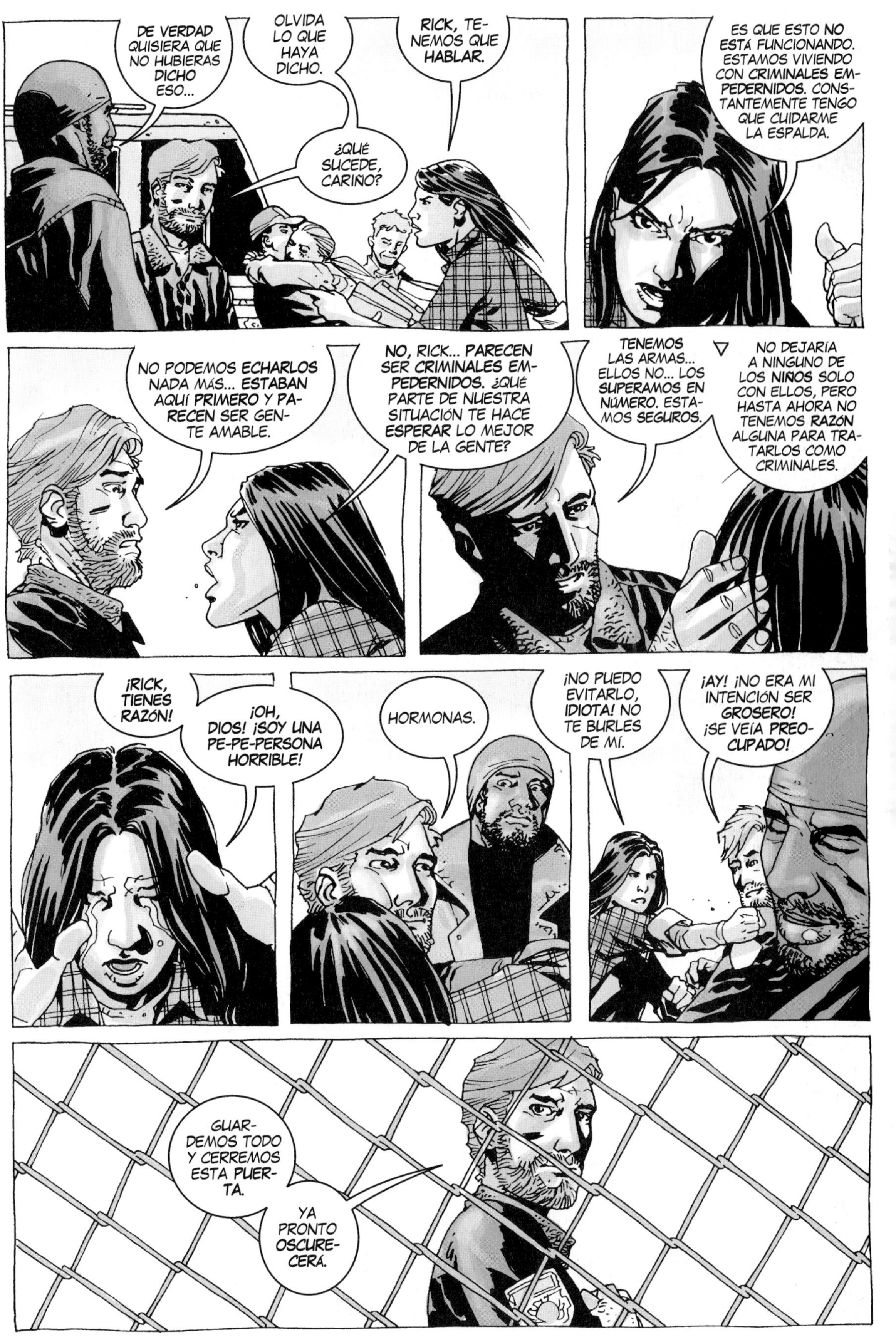
DE VERDAD QUISIERA QUE NO HUBIERAS DICHO ESO...
OLVIDA LO QUE HAYA DICHO.
¿QUÉ SUCEDE, CARIÑO?
RICK, TENEMOS QUE HABLAR.
ES QUE ESTO NO ESTÁ FUNCIONANDO. ESTAMOS VIVIENDO CON CRIMINALES EMPEDERNIDOS. CONSTANTEMENTE TENGO QUE CUIDARME LA ESPALDA.
NO PODEMOS ECHARLOS NADA MÁS... ESTABAN AQUÍ PRIMERO Y PARECEN SER GENTE AMABLE.
NO, RICK... PARECEN SER CRIMINALES EMPEDERNIDOS. ¿QUÉ PARTE DE NUESTRA SITUACIÓN TE HACE ESPERAR LO MEJOR DE LA GENTE?
TENEMOS LAS ARMAS... ELLOS NO... LOS SUPERAMOS EN NÚMERO. ESTAMOS SEGUROS.
NO DEJARÍA A NINGUNO DE LOS NIÑOS SOLO CON ELLOS, PERO HASTA AHORA NO TENEMOS RAZÓN ALGUNA PARA TRATARLOS COMO CRIMINALES.
¡RICK, TIENES RAZÓN!
¡OH, DIOS! ¡SOY UNA PE-PE-PERSONA HORRIBLE!
HORMONAS.
¡NO PUEDO EVITARLO, IDIOTA! NO TE BURLES DE MÍ.
¡AY! ¡NO ERA MI INTENCIÓN SER GROSERO! ¡SE VEÍA PREOCUPADO!
GUARDEMOS TODO Y CERREMOS ESTA PUERTA.
YA PRONTO OSCURECERÁ.

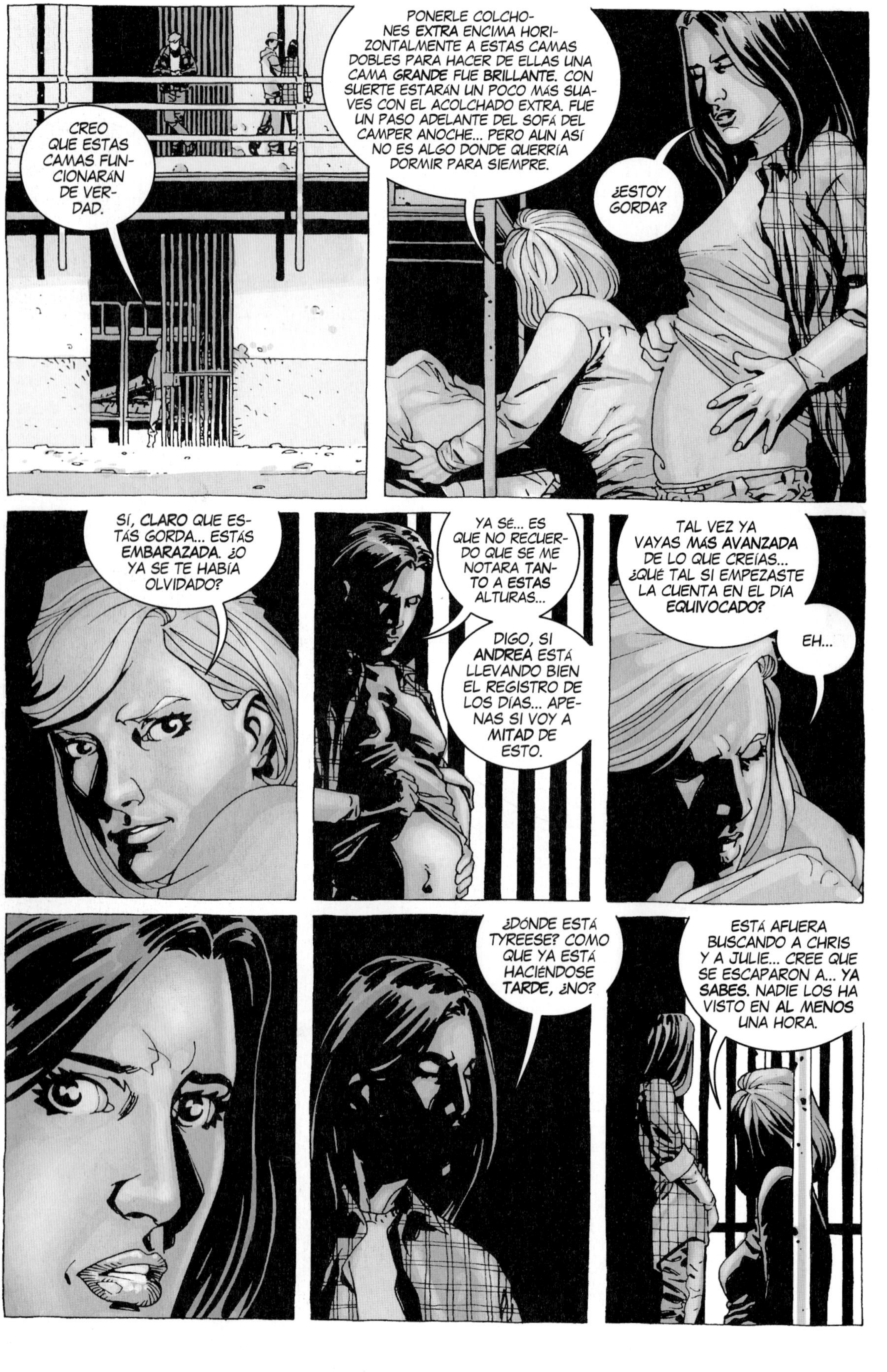
CREO QUE ESTAS CAMAS FUNCIONARÁN DE VERDAD.
PONERLE COLCHONES EXTRA ENCIMA HORIZONTALMENTE A ESTAS CAMAS DOBLES PARA HACER DE ELLAS UNA CAMA GRANDE FUE BRILLANTE. CON SUERTE ESTARÁN UN POCO MÁS SUAVES CON EL ACOLCHADO EXTRA. FUE UN PASO ADELANTE DEL SOFÁ DEL CAMPER ANOCHE... PERO AUN ASÍ NO ES ALGO DONDE QUERRÍA DORMIR PARA SIEMPRE.
¿ESTOY GORDA?
SÍ, CLARO QUE ESTÁS GORDA... ESTÁS EMBARAZADA. ¿O YA SE TE HABÍA OLVIDADO?
YA SÉ... ES QUE NO RECUERDO QUE SE ME NOTARA TANTO A ESTAS ALTURAS...
DIGO, SI ANDREA ESTÁ LLEVANDO BIEN EL REGISTRO DE LOS DÍAS... APENAS SI VOY A MITAD DE ESTO.
TAL VEZ YA VAYAS MÁS AVANZADA DE LO QUE CREÍAS... ¿QUÉ TAL SI EMPEZASTE LA CUENTA EN EL DÍA EQUIVOCADO?
EH...
¿DÓNDE ESTÁ TYREESE? COMO QUE YA ESTÁ HACIÉNDOSE TARDE, ¿NO?
ESTÁ AFUERA BUSCANDO A CHRIS Y A JULIE... CREE QUE SE ESCAPARON A... YA SABES. NADIE LOS HA VISTO EN AL MENOS UNA HORA.

¿TIENES UN MINU-TO?

TENGO UNOS CUANTOS.

SÓLO QUERÍA AGRADE-CERTE POR...

NO ES NECESARIO, HERSHEL. NO TIENES QUE...

DÉJAME HABLAR. QUERÍA AGRADE-CERTE POR TRAER-NOS AQUÍ, RICK. SÉ QUE LAS COSAS ENTRE NOSOTROS...

IBA A DISPA-RARTE, RICK.

SÓLO CREO QUE ES JUSTO QUE SEPAS ESO. TE HABRÍA MATADO. HABÍA PERDIDO LA CABEZA POR EL DOLOR. AÚN NO SÉ SI YA REGRE-SÉ A LA NORMALIDAD. SÓLO... NO HE TOCADO UN ARMA DESDE ESE DÍA, RICK... Y NO PIENSO HACER-LO... NUNCA MÁS.

ESTE LUGAR... ES ESPECIAL, RICK. VA A SER UNA VIDA NUEVA PARA MÍ Y MIS HIJOS. ÉSTE ES UN NUE-VO PRINCIPIO PARA NOSOTROS. YO... GRACIAS, RICK.

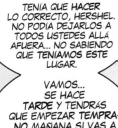

TENÍA QUE HACER LO CORRECTO, HERSHEL. NO PODÍA DEJARLOS A TODOS USTEDES ALLÁ AFUERA... NO SABIENDO QUE TENÍAMOS ESTE LUGAR.

VAMOS... SE HACE TARDE Y TENDRÁS QUE EMPEZAR TEMPRA-NO MAÑANA SI VAS A TRAER EL RESTO DE TUS COSAS DE TU GRANJA... Y PENSAR QUÉ VAMOS A HACER CON TU GANADO.

A LA LARGA QUERREMOS TENER-LOS AQUÍ. PERO POR AHORA, OTIS SE OFRE-CIÓ A QUEDARSE AHÍ Y CUIDARLOS. CREO QUE ÉL Y PATRI-CIA SE ESTÁN SEPARANDO.

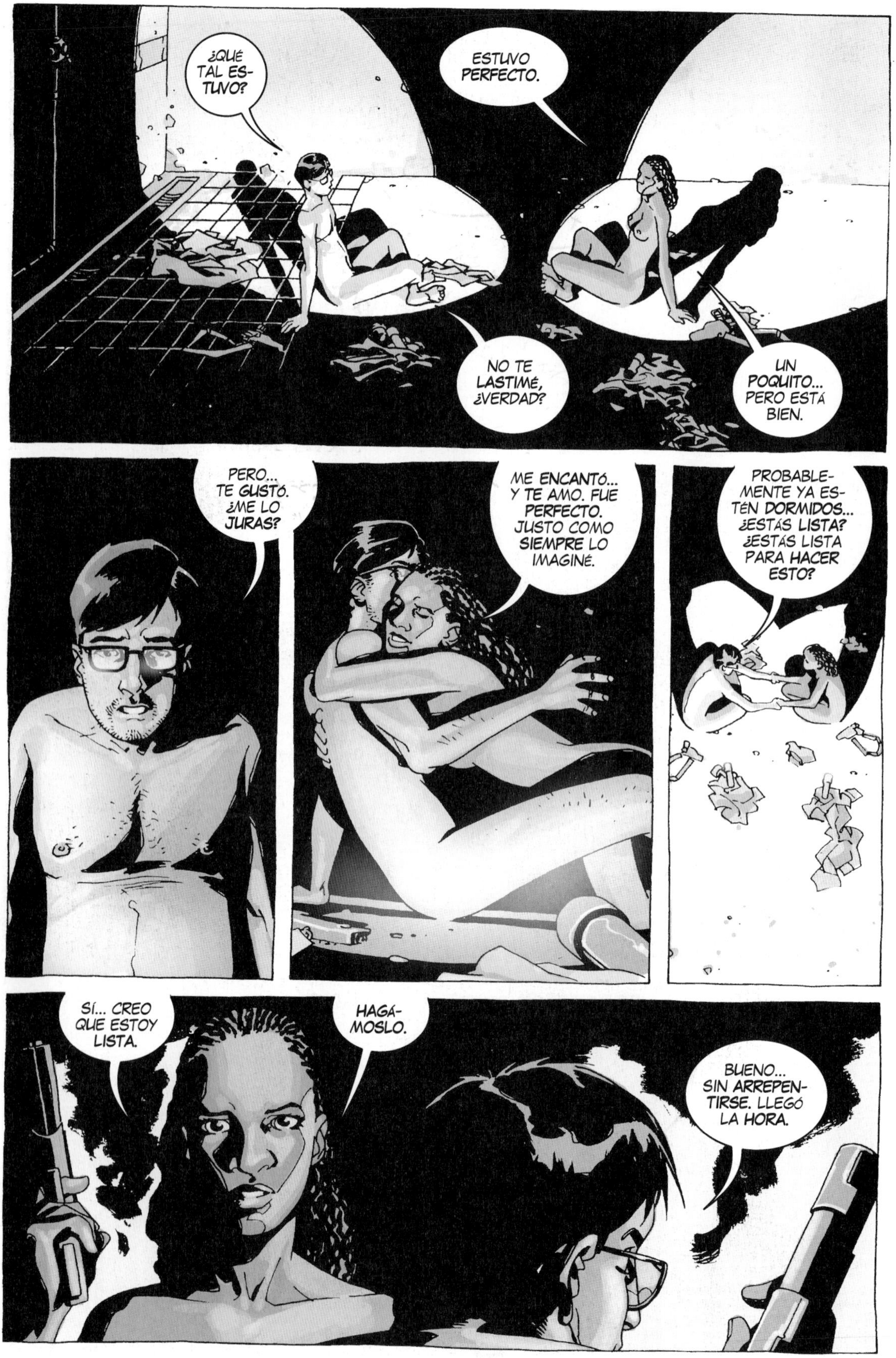
¿QUÉ TAL ESTUVO?
ESTUVO PERFECTO.
NO TE LASTIMÉ, ¿VERDAD?
UN POQUITO... PERO ESTÁ BIEN.
PERO... TE GUSTÓ. ¿ME LO JURAS?
ME ENCANTÓ... Y TE AMO. FUE PERFECTO. JUSTO COMO SIEMPRE LO IMAGINÉ.
PROBABLEMENTE YA ESTÉN DORMIDOS... ¿ESTÁS LISTA? ¿ESTÁS LISTA PARA HACER ESTO?
SÍ... CREO QUE ESTOY LISTA.
HAGÁMOSLO.
BUENO... SIN ARREPENTIRSE. LLEGÓ LA HORA.

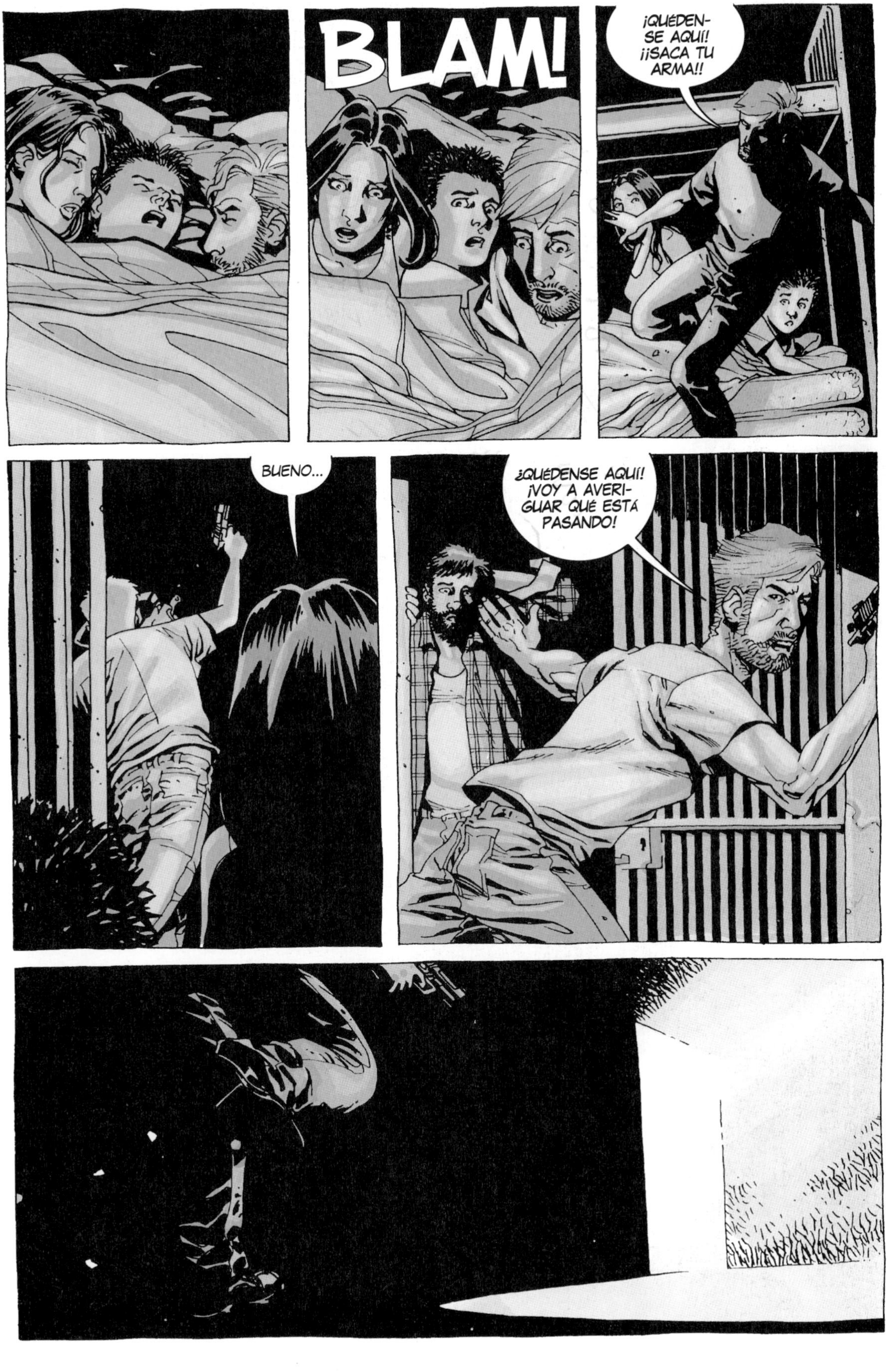
BLAM!
¡QUÉDEN-SE AQUÍ! ¡¡SACA TU ARMA!!
BUENO...
¡QUÉDENSE AQUÍ! ¡VOY A AVERI-GUAR QUÉ ESTÁ PASANDO!

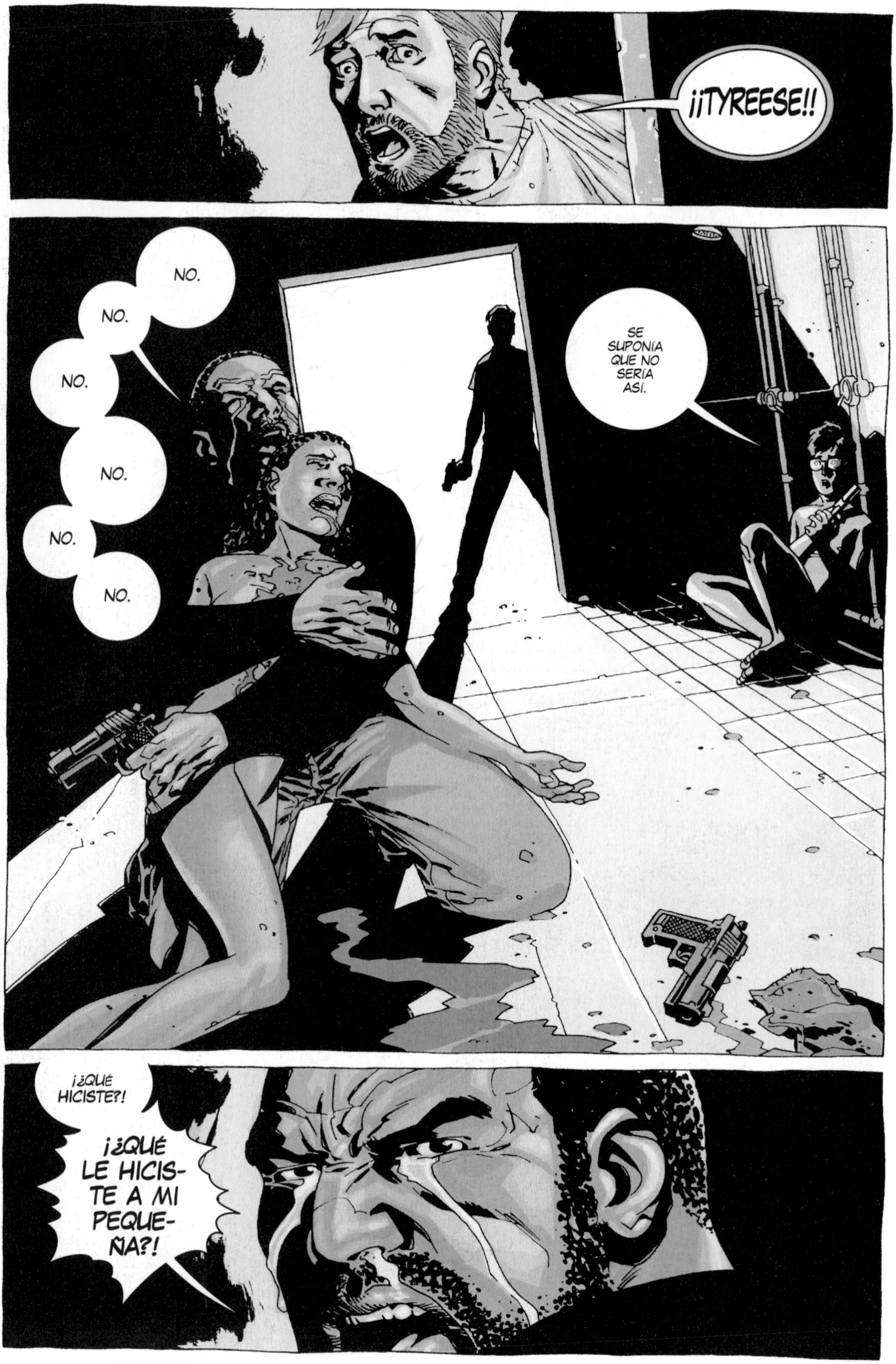
¡¡TYREESE!!
NO.
NO.
NO.
NO.
NO.
NO.
SE SUPONÍA QUE NO SERÍA ASÍ.
¡¿QUÉ HICISTE?!
¡¿QUÉ LE HICIS-TE A MI PEQUE-ÑA?!

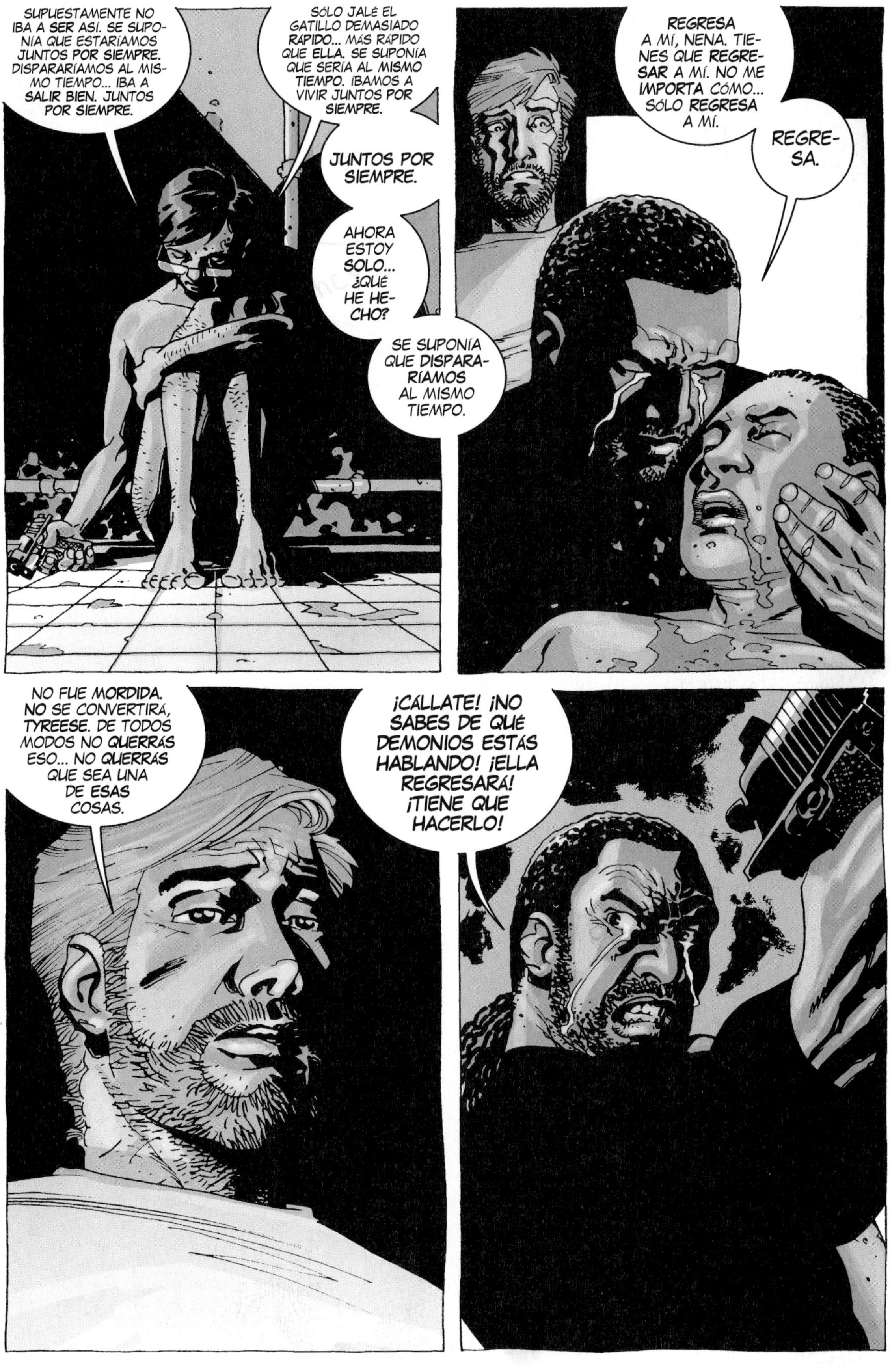
SUPUESTAMENTE NO IBA A SER ASÍ. SE SUPONÍA QUE ESTARÍAMOS JUNTOS POR SIEMPRE. DISPARARÍAMOS AL MISMO TIEMPO... IBA A SALIR BIEN. JUNTOS POR SIEMPRE.
SÓLO JALÉ EL GATILLO DEMASIADO RAPIDO... MÁS RAPIDO QUE ELLA. SE SUPONÍA QUE SERÍA AL MISMO TIEMPO. ¡ÍBAMOS A VIVIR JUNTOS POR SIEMPRE.
JUNTOS POR SIEMPRE.
AHORA ESTOY SOLO... ¿QUÉ HE HECHO?
SE SUPONÍA QUE DISPARARÍAMOS AL MISMO TIEMPO.
REGRESA A MÍ, NENA. TIENES QUE REGRESAR A MÍ. NO ME IMPORTA CÓMO... SÓLO REGRESA A MÍ.
REGRESA.
NO FUE MORDIDA. NO SE CONVERTIRÁ, TYREESE. DE TODOS MODOS NO QUERRÁS ESO... NO QUERRÁS QUE SEA UNA DE ESAS COSAS.
¡CÁLLATE! ¡NO SABES DE QUÉ DEMONIOS ESTÁS HABLANDO! ¡ELLA REGRESARÁ! ¡TIENE QUE HACERLO!

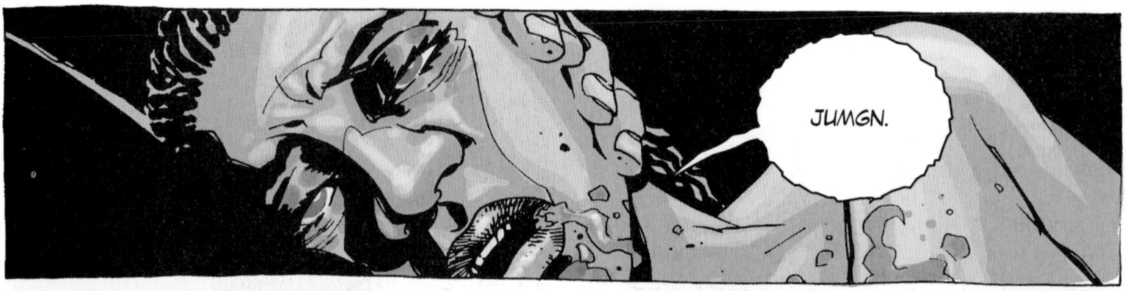
JUMGN.

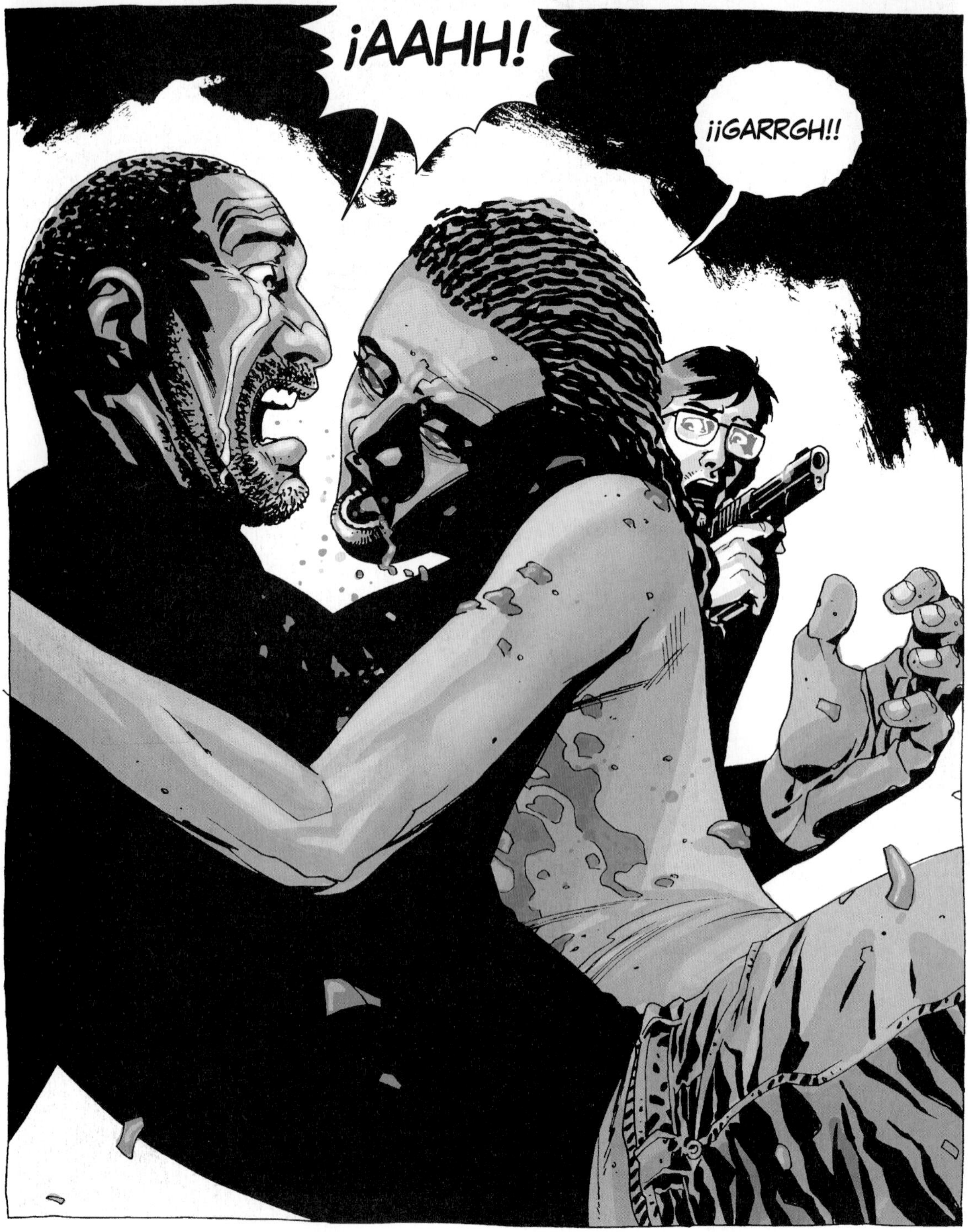
¡AAHH!
¡¡GARRGH!!

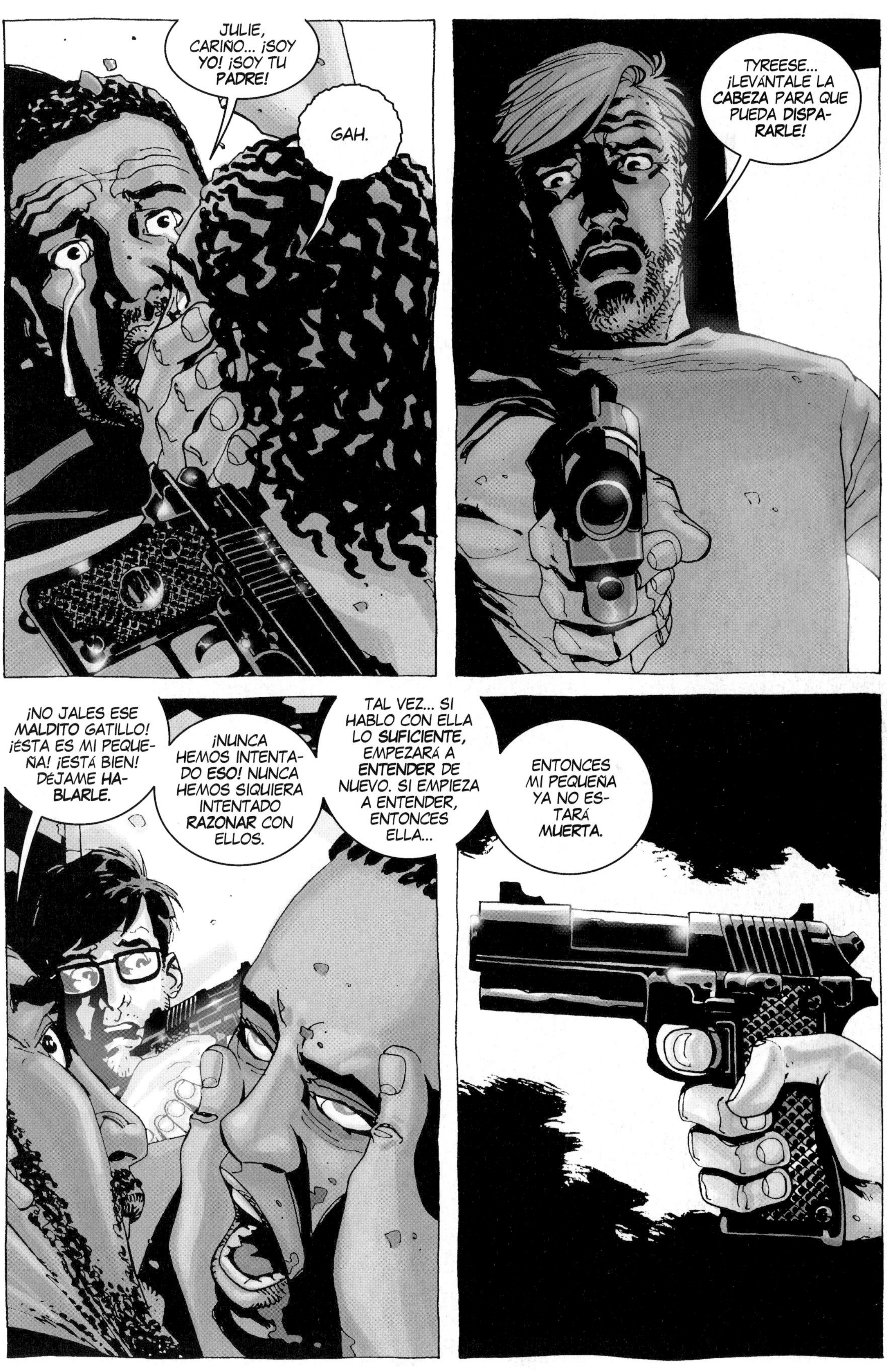
JULIE, CARIÑO... ¡SOY YO! ¡SOY TU PADRE!
GAH.
TYREESE... ¡LEVÁNTALE LA CABEZA PARA QUE PUEDA DISPARARLE!
¡NO JALES ESE MALDITO GATILLO! ¡ÉSTA ES MI PEQUEÑA! ¡ESTÁ BIEN! DÉJAME HABLARLE.
¡NUNCA HEMOS INTENTADO ESO! NUNCA HEMOS SIQUIERA INTENTADO RAZONAR CON ELLOS.
TAL VEZ... SI HABLO CON ELLA LO SUFICIENTE, EMPEZARÁ A ENTENDER DE NUEVO. SI EMPIEZA A ENTENDER, ENTONCES ELLA...
ENTONCES MI PEQUEÑA YA NO ESTARÁ MUERTA.

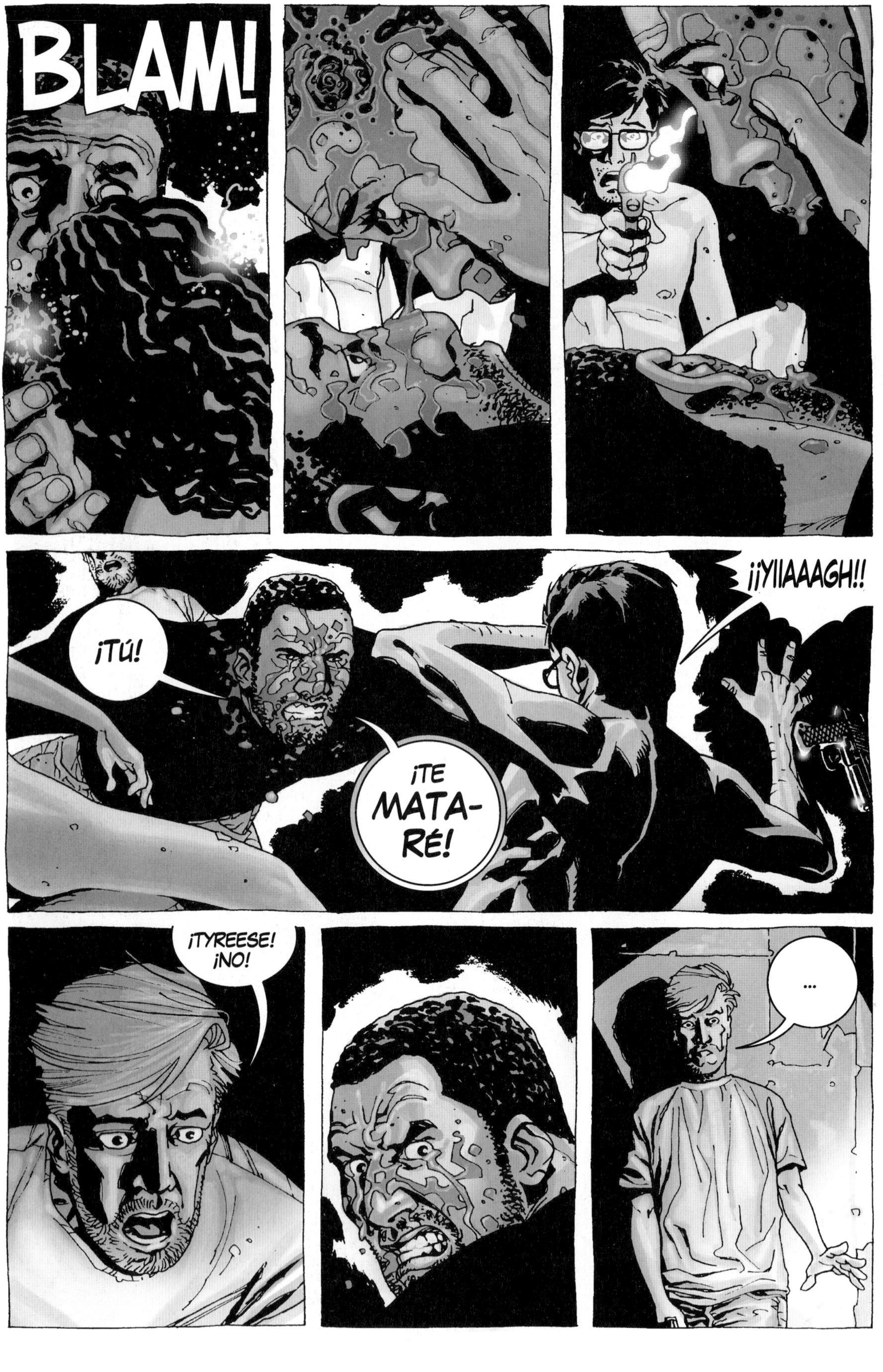
BLAM!
¡TÚ!
¡TE MATA-RÉ!
¡¡YIIAAAGH!!
¡TYREESE! ¡NO!
...

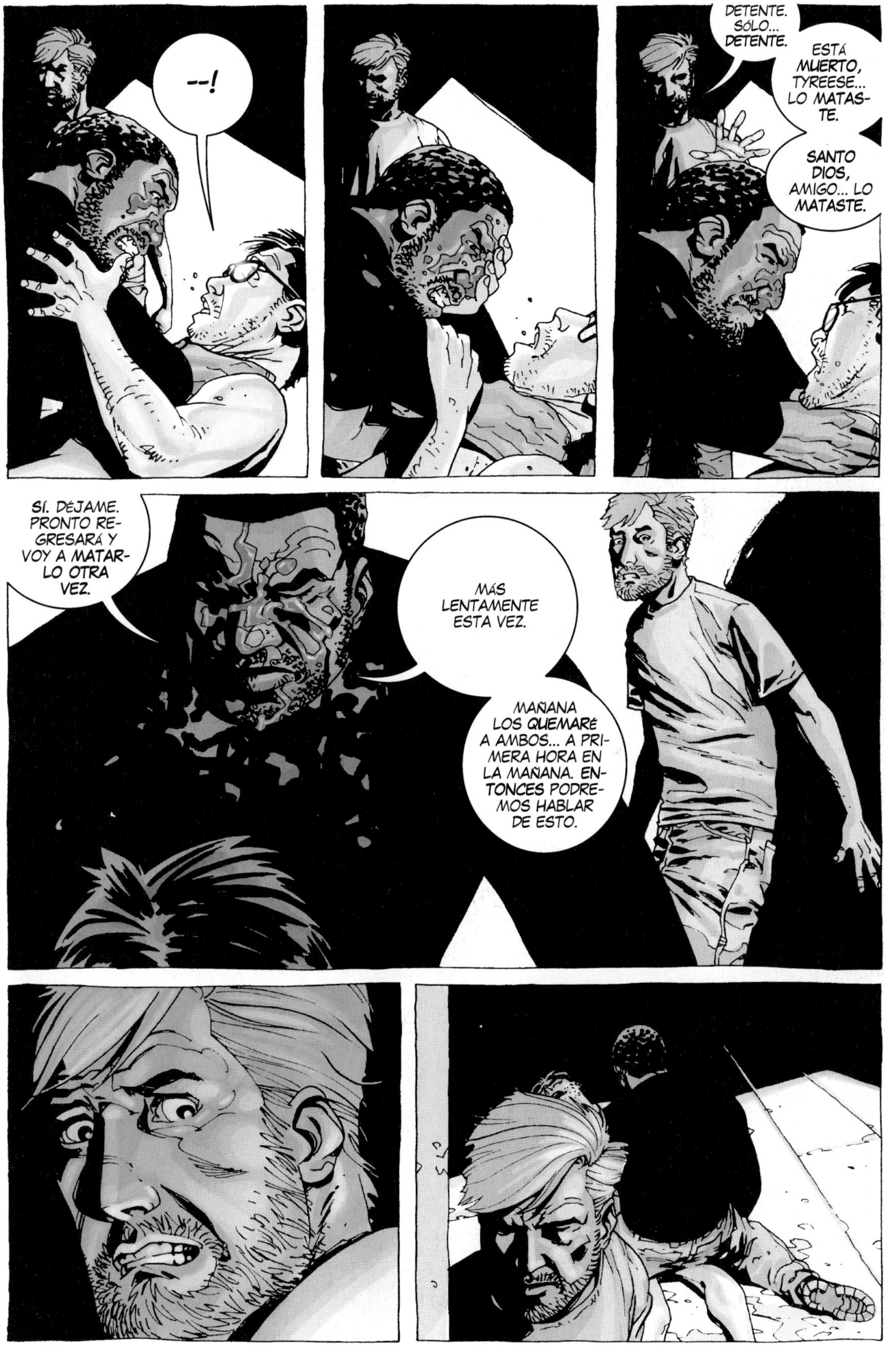
--!
DETENTE. SÓLO... DETENTE.
ESTÁ MUERTO, TYREESE... LO MATASTE.
SANTO DIOS, AMIGO... LO MATASTE.
SÍ. DÉJAME. PRONTO REGRESARÁ Y VOY A MATARLO OTRA VEZ.
MÁS LENTAMENTE ESTA VEZ.
MAÑANA LOS QUEMARÉ A AMBOS... A PRIMERA HORA EN LA MAÑANA. ENTONCES PODREMOS HABLAR DE ESTO.

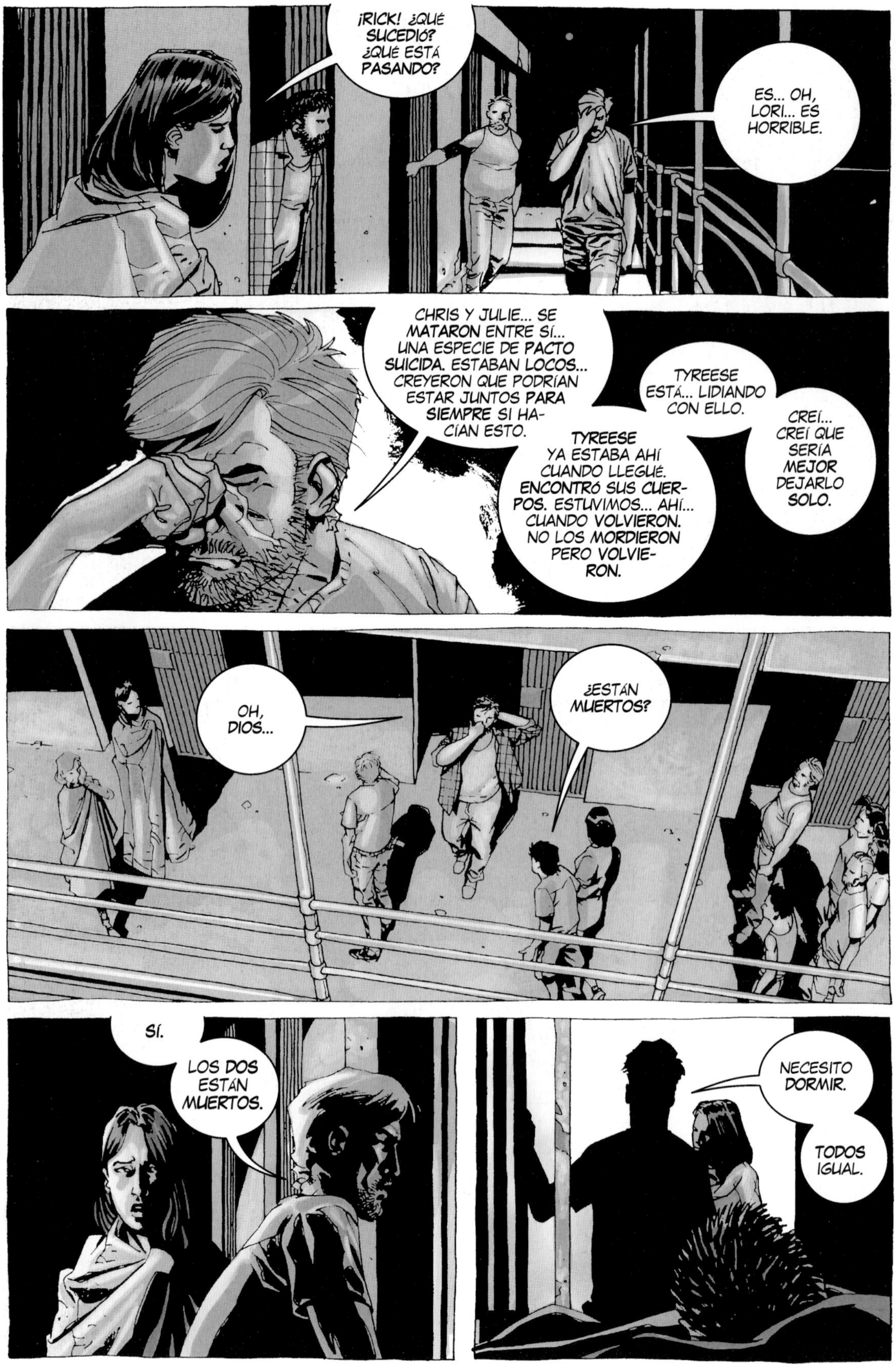
¡RICK! ¿QUÉ SUCEDIÓ? ¿QUÉ ESTÁ PASANDO?
ES... OH, LORI... ES HORRIBLE.
CHRIS Y JULIE... SE MATARON ENTRE SÍ... UNA ESPECIE DE PACTO SUICIDA. ESTABAN LOCOS... CREYERON QUE PODRÍAN ESTAR JUNTOS PARA SIEMPRE SI HACÍAN ESTO.
TYREESE YA ESTABA AHÍ CUANDO LLEGUÉ. ENCONTRÓ SUS CUERPOS. ESTUVIMOS... AHÍ... CUANDO VOLVIERON. NO LOS MORDIERON PERO VOLVIERON.
TYREESE ESTÁ... LIDIANDO CON ELLO.
CREÍ... CREÍ QUE SERÍA MEJOR DEJARLO SOLO.
OH, DIOS...
¿ESTÁN MUERTOS?
SÍ.
LOS DOS ESTÁN MUERTOS.
NECESITO DORMIR.
TODOS IGUAL.

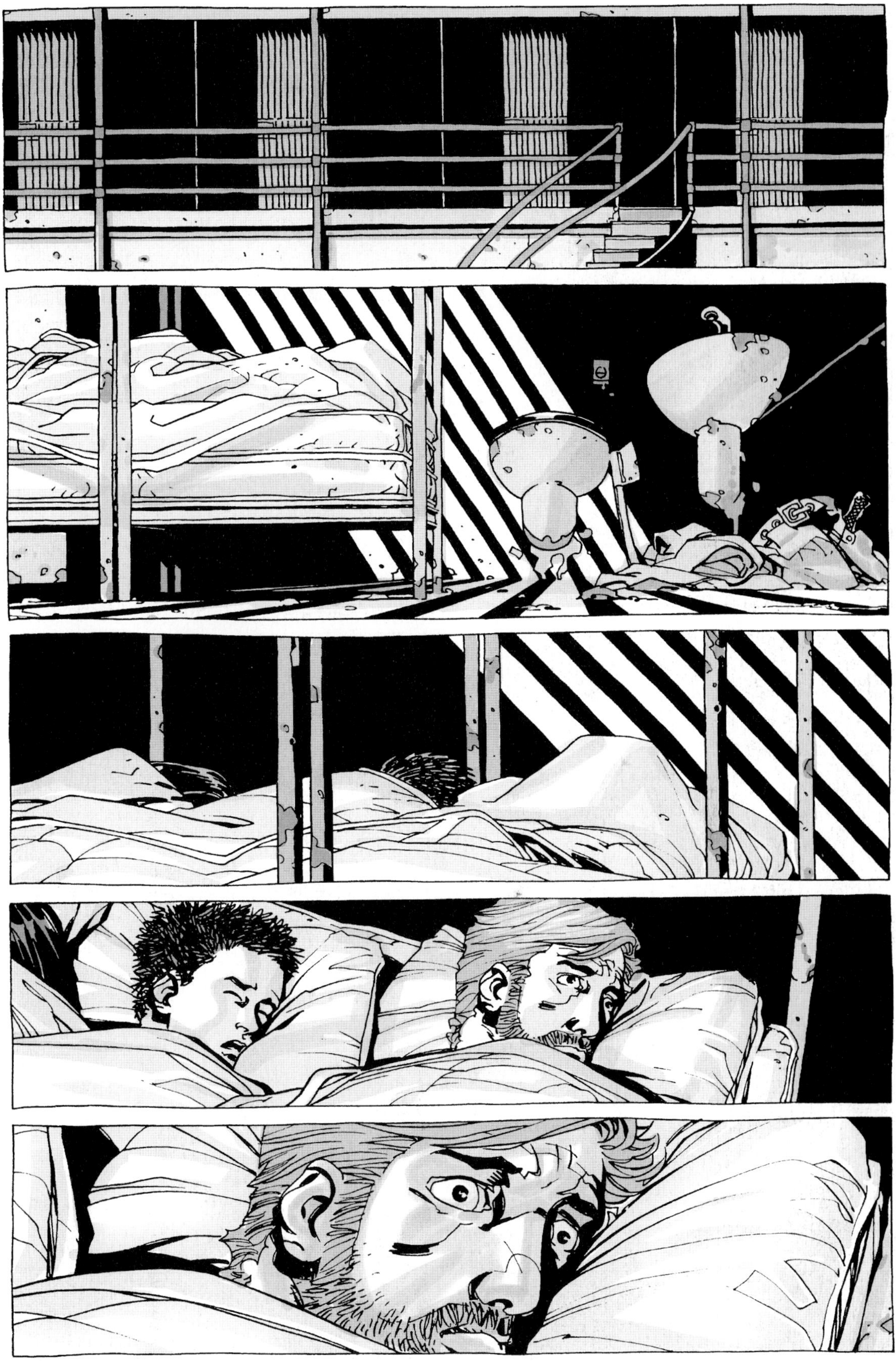

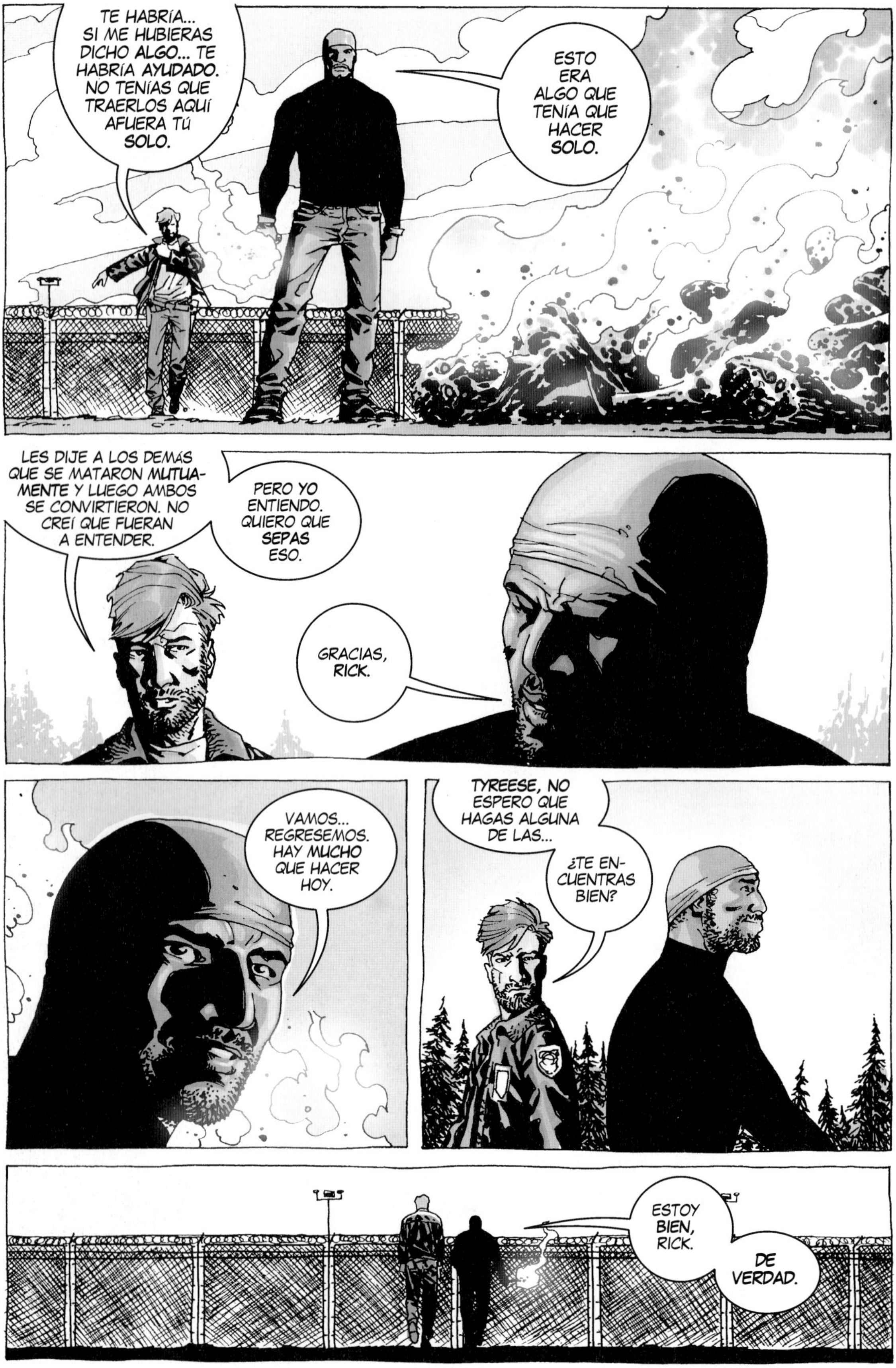

TE HABRÍA... SI ME HUBIERAS DICHO ALGO... TE HABRÍA AYUDADO. NO TENÍAS QUE TRAERLOS AQUÍ AFUERA TÚ SOLO.
ESTO ERA ALGO QUE TENÍA QUE HACER SOLO.
LES DIJE A LOS DEMÁS QUE SE MATARON MUTUAMENTE Y LUEGO AMBOS SE CONVIRTIERON. NO CREÍ QUE FUERAN A ENTENDER.
PERO YO ENTIENDO. QUIERO QUE SEPAS ESO.
GRACIAS, RICK.
VAMOS... REGRESEMOS. HAY MUCHO QUE HACER HOY.
TYREESE, NO ESPERO QUE HAGAS ALGUNA DE LAS...
¿TE ENCUENTRAS BIEN?
ESTOY BIEN, RICK.
DE VERDAD.

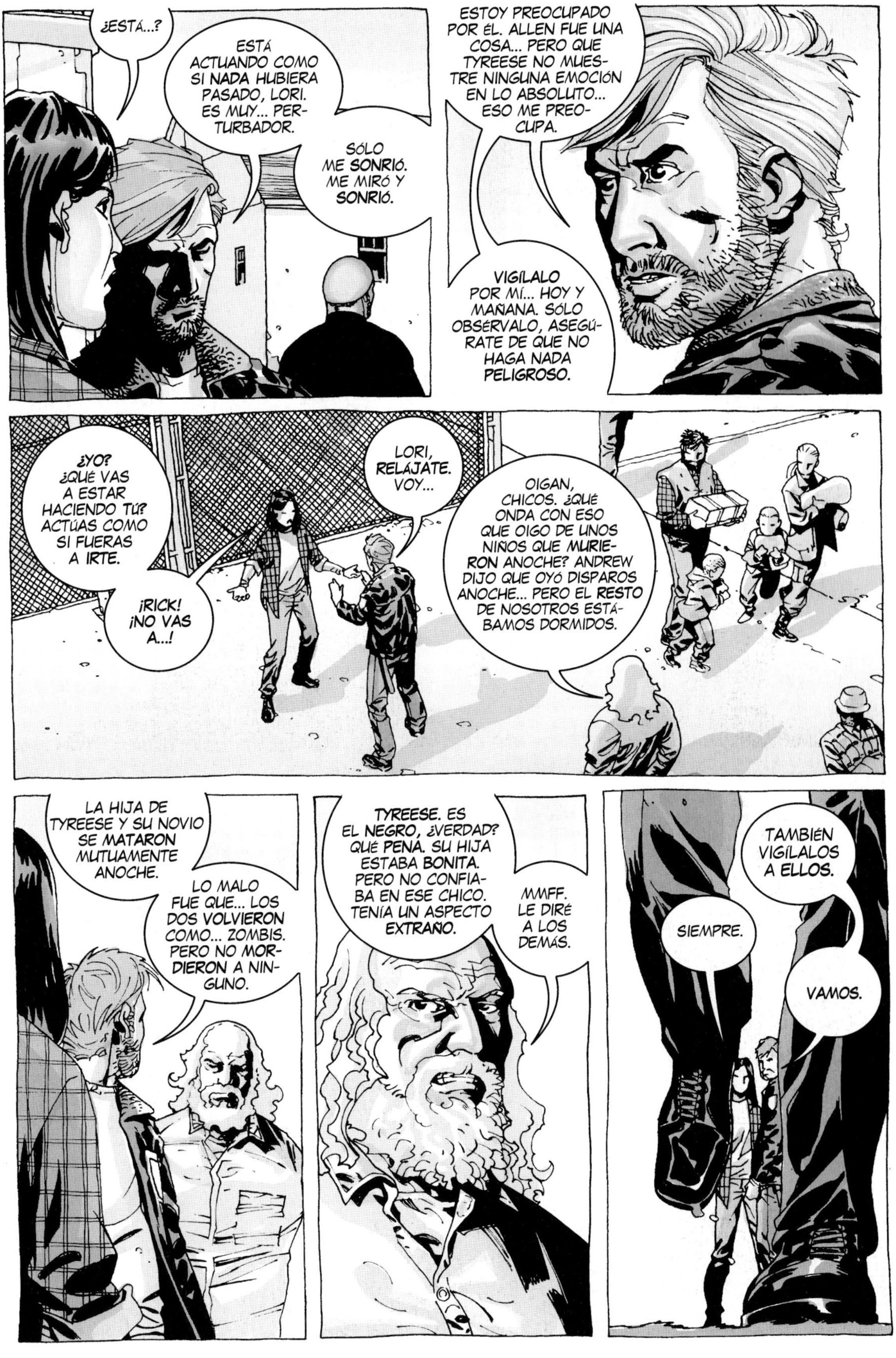
¿ESTÁ...?
ESTÁ ACTUANDO COMO SI NADA HUBIERA PASADO, LORI. ES MUY... PERTURBADOR.
SÓLO ME SONRIÓ. ME MIRÓ Y SONRIÓ.
ESTOY PREOCUPADO POR ÉL. ALLEN FUE UNA COSA... PERO QUE TYREESE NO MUESTRE NINGUNA EMOCIÓN EN LO ABSOLUTO... ESO ME PREOCUPA.
VIGÍLALO POR MÍ... HOY Y MAÑANA. SÓLO OBSÉRVALO, ASEGÚRATE DE QUE NO HAGA NADA PELIGROSO.
¿YO? ¿QUÉ VAS A ESTAR HACIENDO TÚ? ACTÚAS COMO SI FUERAS A IRTE.
¡RICK! ¡NO VAS A...!
LORI, RELÁJATE. VOY...
OIGAN, CHICOS. ¿QUÉ ONDA CON ESO QUE OIGO DE UNOS NIÑOS QUE MURIERON ANOCHE? ANDREW DIJO QUE OYÓ DISPAROS ANOCHE... PERO EL RESTO DE NOSOTROS ESTÁBAMOS DORMIDOS.
LA HIJA DE TYREESE Y SU NOVIO SE MATARON MUTUAMENTE ANOCHE.
LO MALO FUE QUE... LOS DOS VOLVIERON COMO... ZOMBIS. PERO NO MORDIERON A NINGUNO.
TYREESE. ES EL NEGRO, ¿VERDAD? QUÉ PENA. SU HIJA ESTABA BONITA. PERO NO CONFIABA EN ESE CHICO. TENÍA UN ASPECTO EXTRAÑO.
MMFF. LE DIRÉ A LOS DEMÁS.
TAMBIÉN VIGÍLALOS A ELLOS.
SIEMPRE.
VAMOS.

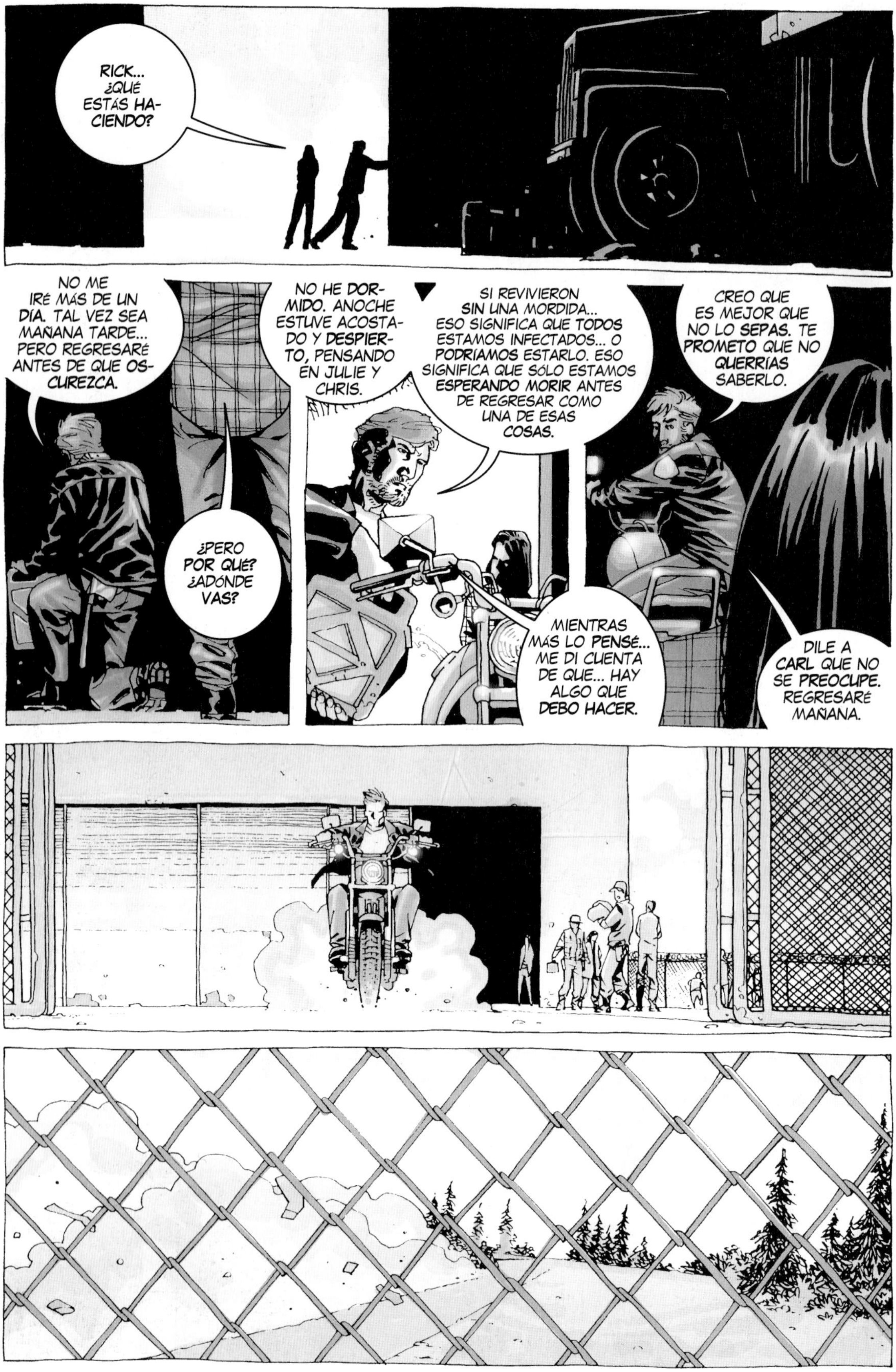

RICK... ¿QUÉ ESTÁS HACIENDO?
NO ME IRÉ MÁS DE UN DÍA. TAL VEZ SEA MAÑANA TARDE... PERO REGRESARÉ ANTES DE QUE OSCUREZCA.
¿PERO POR QUÉ? ¿ADÓNDE VAS?
NO HE DORMIDO. ANOCHE ESTUVE ACOSTADO Y DESPIERTO, PENSANDO EN JULIE Y CHRIS.
SI REVIVIERON SIN UNA MORDIDA... ESO SIGNIFICA QUE TODOS ESTAMOS INFECTADOS... O PODRÍAMOS ESTARLO. ESO SIGNIFICA QUE SÓLO ESTAMOS ESPERANDO MORIR ANTES DE REGRESAR COMO UNA DE ESAS COSAS.
MIENTRAS MÁS LO PENSÉ... ME DI CUENTA DE QUE... HAY ALGO QUE DEBO HACER.
CREO QUE ES MEJOR QUE NO LO SEPAS. TE PROMETO QUE NO QUERRÍAS SABERLO.
DILE A CARL QUE NO SE PREOCUPE. REGRESARÉ MAÑANA.

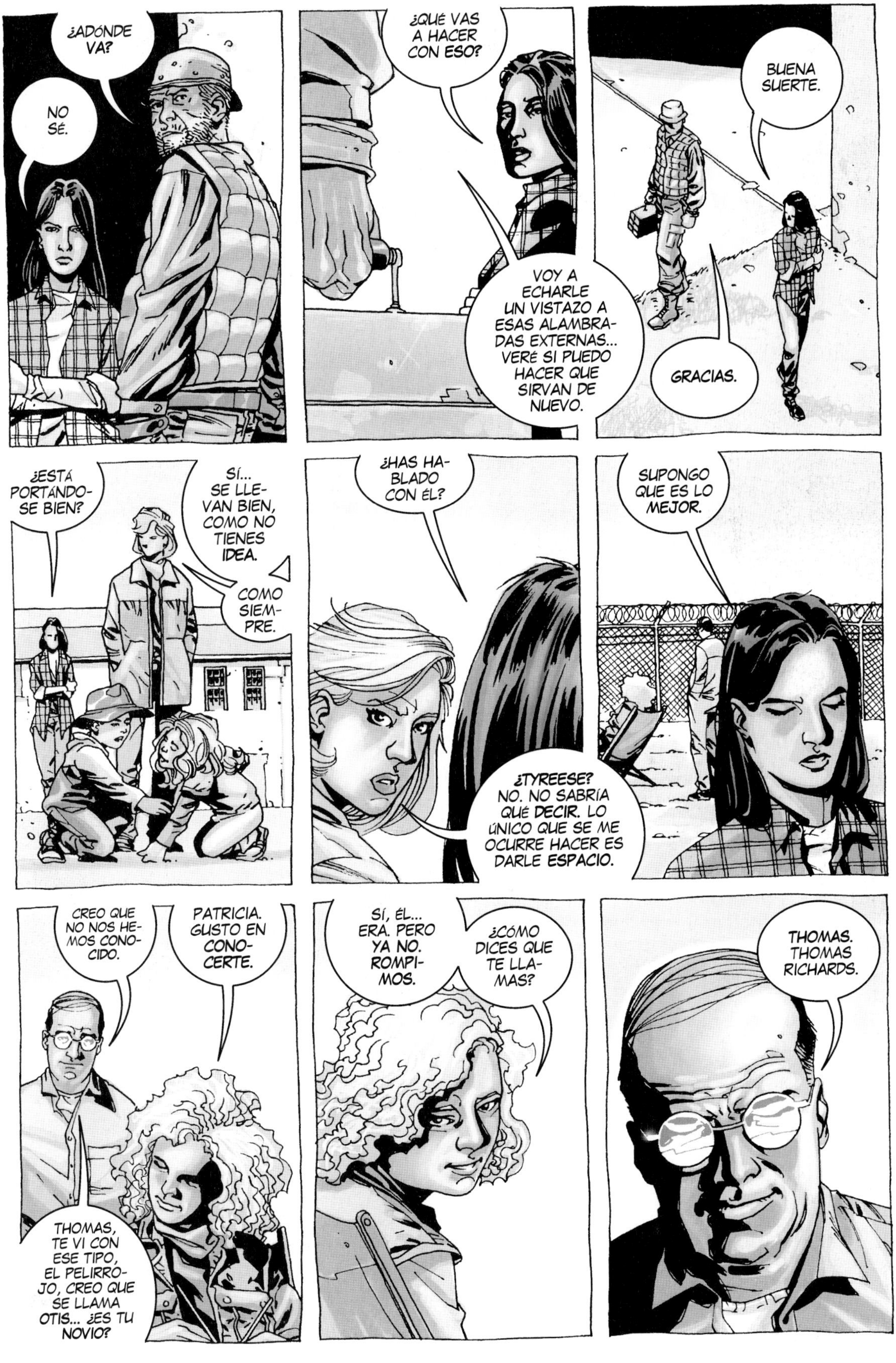

¿ADÓNDE VA?
NO SÉ.
¿QUÉ VAS A HACER CON ESO?
VOY A ECHARLE UN VISTAZO A ESAS ALAMBRADAS EXTERNAS... VERÉ SI PUEDO HACER QUE SIRVAN DE NUEVO.
BUENA SUERTE.
GRACIAS.
¿ESTÁ PORTÁNDOSE BIEN?
SÍ... SE LLEVAN BIEN, COMO NO TIENES IDEA.
COMO SIEMPRE.
¿HAS HABLADO CON ÉL?
¿TYREESE? NO. NO SABRÍA QUÉ DECIR. LO ÚNICO QUE SE ME OCURRE HACER ES DARLE ESPACIO.
SUPONGO QUE ES LO MEJOR.
CREO QUE NO NOS HEMOS CONOCIDO.
PATRICIA. GUSTO EN CONOCERTE.
THOMAS, TE VI CON ESE TIPO, EL PELIRROJO, CREO QUE SE LLAMA OTIS... ¿ES TU NOVIO?
SÍ, ÉL... ERA. PERO YA NO. ROMPIMOS.
¿CÓMO DICES QUE TE LLAMAS?
THOMAS. THOMAS RICHARDS.

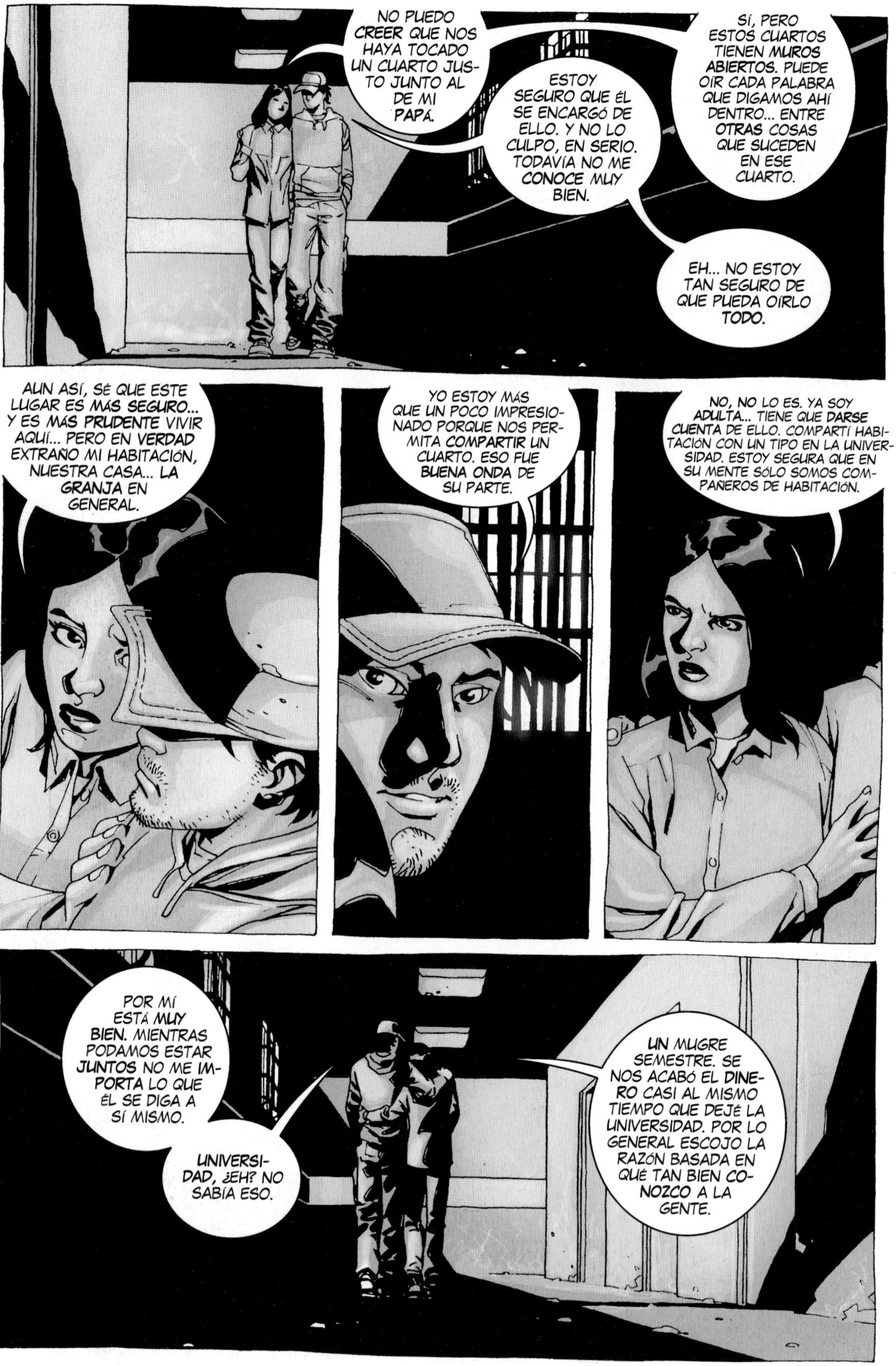

NO PUEDO CREER QUE NOS HAYA TOCADO UN CUARTO JUSTO JUNTO AL DE MI PAPÁ.
ESTOY SEGURO QUE ÉL SE ENCARGÓ DE ELLO. Y NO LO CULPO, EN SERIO. TODAVÍA NO ME CONOCE MUY BIEN.
SÍ, PERO ESTOS CUARTOS TIENEN MUROS ABIERTOS. PUEDE OÍR CADA PALABRA QUE DIGAMOS AHÍ DENTRO... ENTRE OTRAS COSAS QUE SUCEDEN EN ESE CUARTO.
EH... NO ESTOY TAN SEGURO DE QUE PUEDA OÍRLO TODO.
AUN ASÍ, SÉ QUE ESTE LUGAR ES MÁS SEGURO... Y ES MÁS PRUDENTE VIVIR AQUÍ... PERO EN VERDAD EXTRAÑO MI HABITACIÓN, NUESTRA CASA... LA GRANJA EN GENERAL.
YO ESTOY MÁS QUE UN POCO IMPRESIONADO PORQUE NOS PERMITA COMPARTIR UN CUARTO. ESO FUE BUENA ONDA DE SU PARTE.
NO, NO LO ES. YA SOY ADULTA... TIENE QUE DARSE CUENTA DE ELLO. COMPARTÍ HABITACIÓN CON UN TIPO EN LA UNIVERSIDAD. ESTOY SEGURA QUE EN SU MENTE SÓLO SOMOS COMPAÑEROS DE HABITACIÓN.
POR MÍ ESTÁ MUY BIEN. MIENTRAS PODAMOS ESTAR JUNTOS NO ME IMPORTA LO QUE ÉL SE DIGA A SÍ MISMO.
UNIVERSIDAD, ¿EH? NO SABÍA ESO.
UN MUGRE SEMESTRE. SE NOS ACABÓ EL DINERO CASI AL MISMO TIEMPO QUE DEJÉ LA UNIVERSIDAD. POR LO GENERAL ESCOJO LA RAZÓN BASADA EN QUÉ TAN BIEN CONOZCO A LA GENTE.

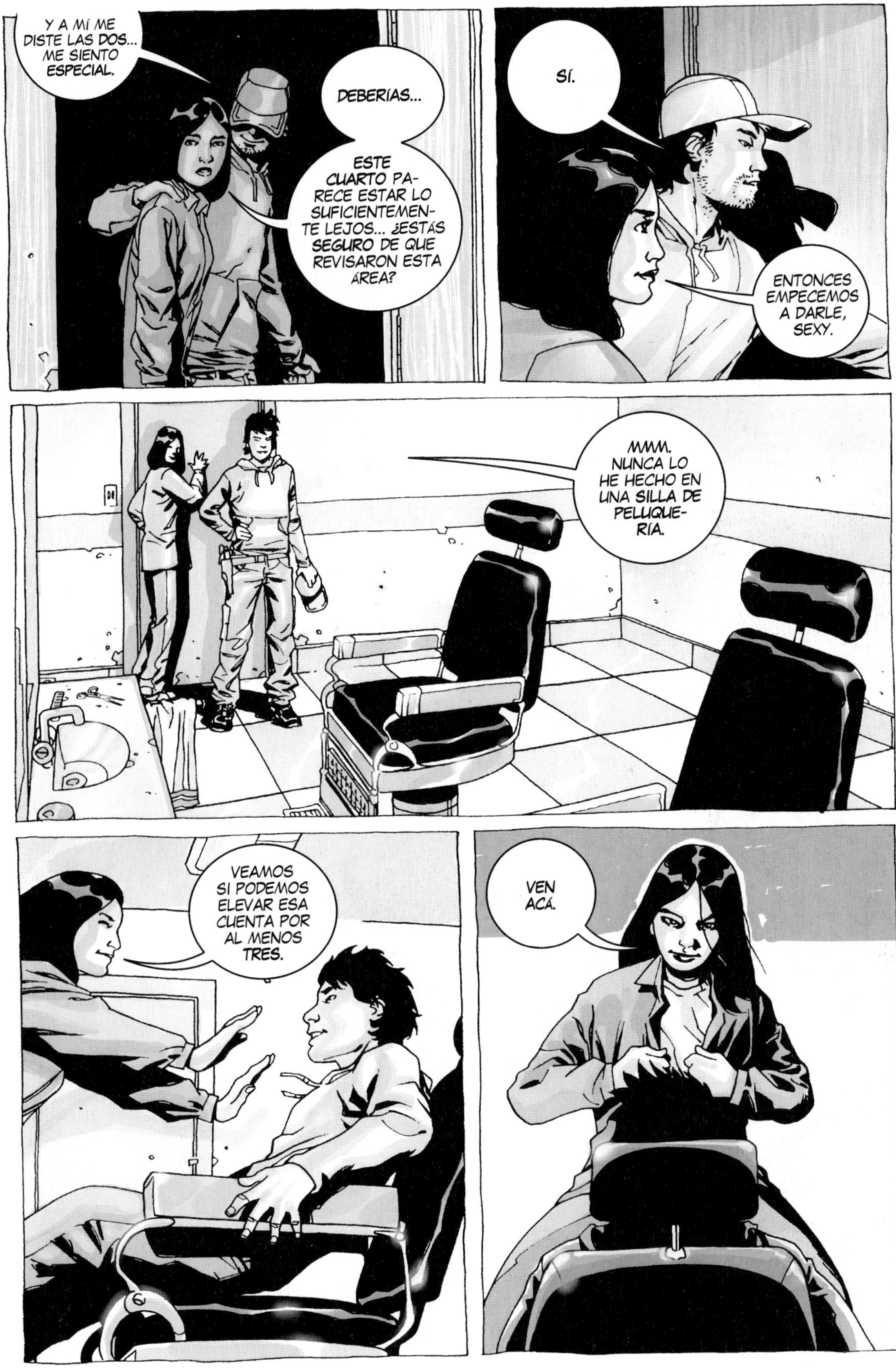
Y A MÍ ME DISTE LAS DOS... ME SIENTO ESPECIAL.
DEBERÍAS...
ESTE CUARTO PARECE ESTAR LO SUFICIENTEMENTE LEJOS... ¿ESTÁS SEGURO DE QUE REVISARON ESTA ÁREA?
SÍ.
ENTONCES EMPECEMOS A DARLE, SEXY.
MMM. NUNCA LO HE HECHO EN UNA SILLA DE PELUQUERÍA.
VEAMOS SI PODEMOS ELEVAR ESA CUENTA POR AL MENOS TRES.
VEN ACÁ.

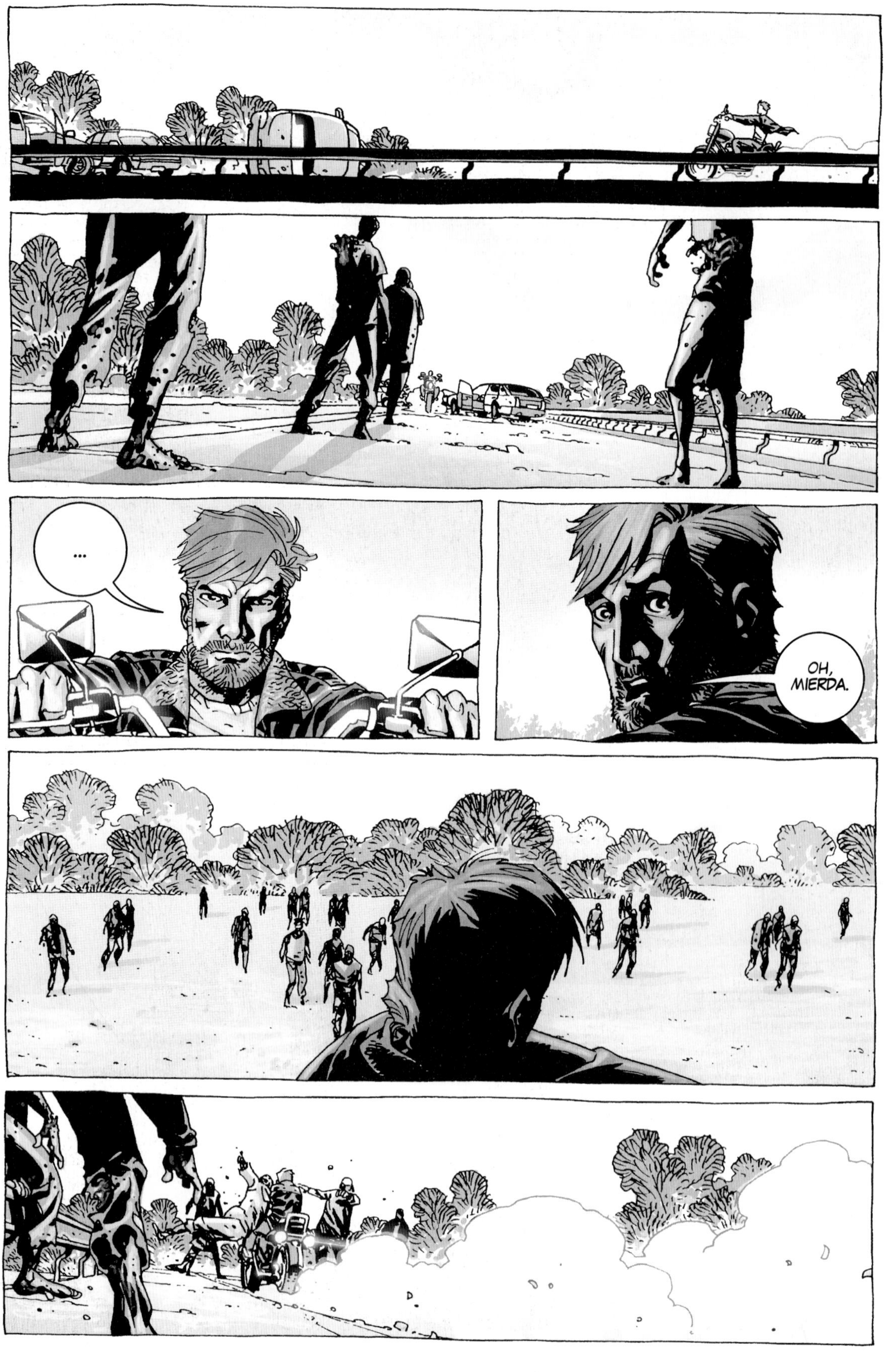
...
OH, MIERDA.

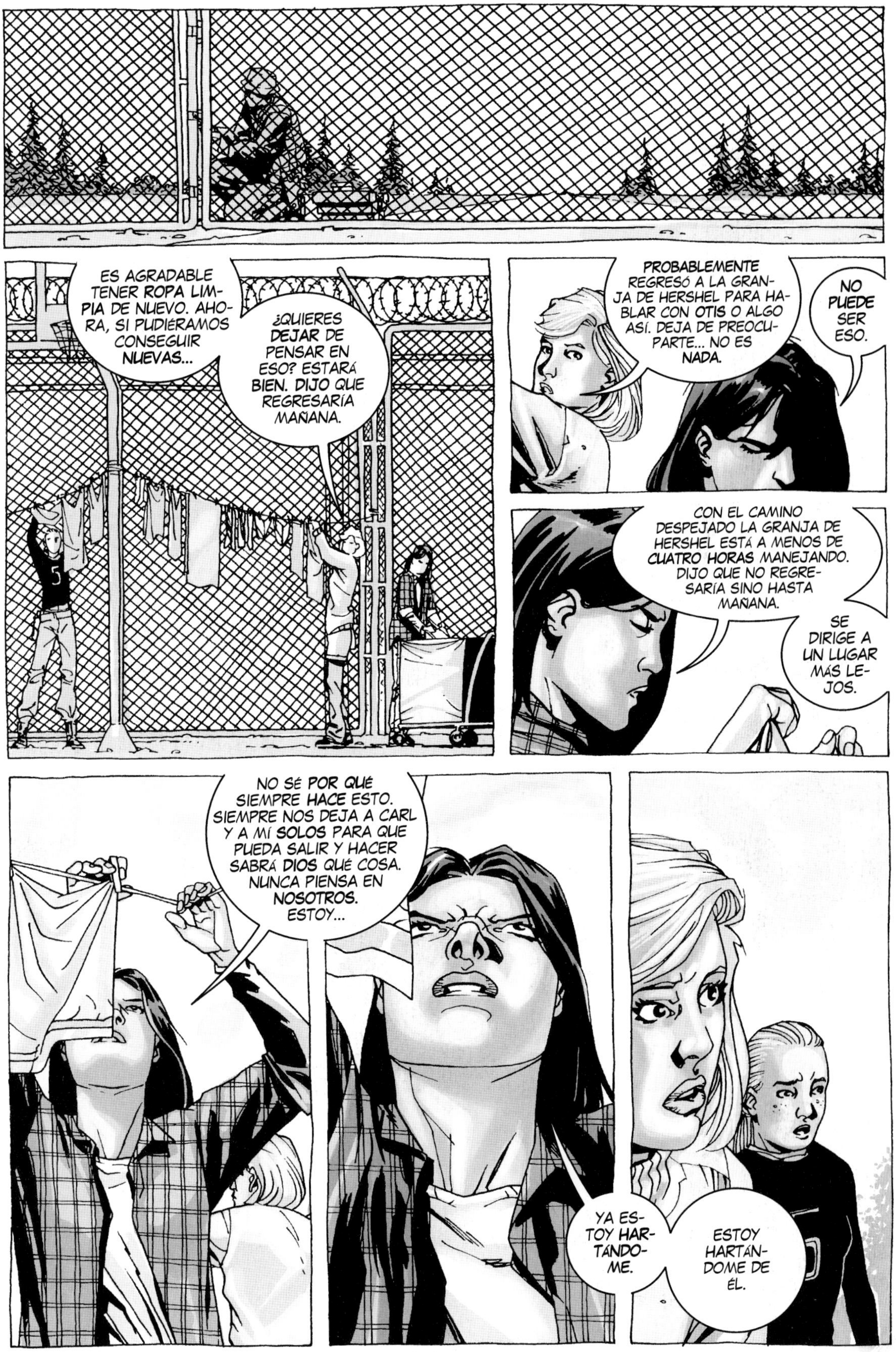
ES AGRADABLE TENER ROPA LIMPIA DE NUEVO. AHORA, SI PUDIÉRAMOS CONSEGUIR NUEVAS...
¿QUIERES DEJAR DE PENSAR EN ESO? ESTARÁ BIEN. DIJO QUE REGRESARÍA MAÑANA.
PROBABLEMENTE REGRESÓ A LA GRANJA DE HERSHEL PARA HABLAR CON OTIS O ALGO ASÍ. DEJA DE PREOCUPARTE... NO ES NADA.
NO PUEDE SER ESO.
CON EL CAMINO DESPEJADO LA GRANJA DE HERSHEL ESTÁ A MENOS DE CUATRO HORAS MANEJANDO. DIJO QUE NO REGRESARÍA SINO HASTA MAÑANA.
SE DIRIGE A UN LUGAR MÁS LEJOS.
NO SÉ POR QUÉ SIEMPRE HACE ESTO. SIEMPRE NOS DEJA A CARL Y A MÍ SOLOS PARA QUE PUEDA SALIR Y HACER SABRÁ DIOS QUÉ COSA. NUNCA PIENSA EN NOSOTROS. ESTOY...
YA ESTOY HARTÁNDOME.
ESTOY HARTÁNDOME DE ÉL.

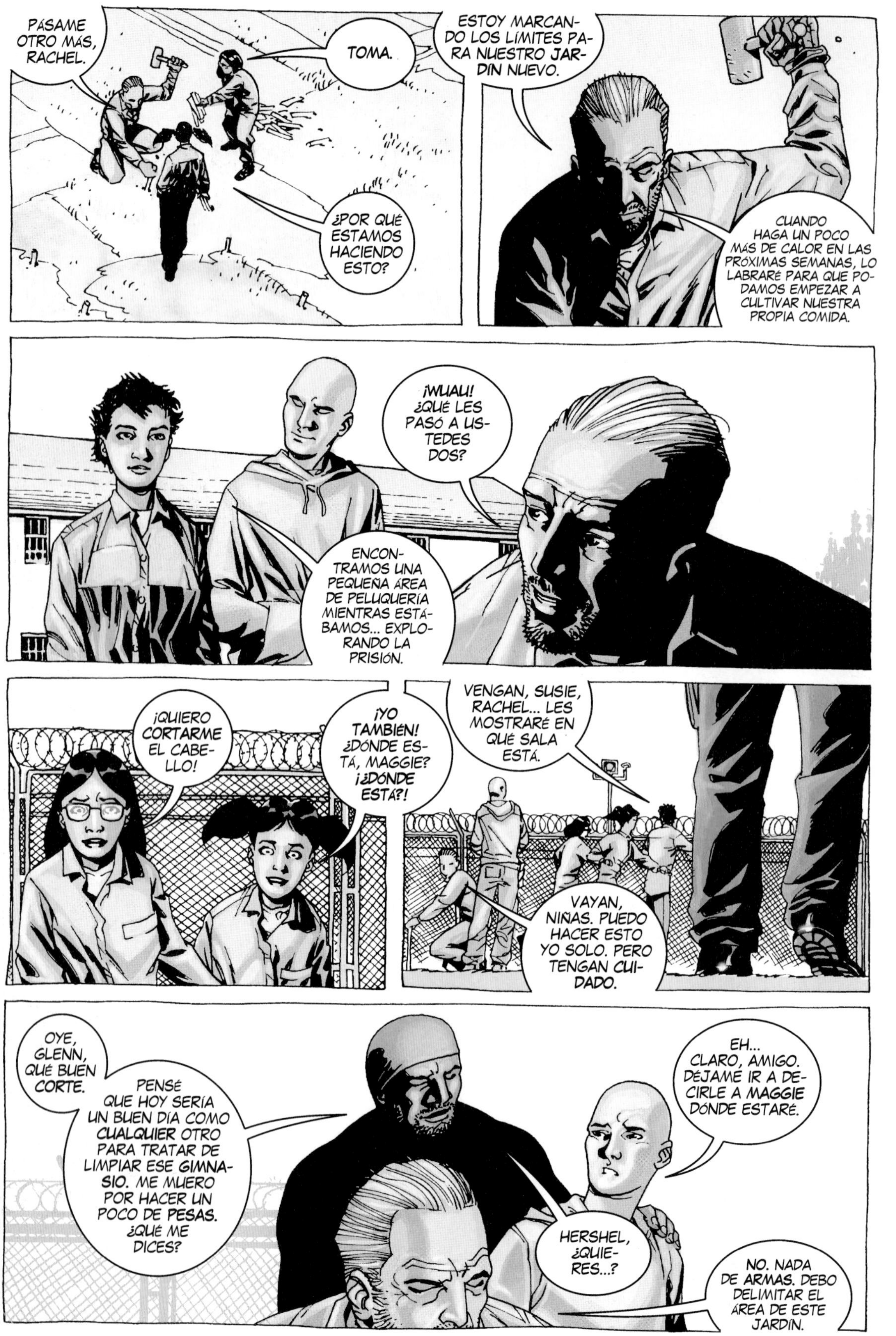
PÁSAME OTRO MÁS, RACHEL.
TOMA.
¿POR QUÉ ESTAMOS HACIENDO ESTO?
ESTOY MARCANDO LOS LÍMITES PARA NUESTRO JARDÍN NUEVO.
CUANDO HAGA UN POCO MÁS DE CALOR EN LAS PRÓXIMAS SEMANAS, LO LABRARÉ PARA QUE PODAMOS EMPEZAR A CULTIVAR NUESTRA PROPIA COMIDA.
¡WUAU! ¿QUÉ LES PASÓ A USTEDES DOS?
ENCONTRAMOS UNA PEQUEÑA ÁREA DE PELUQUERÍA MIENTRAS ESTÁBAMOS... EXPLORANDO LA PRISIÓN.
¡QUIERO CORTARME EL CABELLO!
¡YO TAMBIÉN! ¿DÓNDE ESTÁ, MAGGIE? ¡¿DÓNDE ESTÁ?!
VENGAN, SUSIE, RACHEL... LES MOSTRARÉ EN QUÉ SALA ESTÁ.
VAYAN, NIÑAS. PUEDO HACER ESTO YO SOLO. PERO TENGAN CUIDADO.
OYE, GLENN, QUÉ BUEN CORTE.
PENSÉ QUE HOY SERÍA UN BUEN DÍA COMO CUALQUIER OTRO PARA TRATAR DE LIMPIAR ESE GIMNASIO. ME MUERO POR HACER UN POCO DE PESAS. ¿QUÉ ME DICES?
EH... CLARO, AMIGO. DÉJAME IR A DECIRLE A MAGGIE DÓNDE ESTARÉ.
HERSHEL, ¿QUIERES...?
NO. NADA DE ARMAS. DEBO DELIMITAR EL ÁREA DE ESTE JARDÍN.

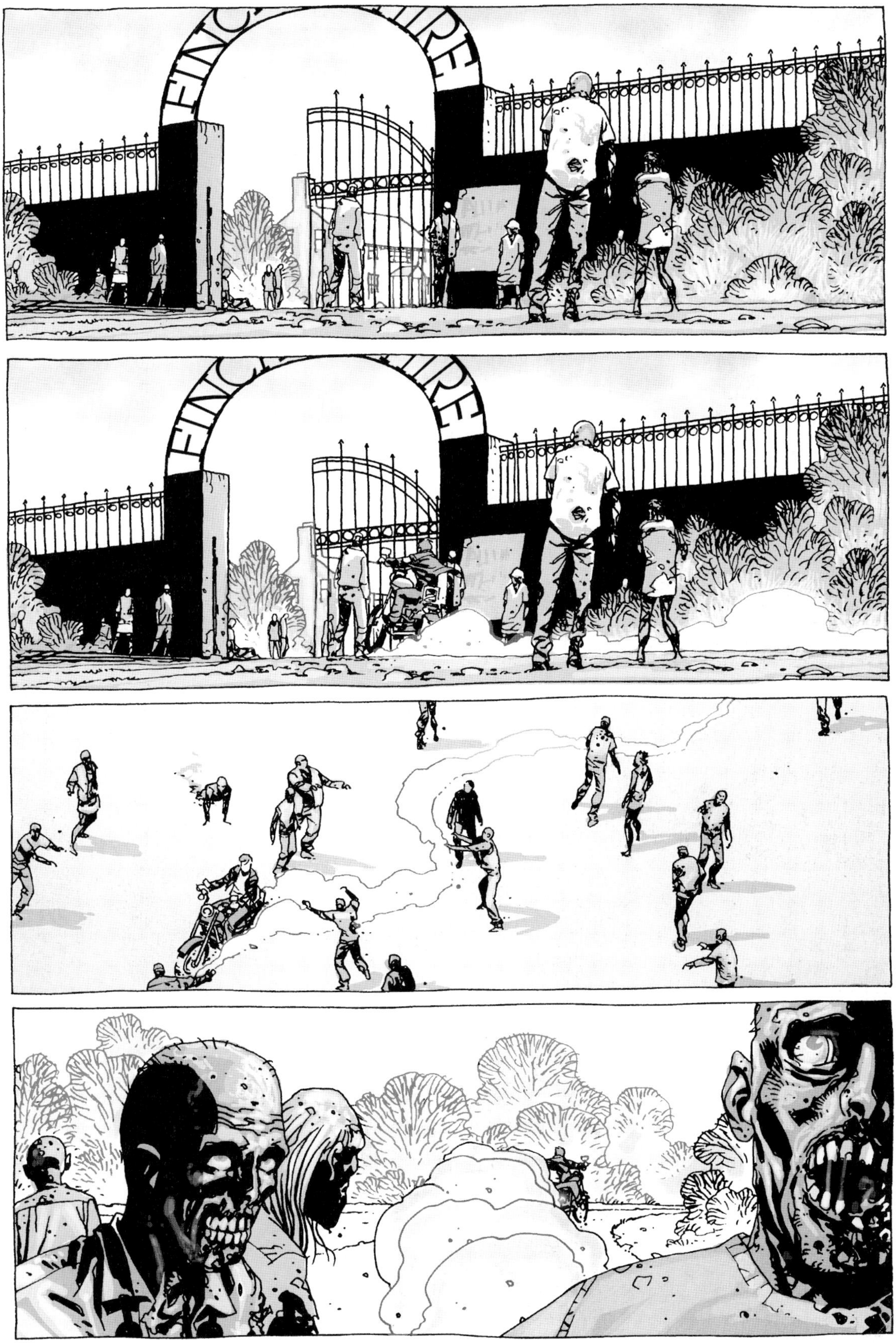

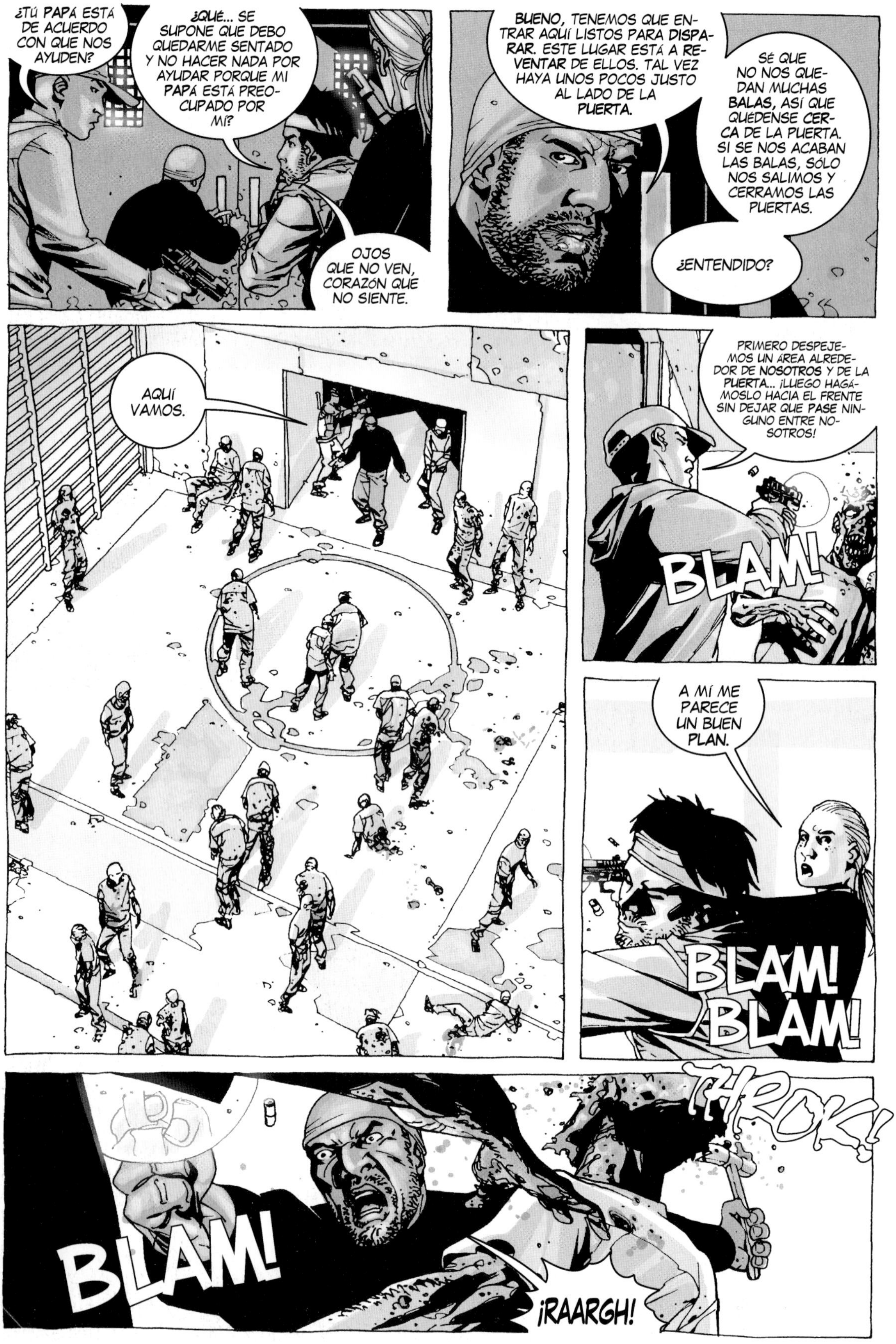
¿TÚ PAPÁ ESTÁ DE ACUERDO CON QUE NOS AYUDEN?
¿QUÉ... SE SUPONE QUE DEBO QUEDARME SENTADO Y NO HACER NADA POR AYUDAR PORQUE MI PAPÁ ESTÁ PREOCUPADO POR MÍ?
OJOS QUE NO VEN, CORAZÓN QUE NO SIENTE.
BUENO, TENEMOS QUE ENTRAR AQUÍ LISTOS PARA DISPARAR. ESTE LUGAR ESTÁ A REVENTAR DE ELLOS. TAL VEZ HAYA UNOS POCOS JUSTO AL LADO DE LA PUERTA.
SÉ QUE NO NOS QUEDAN MUCHAS BALAS, ASÍ QUE QUÉDENSE CERCA DE LA PUERTA. SI SE NOS ACABAN LAS BALAS, SÓLO NOS SALIMOS Y CERRAMOS LAS PUERTAS.
¿ENTENDIDO?
AQUÍ VAMOS.
PRIMERO DESPEJEMOS UN ÁREA ALREDEDOR DE NOSOTROS Y DE LA PUERTA... ¡LUEGO HAGÁMOSLO HACIA EL FRENTE SIN DEJAR QUE PASE NINGUNO ENTRE NOSOTROS!
BLAM!
A MÍ ME PARECE UN BUEN PLAN.
BLAM! BLAM!
THROK!
BLAM!
¡RAARGH!

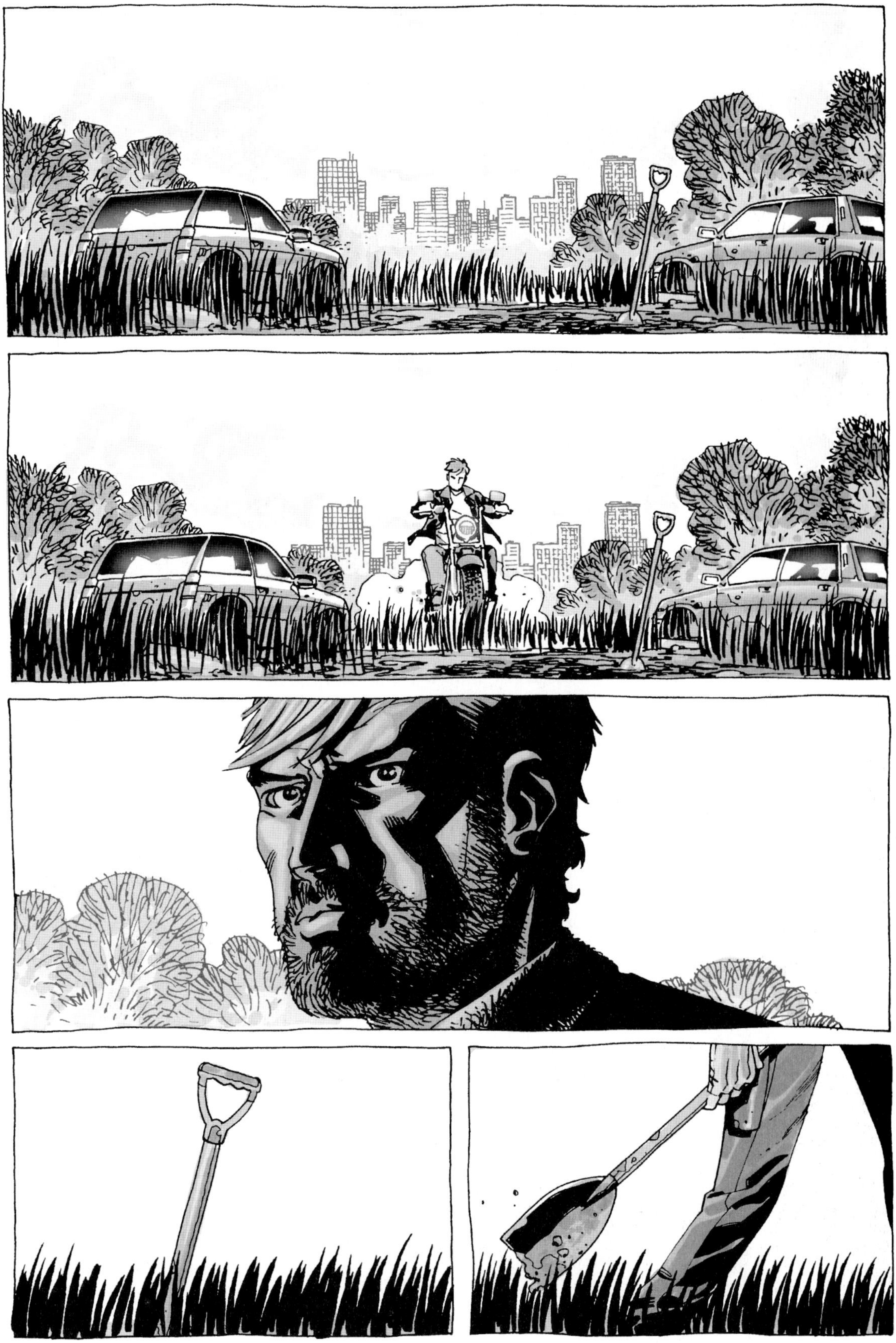

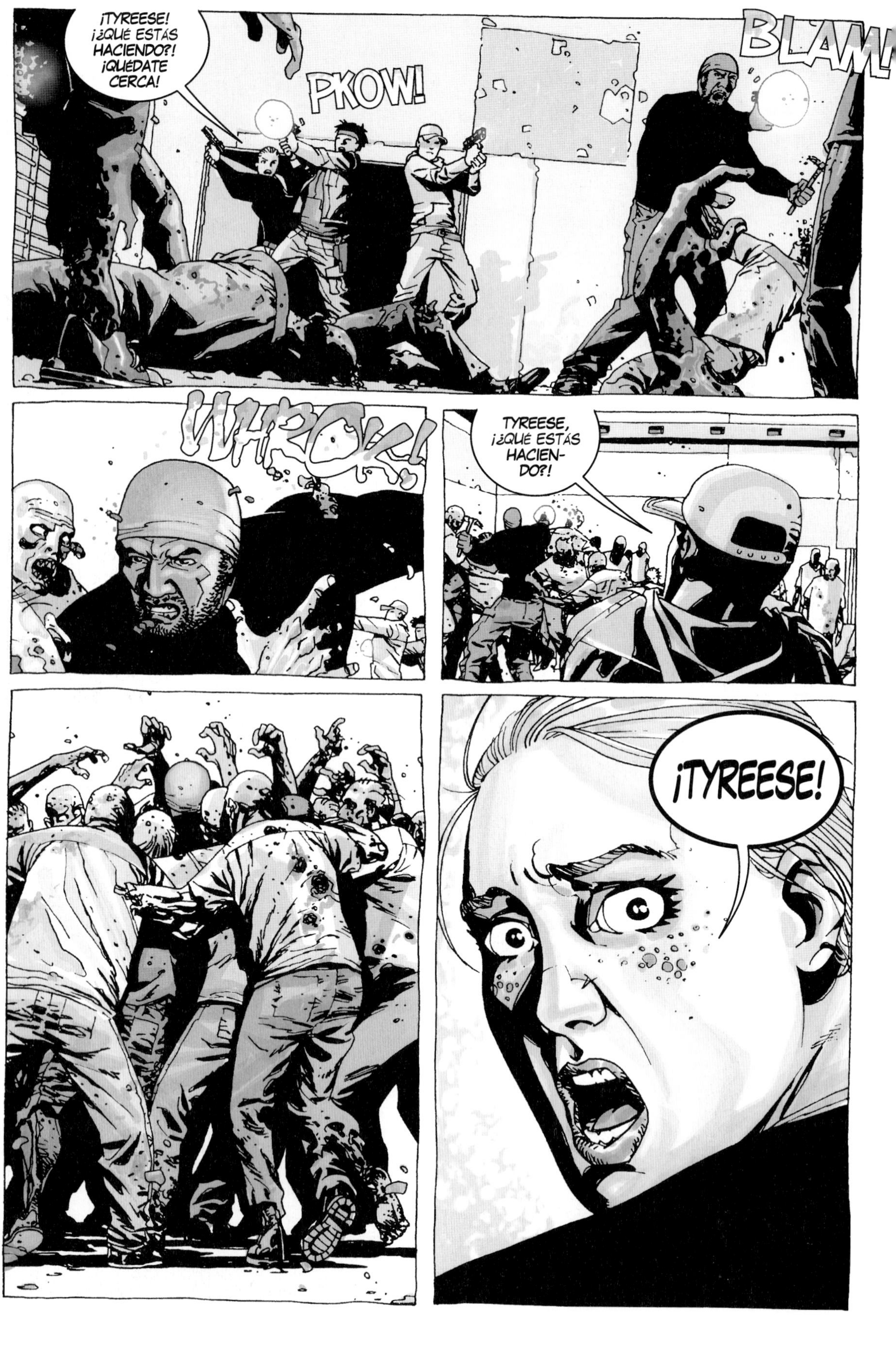

¡TYREESE! ¡¿QUÉ ESTÁS HACIENDO?! ¡QUÉDATE CERCA!
PKOW!
BLAM!
WHROK!
TYREESE, ¡¿QUÉ ESTÁS HACIEN-DO?!
¡TYREESE!

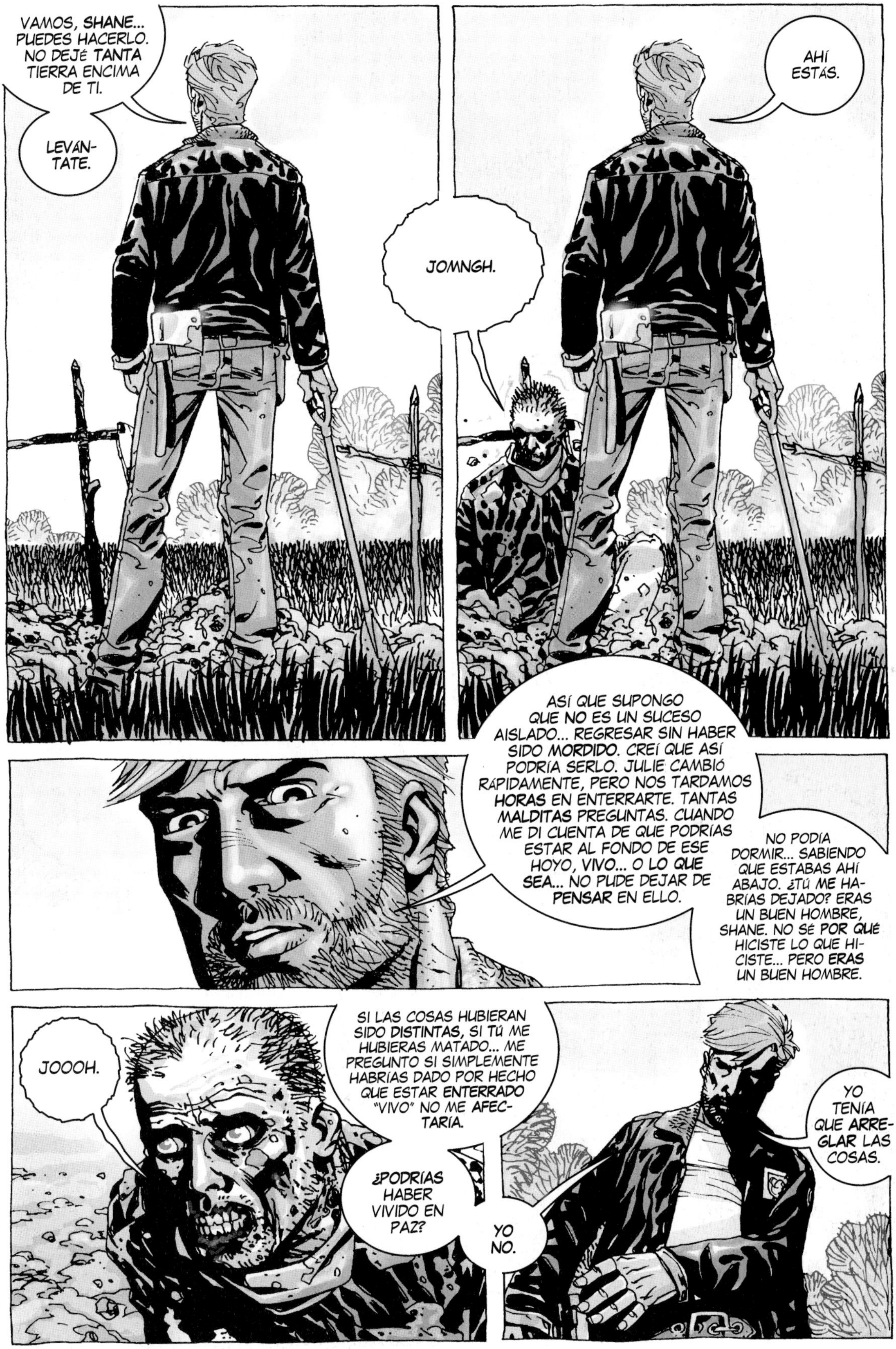
VAMOS, SHANE... PUEDES HACERLO. NO DEJÉ TANTA TIERRA ENCIMA DE TI.
LEVÁN-TATE.
JOMNGH.
AHÍ ESTÁS.
ASÍ QUE SUPONGO QUE NO ES UN SUCESO AISLADO... REGRESAR SIN HABER SIDO MORDIDO. CREÍ QUE ASÍ PODRÍA SERLO. JULIE CAMBIÓ RÁPIDAMENTE, PERO NOS TARDAMOS HORAS EN ENTERRARTE. TANTAS MALDITAS PREGUNTAS. CUANDO ME DI CUENTA DE QUE PODRÍAS ESTAR AL FONDO DE ESE HOYO, VIVO... O LO QUE SEA... NO PUDE DEJAR DE PENSAR EN ELLO.
NO PODÍA DORMIR... SABIENDO QUE ESTABAS AHÍ ABAJO. ¿TÚ ME HABRÍAS DEJADO? ERAS UN BUEN HOMBRE, SHANE. NO SÉ POR QUÉ HICISTE LO QUE HICISTE... PERO ERAS UN BUEN HOMBRE.
JOOOH.
SI LAS COSAS HUBIERAN SIDO DISTINTAS, SI TÚ ME HUBIERAS MATADO... ME PREGUNTO SI SIMPLEMENTE HABRÍAS DADO POR HECHO QUE ESTAR ENTERRADO "VIVO" NO ME AFECTARÍA.
¿PODRÍAS HABER VIVIDO EN PAZ?
YO NO.
YO TENÍA QUE ARREGLAR LAS COSAS.

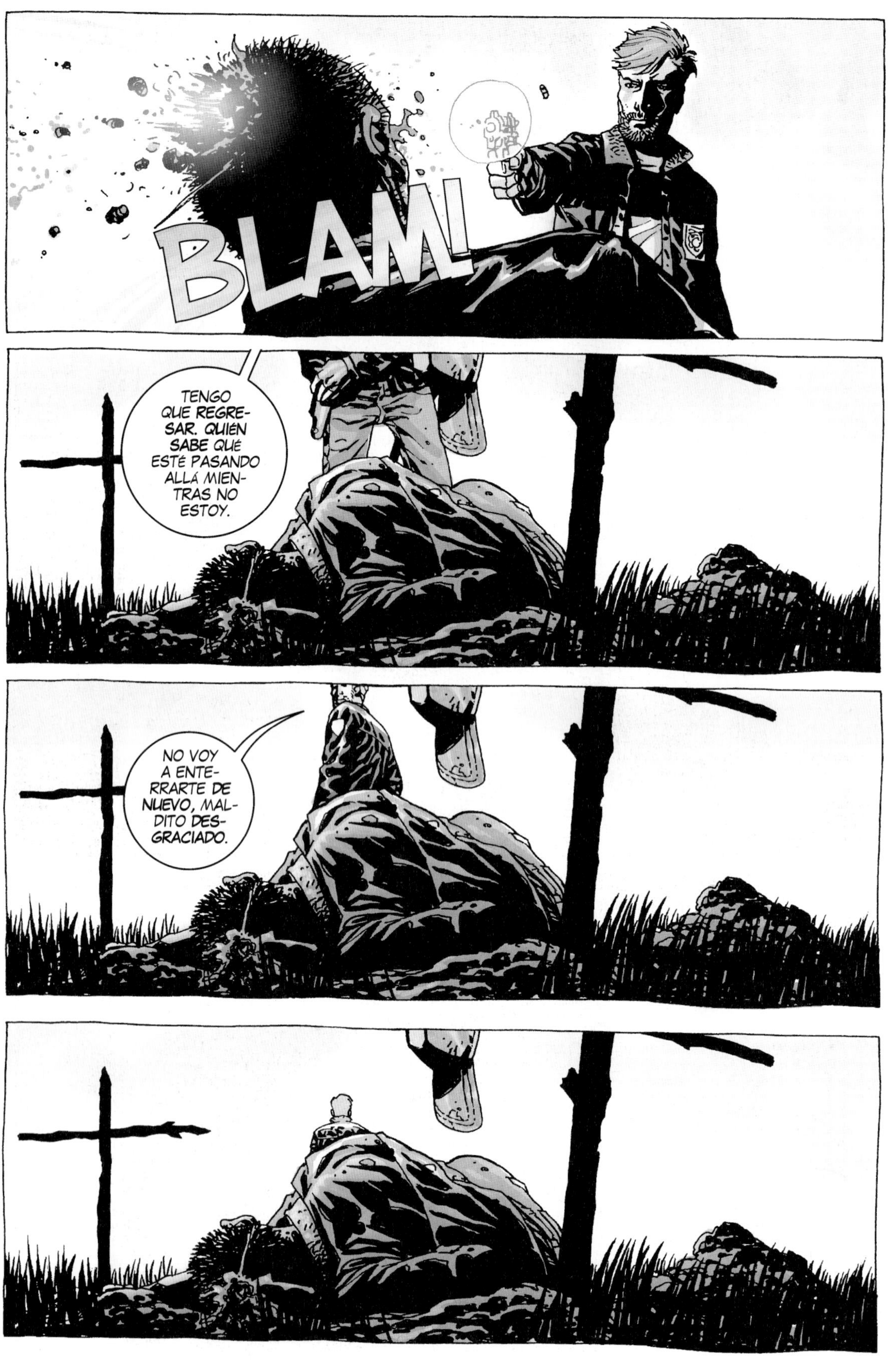
BLAM!
TENGO QUE REGRESAR. QUIÉN SABE QUÉ ESTÉ PASANDO ALLÁ MIENTRAS NO ESTOY.
NO VOY A ENTERRARTE DE NUEVO, MALDITO DESGRACIADO.

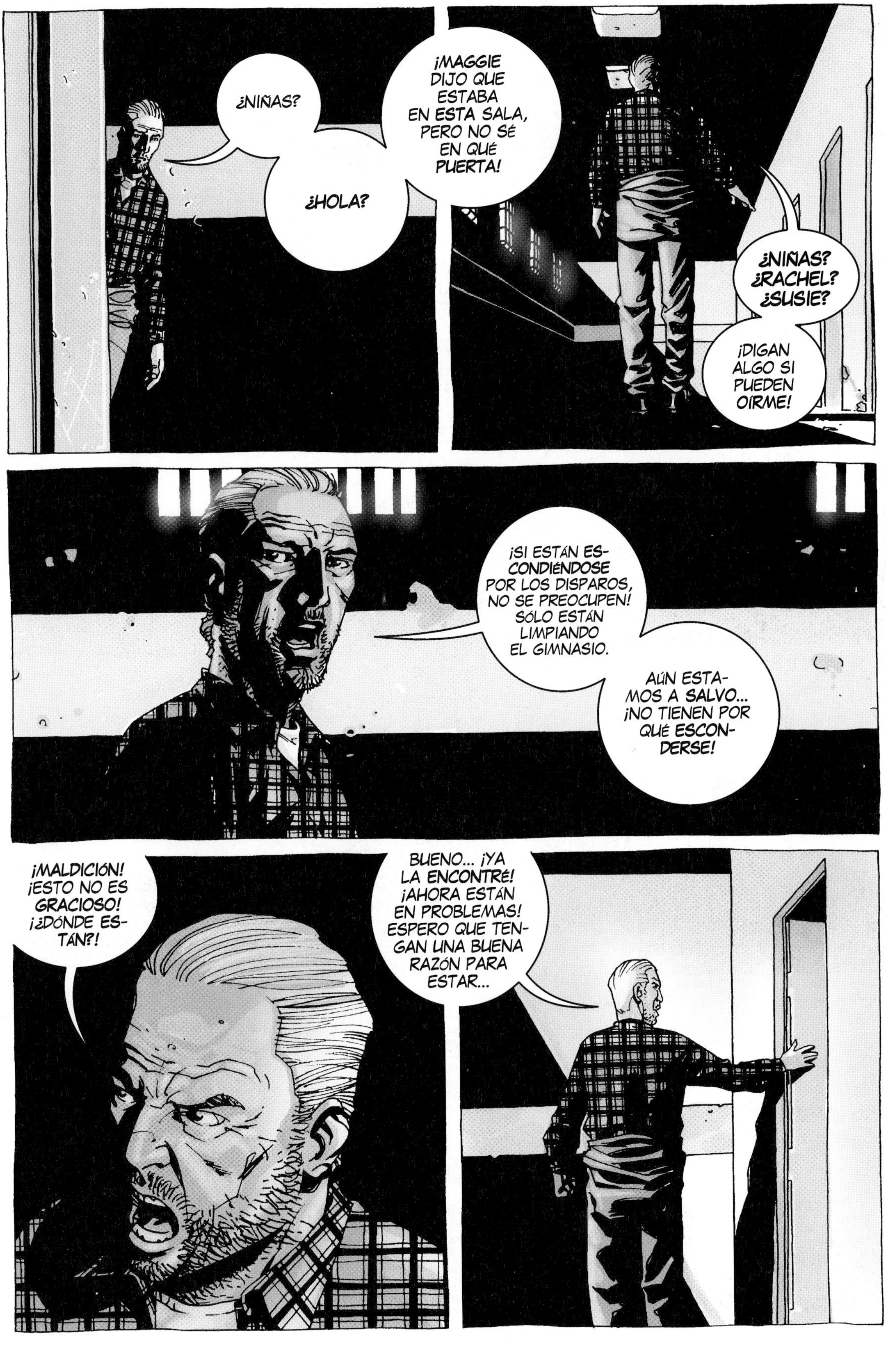

¿NIÑAS?
¿HOLA?
¡MAGGIE DIJO QUE ESTABA EN ESTA SALA, PERO NO SÉ EN QUÉ PUERTA!
¿NIÑAS? ¿RACHEL? ¿SUSIE?
¡DIGAN ALGO SI PUEDEN OIRME!
¡SI ESTÁN ESCONDIÉNDOSE POR LOS DISPAROS, NO SE PREOCUPEN! SÓLO ESTÁN LIMPIANDO EL GIMNASIO.
AÚN ESTAMOS A SALVO... ¡NO TIENEN POR QUÉ ESCONDERSE!
¡MALDICIÓN! ¡ESTO NO ES GRACIOSO! ¡¿DÓNDE ESTÁN?!
BUENO... ¡YA LA ENCONTRÉ! ¡AHORA ESTÁN EN PROBLEMAS! ESPERO QUE TENGAN UNA BUENA RAZÓN PARA ESTAR...

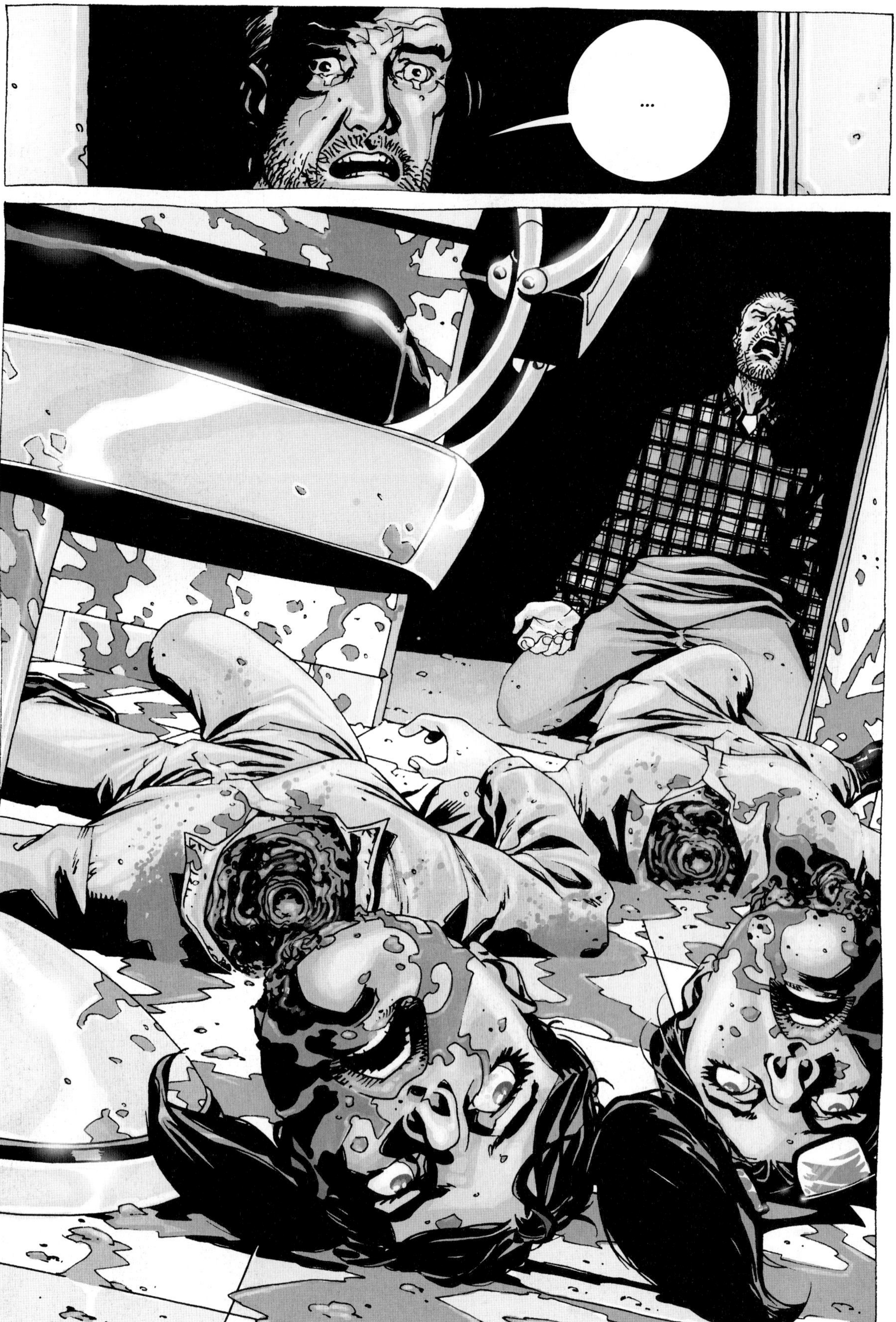
...

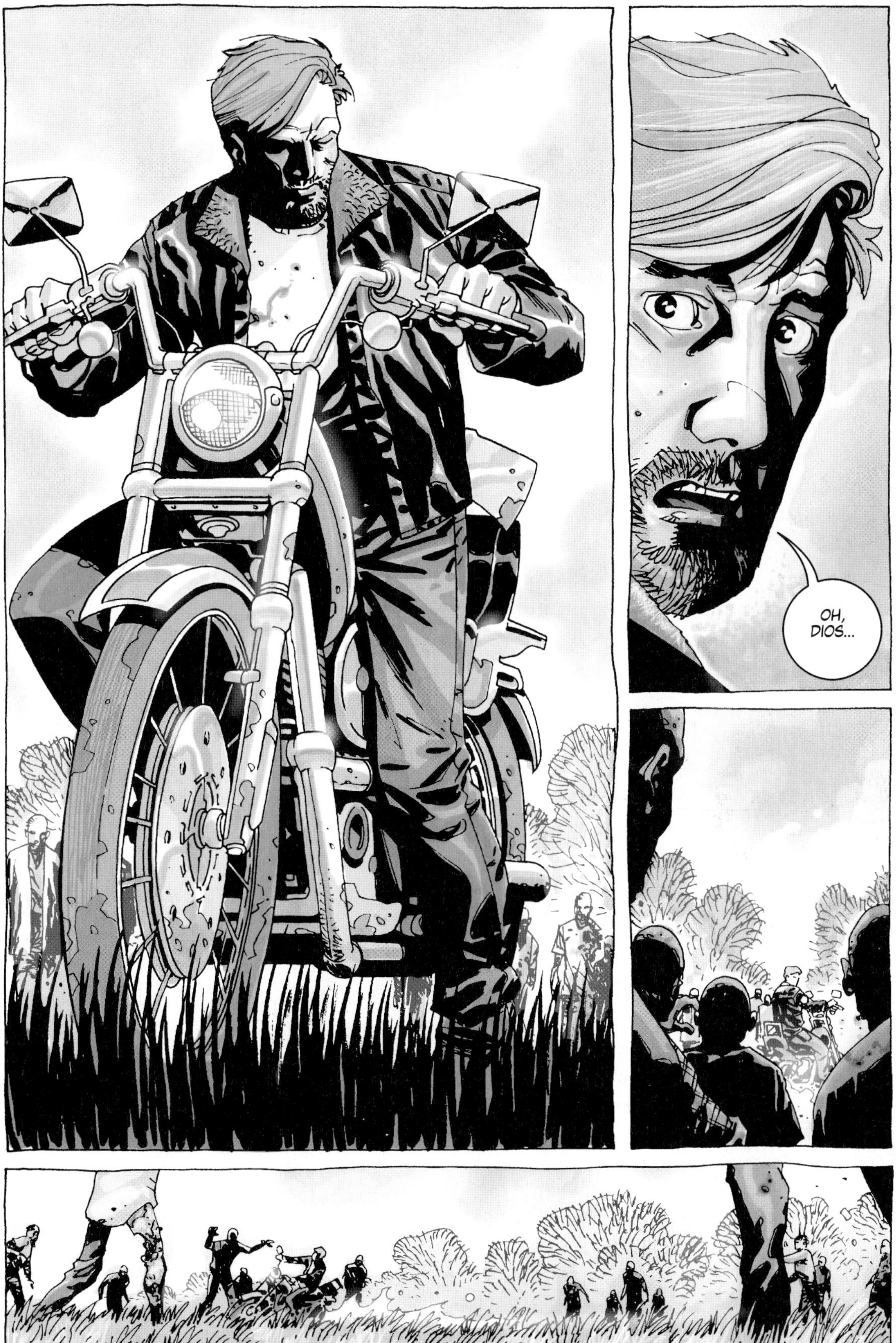
OH, DIOS...

¿PAPÁ?

¡¿QUÉ SUCEDE, PAPÁ?!

¡OH, DIOS, PAPÁ! ¡¿QUÉ SUCEDIÓ?!

¡¿QUÉ SUCEDIÓ?!

¿QUÉ PASA?

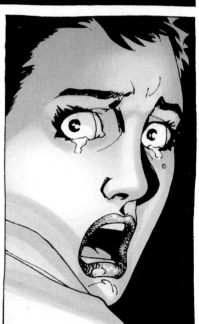

¡OH, DIOS!

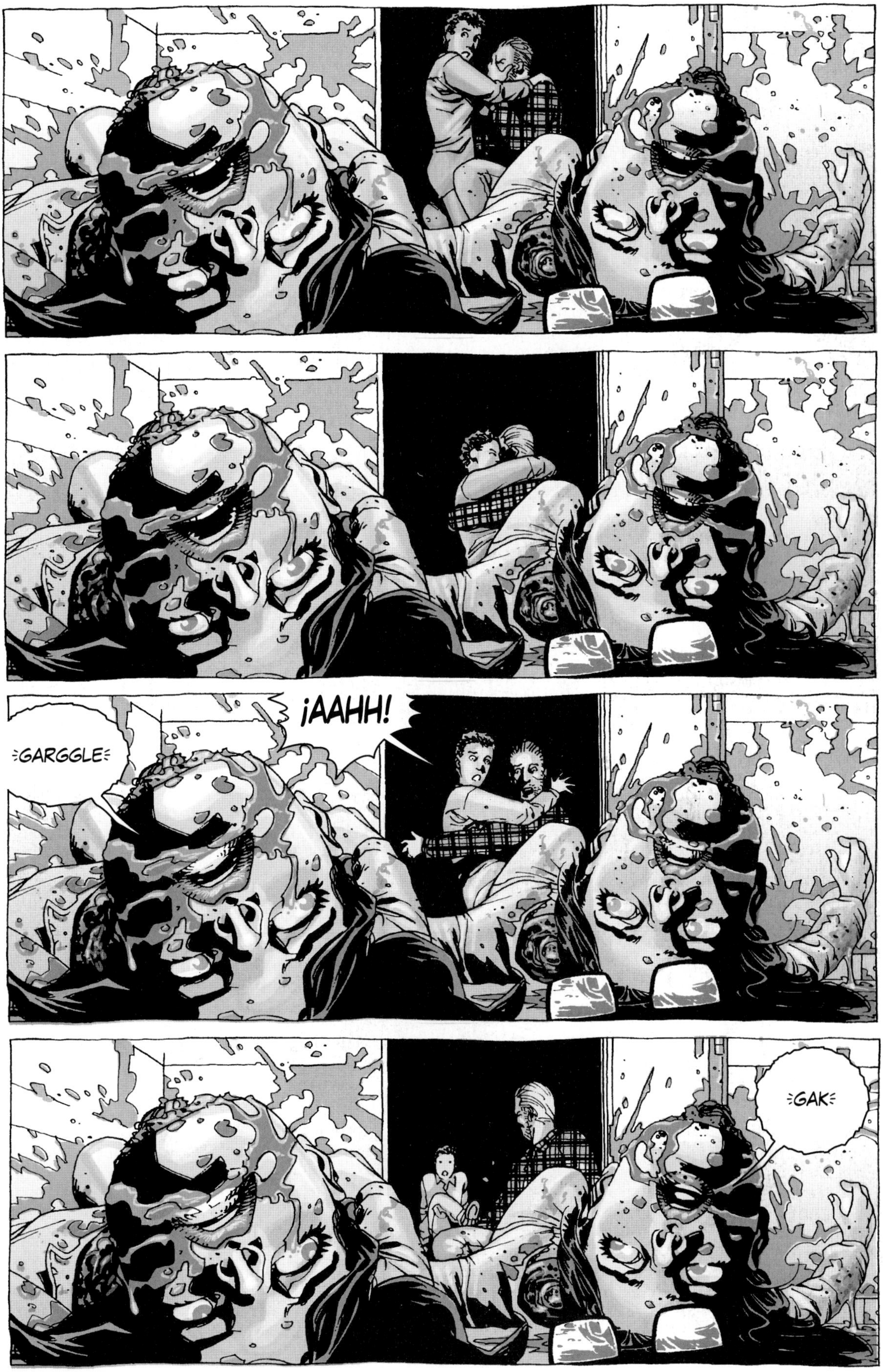
GARGGLE
¡AAHH!
GAK

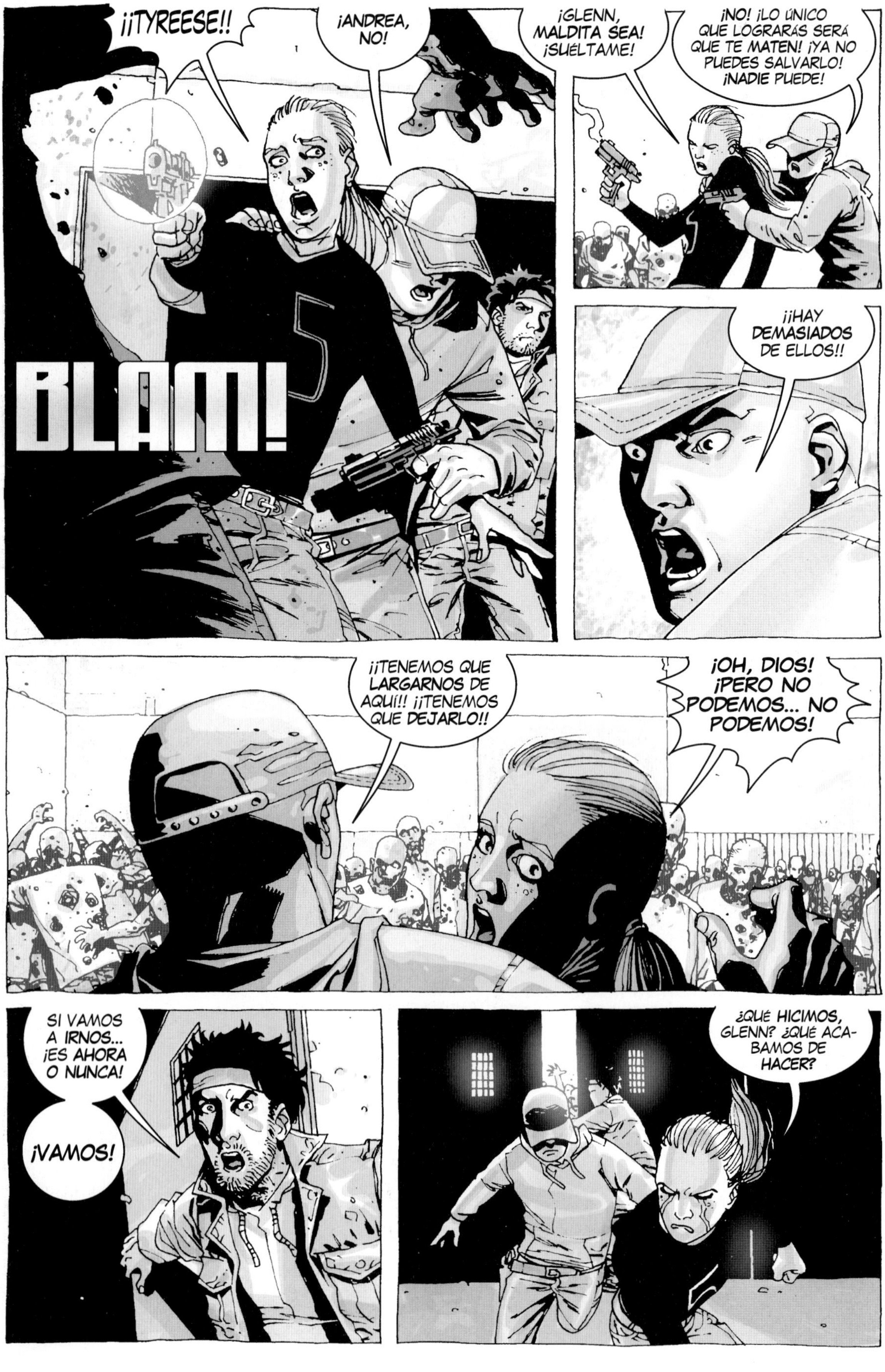
¡¡TYREESE!!
¡ANDREA, NO!
BLAM!
¡GLENN, MALDITA SEA! ¡SUÉLTAME!
¡NO! ¡LO ÚNICO QUE LOGRARÁS SERÁ QUE TE MATEN! ¡YA NO PUEDES SALVARLO! ¡NADIE PUEDE!
¡¡HAY DEMASIADOS DE ELLOS!!
¡¡TENEMOS QUE LARGARNOS DE AQUÍ!! ¡¡TENEMOS QUE DEJARLO!!
¡OH, DIOS! ¡PERO NO PODEMOS... NO PODEMOS!
SI VAMOS A IRNOS... ¡ES AHORA O NUNCA!
¡VAMOS!
¿QUÉ HICIMOS, GLENN? ¿QUÉ ACABAMOS DE HACER?

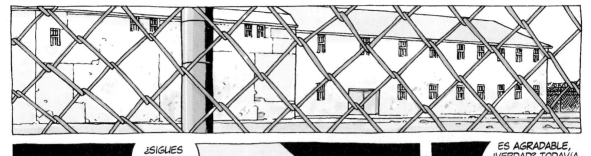

¿SIGUES PREOCUPADA POR RICK?

UN POCO. DE HECHO, TRATO DE NO PENSAR EN ESO.

PERDÓN.

FUE AMABLE DE DALE OFRECERSE A VIGILAR A LOS NIÑOS PARA QUE PUDIÉRAMOS ASEARNOS...

SÍ...

ES AGRADABLE, ¿VERDAD? TODAVÍA NO PUEDO CREER EL HECHO DE QUE ESTE LUGAR AÚN TENGA AGUA POTABLE.

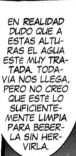

EN REALIDAD DUDO QUE A ESTAS ALTURAS EL AGUA ESTÉ MUY TRATADA. TODAVÍA NOS LLEGA, PERO NO CREO QUE ESTÉ LO SUFICIENTEMENTE LIMPIA PARA BEBERLA SIN HERVIRLA.

AJÁ.

PERO NO HUELE MAL... ASÍ QUE NO ME MOLESTA BAÑARME CON...

¡¡AAIIIYYYYK!!

¡LO SIENTO! ¡LO SIENTO! ¡NO SABÍA QUE HABÍA ALGUIEN AQUÍ! ¡LO JURO!

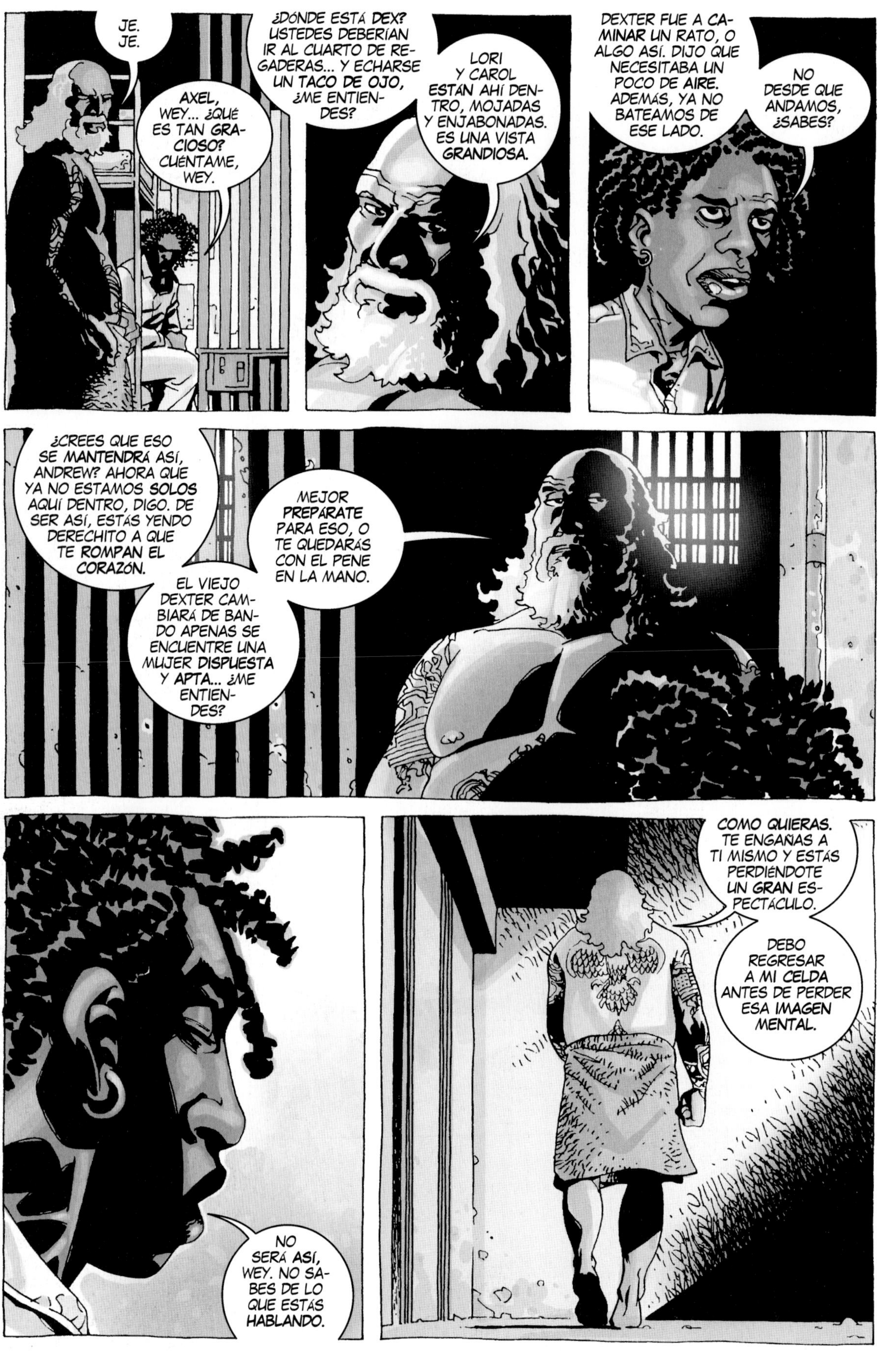

JE. JE.
AXEL, WEY... ¿QUÉ ES TAN GRACIOSO? CUÉNTAME, WEY.
¿DÓNDE ESTÁ DEX? USTEDES DEBERÍAN IR AL CUARTO DE REGADERAS... Y ECHARSE UN TACO DE OJO, ¿ME ENTIENDES?
LORI Y CAROL ESTÁN AHÍ DENTRO, MOJADAS Y ENJABONADAS. ES UNA VISTA GRANDIOSA.
DEXTER FUE A CAMINAR UN RATO, O ALGO ASÍ. DIJO QUE NECESITABA UN POCO DE AIRE. ADEMÁS, YA NO BATEAMOS DE ESE LADO.
NO DESDE QUE ANDAMOS, ¿SABES?
¿CREES QUE ESO SE MANTENDRÁ ASÍ, ANDREW? AHORA QUE YA NO ESTAMOS SOLOS AQUÍ DENTRO, DIGO. DE SER ASÍ, ESTÁS YENDO DERECHITO A QUE TE ROMPAN EL CORAZÓN.
EL VIEJO DEXTER CAMBIARÁ DE BANDO APENAS SE ENCUENTRE UNA MUJER DISPUESTA Y APTA... ¿ME ENTIENDES?
MEJOR PREPÁRATE PARA ESO, O TE QUEDARÁS CON EL PENE EN LA MANO.
NO SERÁ ASÍ, WEY. NO SABES DE LO QUE ESTÁS HABLANDO.
COMO QUIERAS. TE ENGAÑAS A TI MISMO Y ESTÁS PERDIÉNDOTE UN GRAN ESPECTÁCULO.
DEBO REGRESAR A MI CELDA ANTES DE PERDER ESA IMAGEN MENTAL.

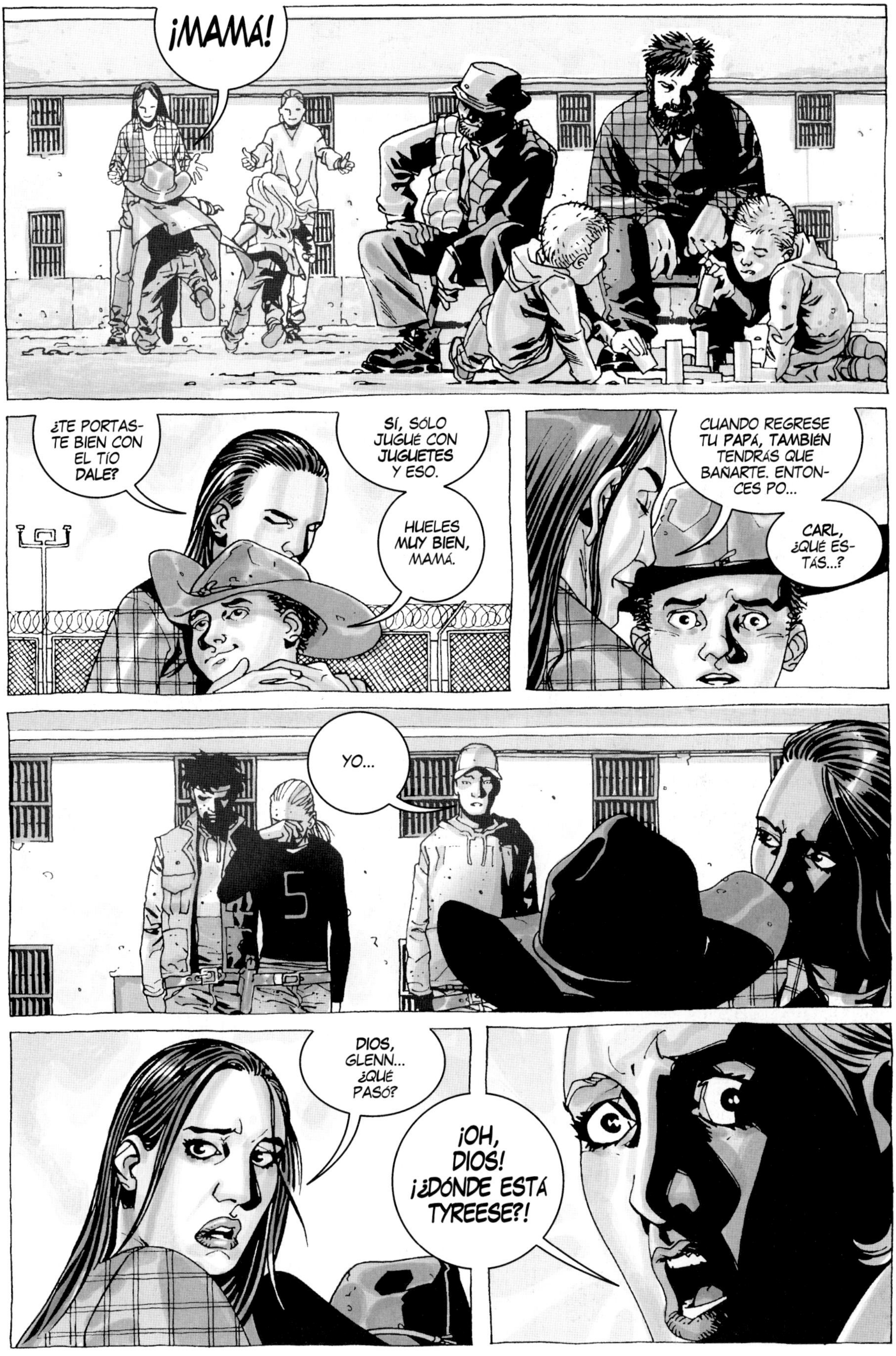
¡MAMÁ!
¿TE PORTASTE BIEN CON EL TÍO DALE?
SÍ, SÓLO JUGUÉ CON JUGUETES Y ESO.
HUELES MUY BIEN, MAMÁ.
CUANDO REGRESE TU PAPÁ, TAMBIÉN TENDRÁS QUE BAÑARTE. ENTONCES PO...
CARL, ¿QUÉ ESTÁS...?
YO...
DIOS, GLENN... ¿QUÉ PASÓ?
¡OH, DIOS! ¡¿DÓNDE ESTÁ TYREESE?!

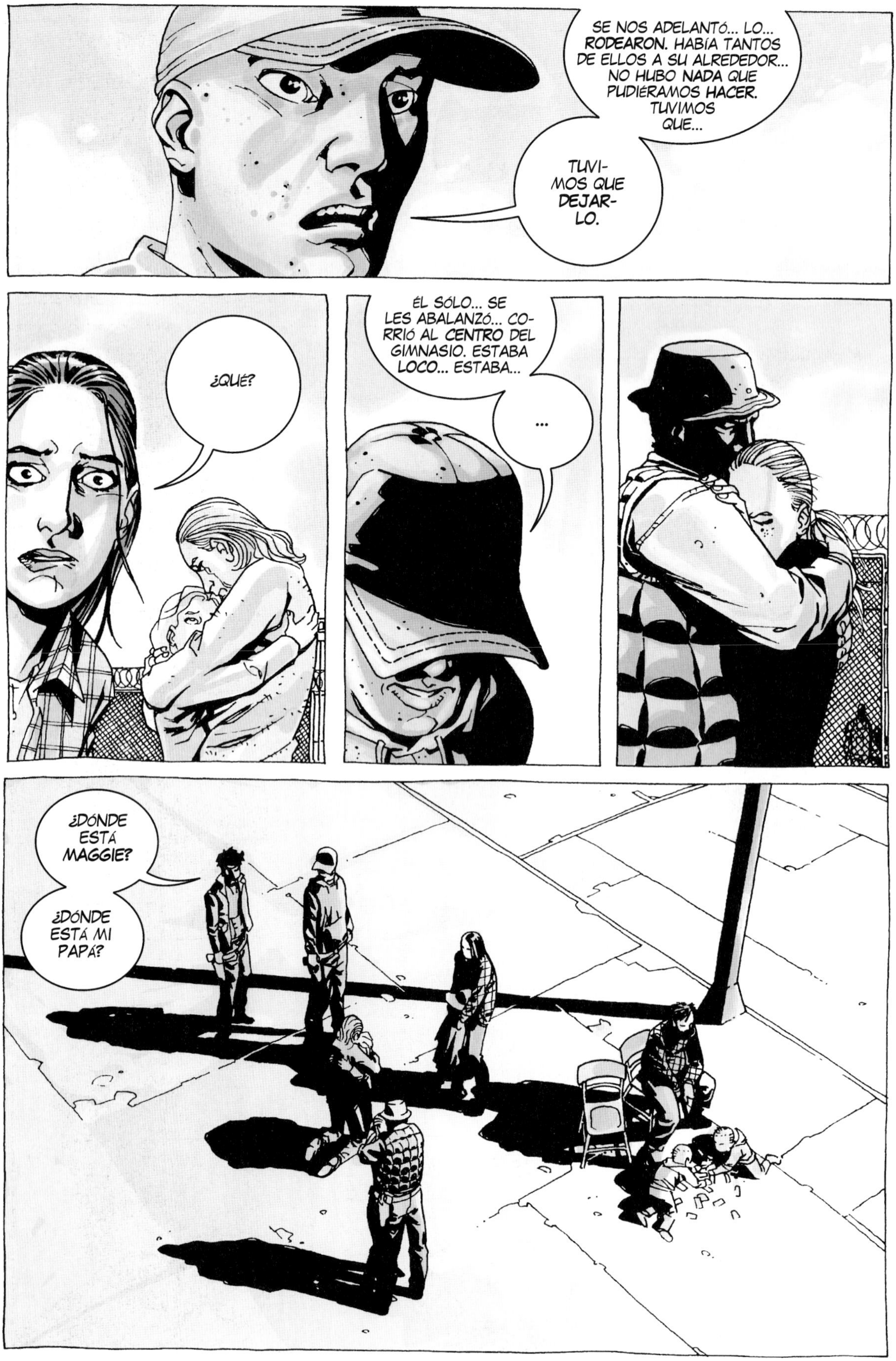
SE NOS ADELANTÓ... LO... RODEARON. HABÍA TANTOS DE ELLOS A SU ALREDEDOR... NO HUBO NADA QUE PUDIÉRAMOS HACER. TUVIMOS QUE...
TUVI-MOS QUE DEJAR-LO.
¿QUÉ?
ÉL SÓLO... SE LES ABALANZÓ... CO-RRIÓ AL CENTRO DEL GIMNASIO. ESTABA LOCO... ESTABA...
...
¿DÓNDE ESTÁ MAGGIE?
¿DÓNDE ESTÁ MI PAPÁ?

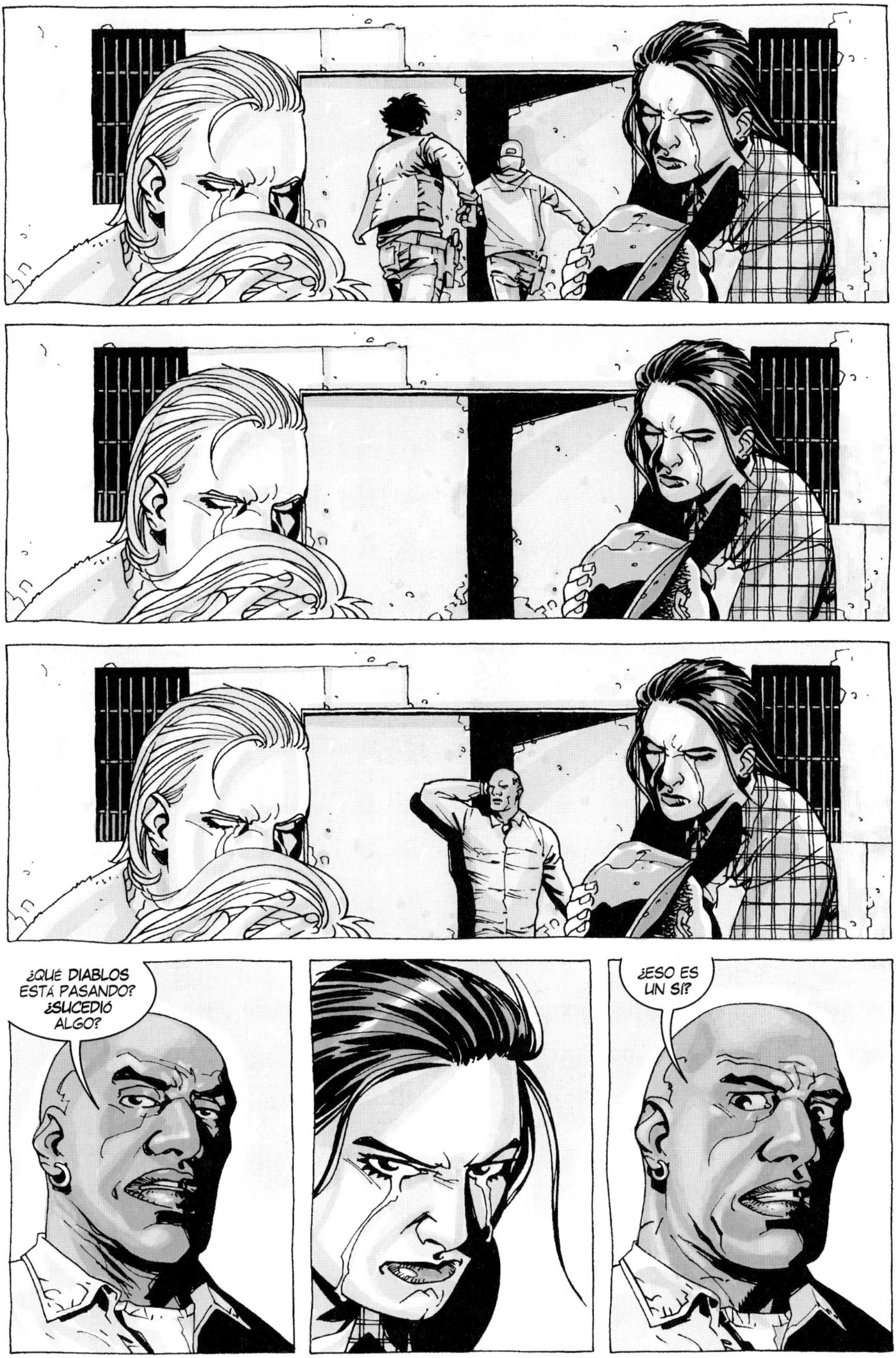
¿QUÉ DIABLOS ESTÁ PASANDO? ¿SUCEDIÓ ALGO?
¿ESO ES UN SÍ?

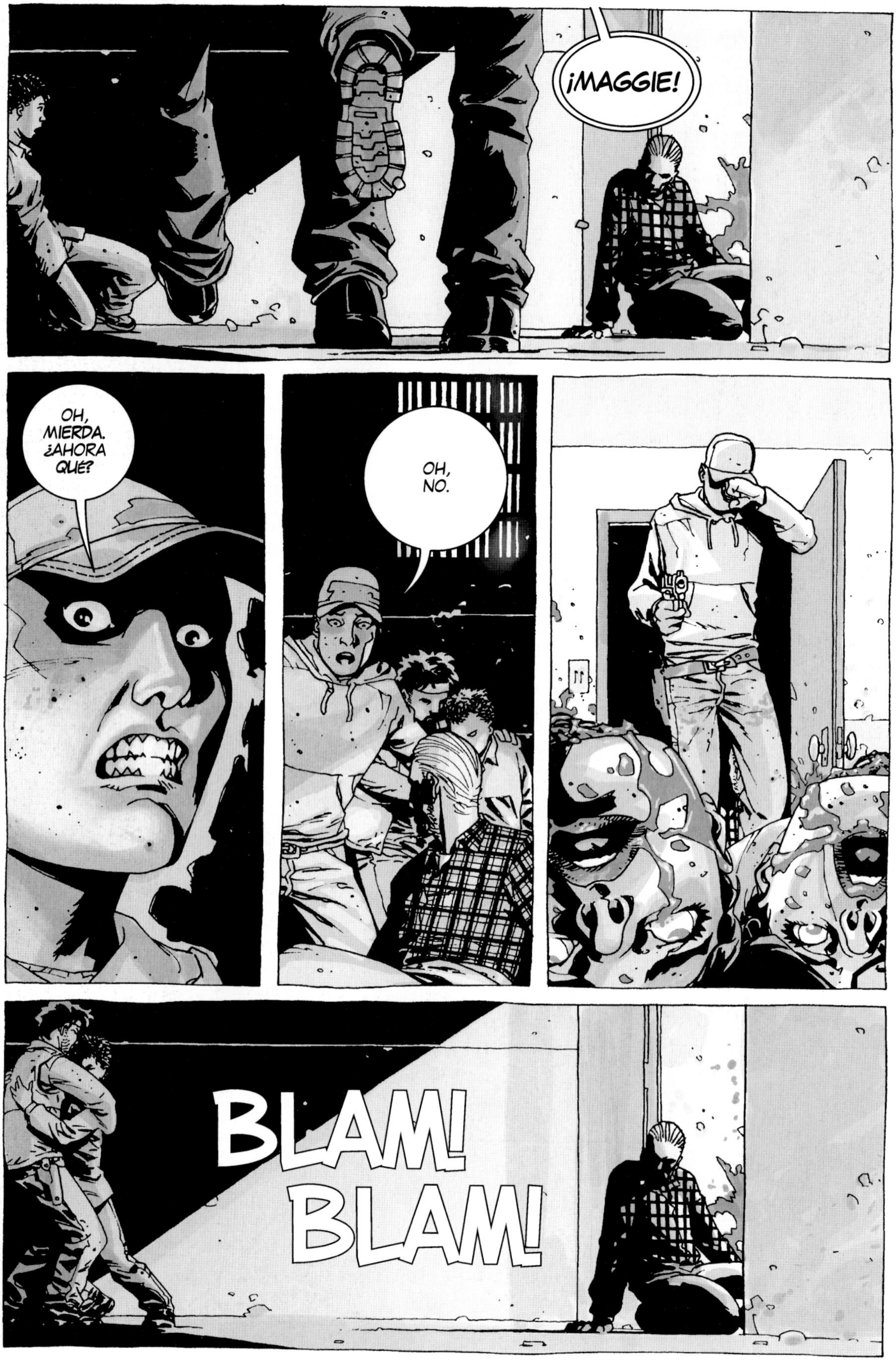
¡MAGGIE!
OH, MIERDA. ¿AHORA QUÉ?
OH, NO.
BLAM!
BLAM!

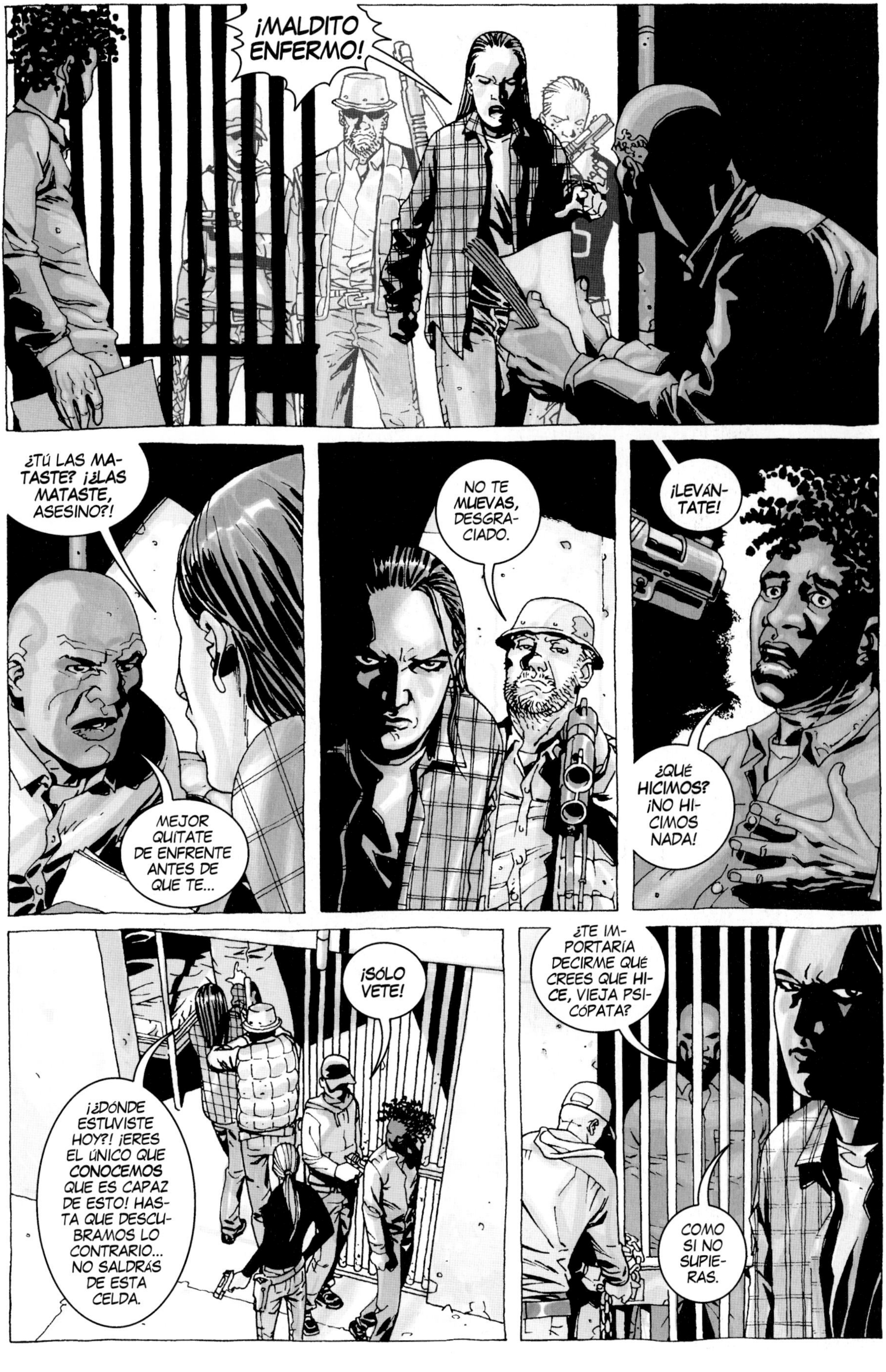
¡MALDITO ENFERMO!
¿TÚ LAS MATASTE? ¡¿LAS MATASTE, ASESINO?!
MEJOR QUITATE DE ENFRENTE ANTES DE QUE TE...
NO TE MUEVAS, DESGRACIADO.
¡LEVÁNTATE!
¿QUÉ HICIMOS? ¡NO HICIMOS NADA!
¡SÓLO VETE!
¡¿DÓNDE ESTUVISTE HOY?! ¡ERES EL ÚNICO QUE CONOCEMOS QUE ES CAPAZ DE ESTO! HASTA QUE DESCUBRAMOS LO CONTRARIO... NO SALDRÁS DE ESTA CELDA.
¿TE IMPORTARÍA DECIRME QUÉ CREES QUE HICE, VIEJA PSICÓPATA?
COMO SI NO SUPIERAS.

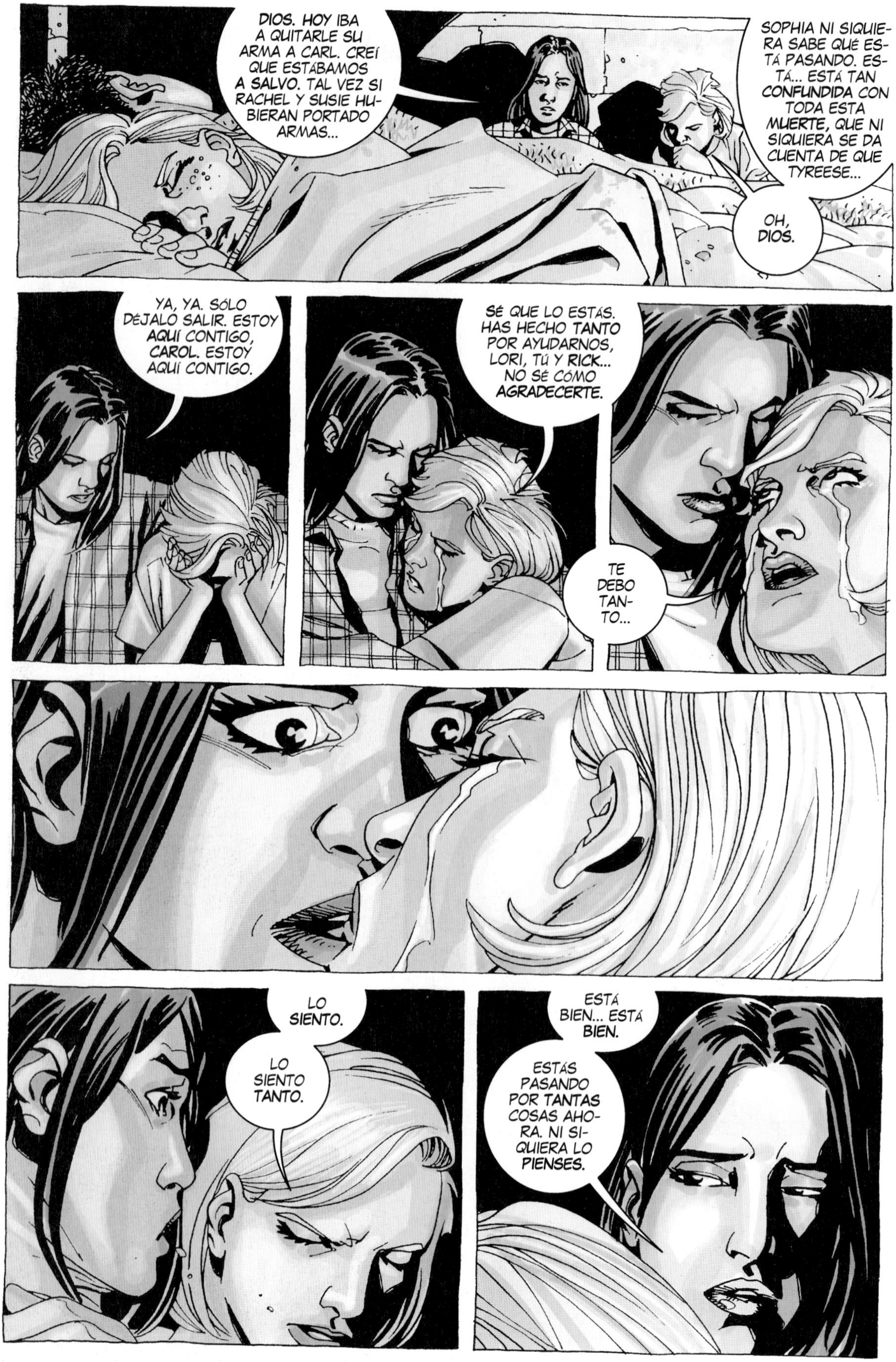

DIOS. HOY IBA A QUITARLE SU ARMA A CARL. CREÍ QUE ESTÁBAMOS A SALVO. TAL VEZ SI RACHEL Y SUSIE HUBIERAN PORTADO ARMAS...
SOPHIA NI SIQUIERA SABE QUÉ ESTÁ PASANDO. ESTÁ... ESTÁ TAN CONFUNDIDA CON TODA ESTA MUERTE, QUE NI SIQUIERA SE DA CUENTA DE QUE TYREESE...
OH, DIOS.
YA, YA. SÓLO DÉJALO SALIR. ESTOY AQUÍ CONTIGO, CAROL. ESTOY AQUÍ CONTIGO.
SÉ QUE LO ESTÁS. HAS HECHO TANTO POR AYUDARNOS, LORI, TÚ Y RICK... NO SÉ CÓMO AGRADECERTE.
TE DEBO TANTO...
LO SIENTO.
LO SIENTO TANTO.
ESTÁ BIEN... ESTÁ BIEN.
ESTÁS PASANDO POR TANTAS COSAS AHORA. NI SIQUIERA LO PIENSES.

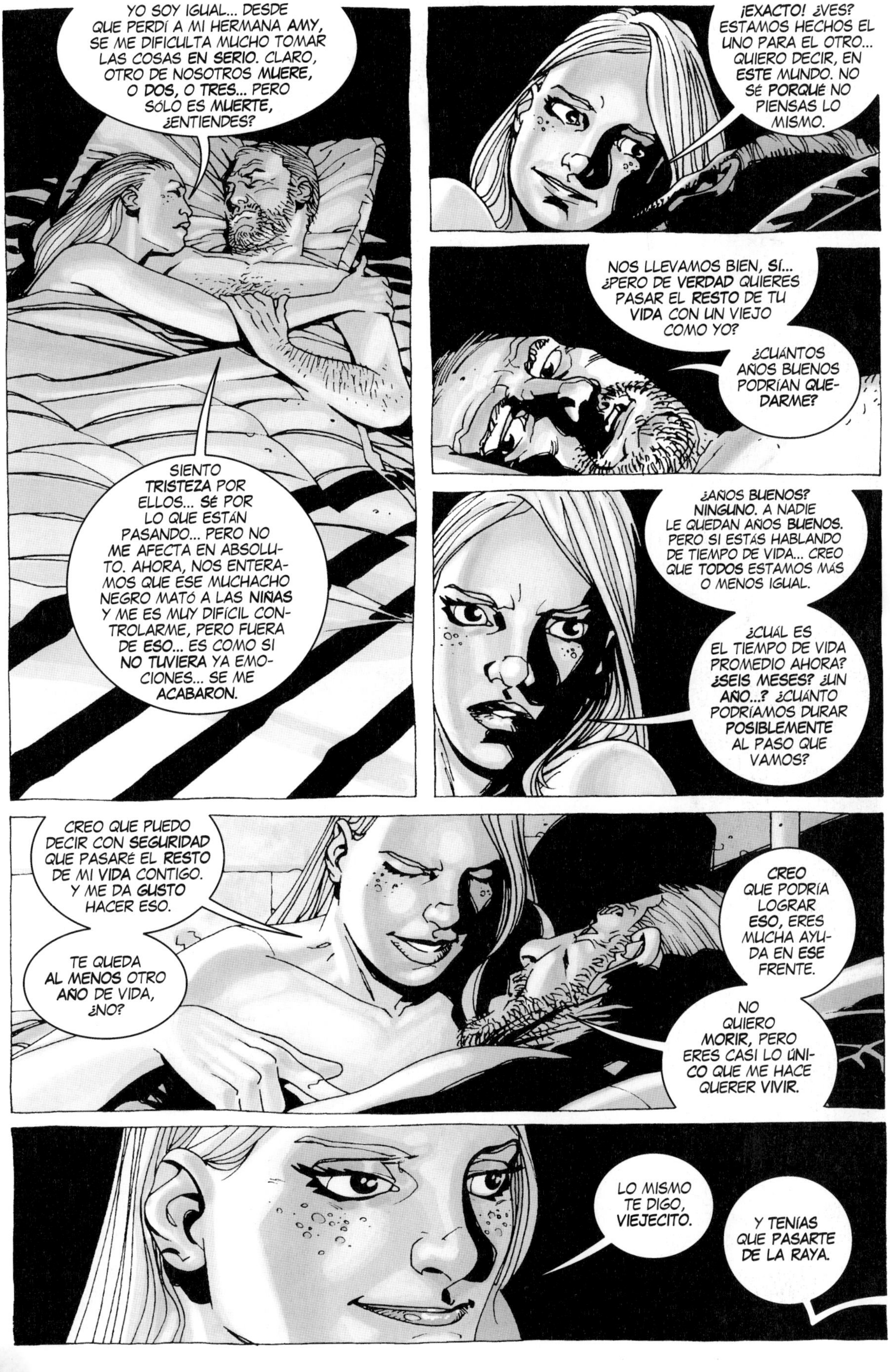
YO SOY IGUAL... DESDE QUE PERDÍ A MI HERMANA AMY, SE ME DIFICULTA MUCHO TOMAR LAS COSAS EN SERIO. CLARO, OTRO DE NOSOTROS MUERE, O DOS, O TRES... PERO SÓLO ES MUERTE, ¿ENTIENDES?
SIENTO TRISTEZA POR ELLOS... SÉ POR LO QUE ESTÁN PASANDO... PERO NO ME AFECTA EN ABSOLU-TO. AHORA, NOS ENTERA-MOS QUE ESE MUCHACHO NEGRO MATÓ A LAS NIÑAS Y ME ES MUY DIFÍCIL CON-TROLARME, PERO FUERA DE ESO... ES COMO SI NO TUVIERA YA EMO-CIONES... SE ME ACABARON.
¡EXACTO! ¿VES? ESTAMOS HECHOS EL UNO PARA EL OTRO... QUIERO DECIR, EN ESTE MUNDO. NO SÉ PORQUÉ NO PIENSAS LO MISMO.
NOS LLEVAMOS BIEN, SÍ... ¿PERO DE VERDAD QUIERES PASAR EL RESTO DE TU VIDA CON UN VIEJO COMO YO?
¿CUÁNTOS AÑOS BUENOS PODRÍAN QUE-DARME?
¿AÑOS BUENOS? NINGUNO. A NADIE LE QUEDAN AÑOS BUENOS. PERO SI ESTÁS HABLANDO DE TIEMPO DE VIDA... CREO QUE TODOS ESTAMOS MÁS O MENOS IGUAL.
¿CUÁL ES EL TIEMPO DE VIDA PROMEDIO AHORA? ¿SEIS MESES? ¿UN AÑO...? ¿CUÁNTO PODRÍAMOS DURAR POSIBLEMENTE AL PASO QUE VAMOS?
CREO QUE PUEDO DECIR CON SEGURIDAD QUE PASARÉ EL RESTO DE MI VIDA CONTIGO. Y ME DA GUSTO HACER ESO.
TE QUEDA AL MENOS OTRO AÑO DE VIDA, ¿NO?
CREO QUE PODRÍA LOGRAR ESO, ERES MUCHA AYU-DA EN ESE FRENTE.
NO QUIERO MORIR, PERO ERES CASI LO ÚNI-CO QUE ME HACE QUERER VIVIR.
LO MISMO TE DIGO, VIEJECITO.
Y TENÍAS QUE PASARTE DE LA RAYA.

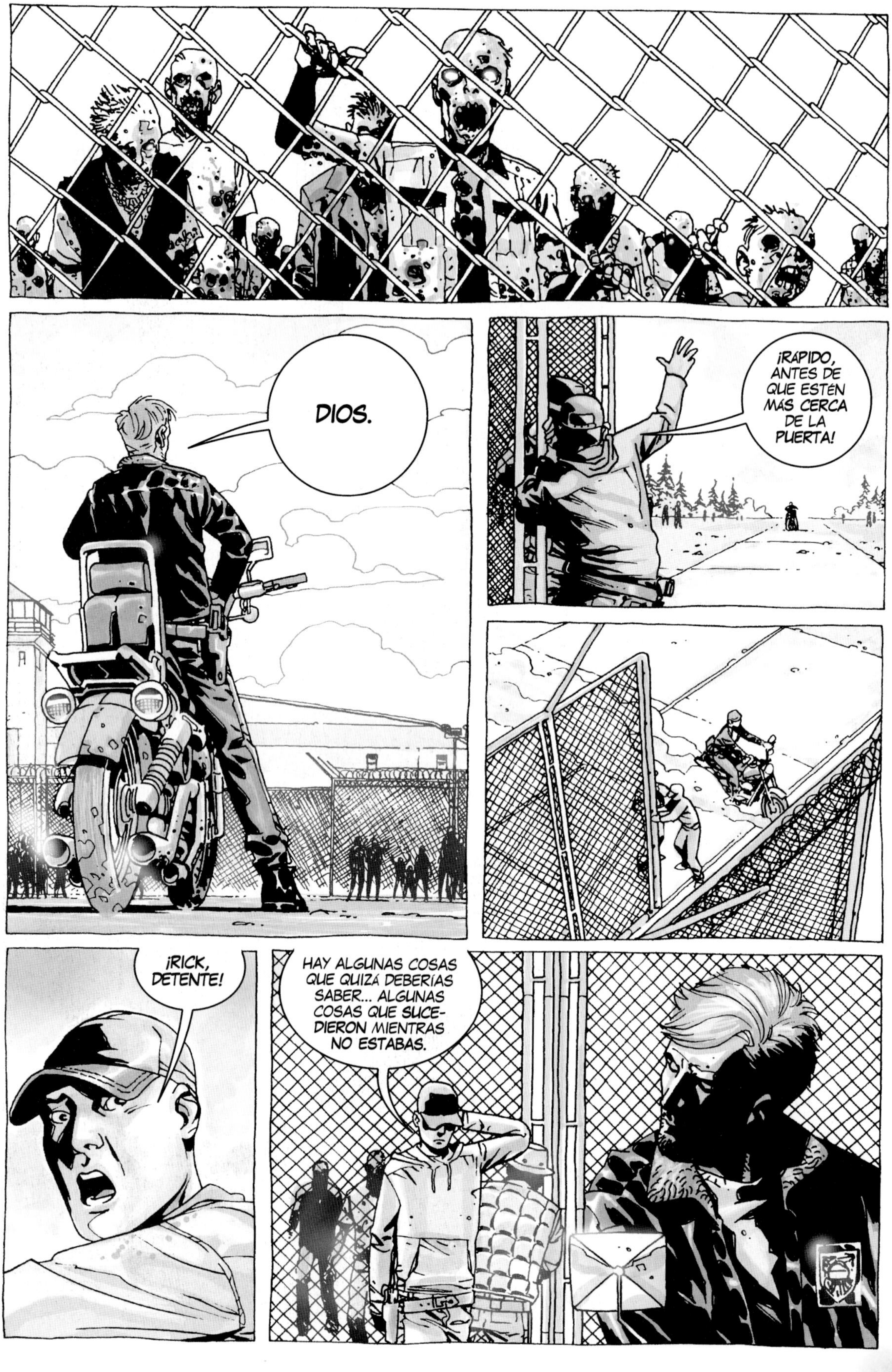
DIOS.
¡RÁPIDO, ANTES DE QUE ESTÉN MÁS CERCA DE LA PUERTA!
¡RICK, DETENTE!
HAY ALGUNAS COSAS QUE QUIZÁ DEBERÍAS SABER... ALGUNAS COSAS QUE SUCE-DIERON MIENTRAS NO ESTABAS.

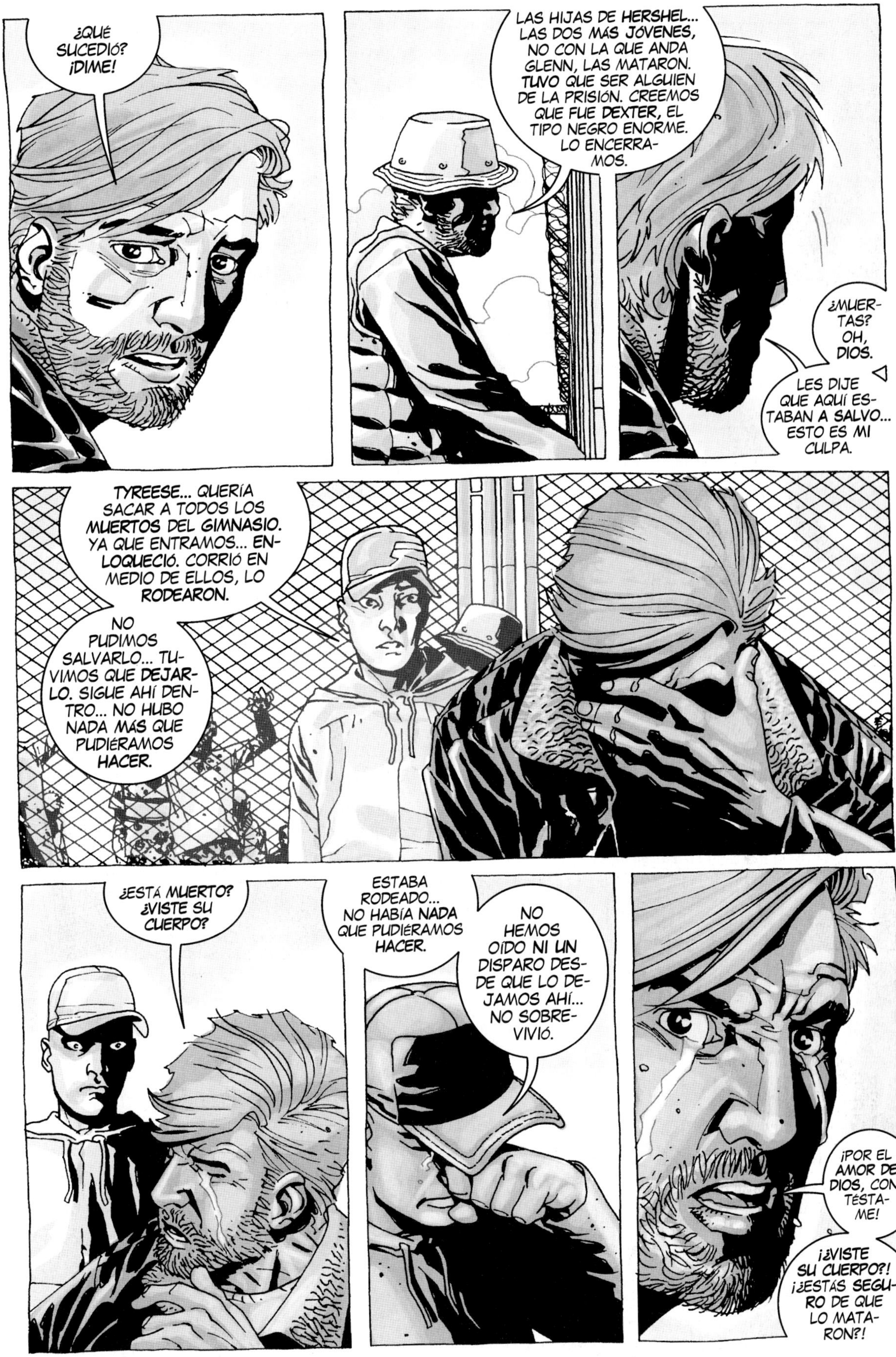
¿QUÉ SUCEDIÓ? ¡DIME!
LAS HIJAS DE HERSHEL... LAS DOS MÁS JÓVENES, NO CON LA QUE ANDA GLENN, LAS MATARON. TUVO QUE SER ALGUIEN DE LA PRISIÓN. CREEMOS QUE FUE DEXTER, EL TIPO NEGRO ENORME. LO ENCERRAMOS.
¿MUERTAS? OH, DIOS.
LES DIJE QUE AQUÍ ESTABAN A SALVO... ESTO ES MI CULPA.
TYREESE... QUERÍA SACAR A TODOS LOS MUERTOS DEL GIMNASIO. YA QUE ENTRAMOS... ENLOQUECIÓ. CORRIÓ EN MEDIO DE ELLOS, LO RODEARON.
NO PUDIMOS SALVARLO... TUVIMOS QUE DEJARLO. SIGUE AHÍ DENTRO... NO HUBO NADA MÁS QUE PUDIÉRAMOS HACER.
¿ESTÁ MUERTO? ¿VISTE SU CUERPO?
ESTABA RODEADO... NO HABÍA NADA QUE PUDIÉRAMOS HACER.
NO HEMOS OÍDO NI UN DISPARO DESDE QUE LO DEJAMOS AHÍ... NO SOBREVIVIÓ.
¡POR EL AMOR DE DIOS, CONTÉSTAME!
¡¿VISTE SU CUERPO?! ¡¿ESTÁS SEGURO DE QUE LO MATARON?!

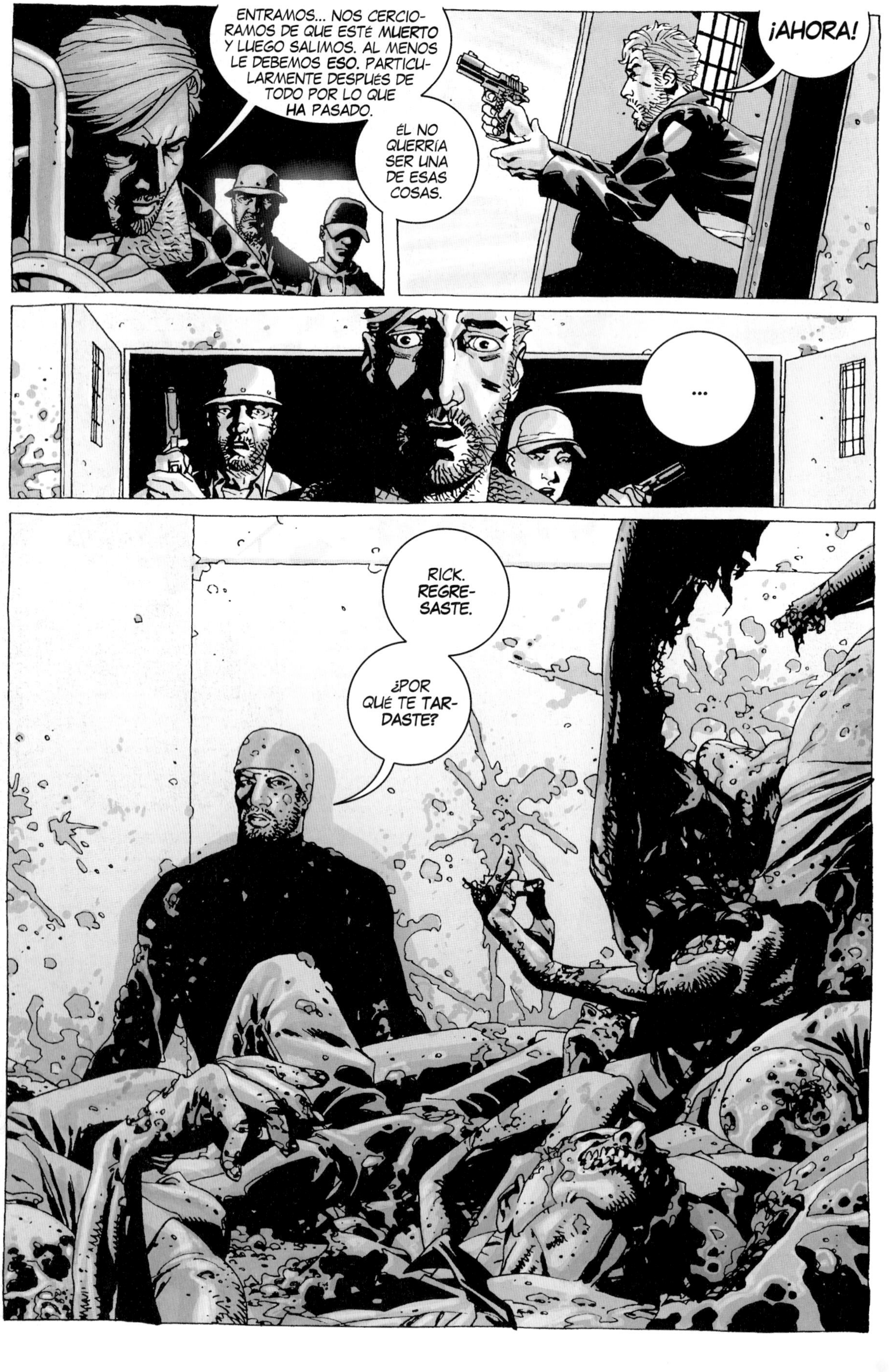
ENTRAMOS... NOS CERCIORAMOS DE QUE ESTÉ MUERTO Y LUEGO SALIMOS. AL MENOS LE DEBEMOS ESO. PARTICULARMENTE DESPUÉS DE TODO POR LO QUE HA PASADO.
ÉL NO QUERRÍA SER UNA DE ESAS COSAS.
¡AHORA!
...
RICK. REGRESASTE.
¿POR QUÉ TE TARDASTE?

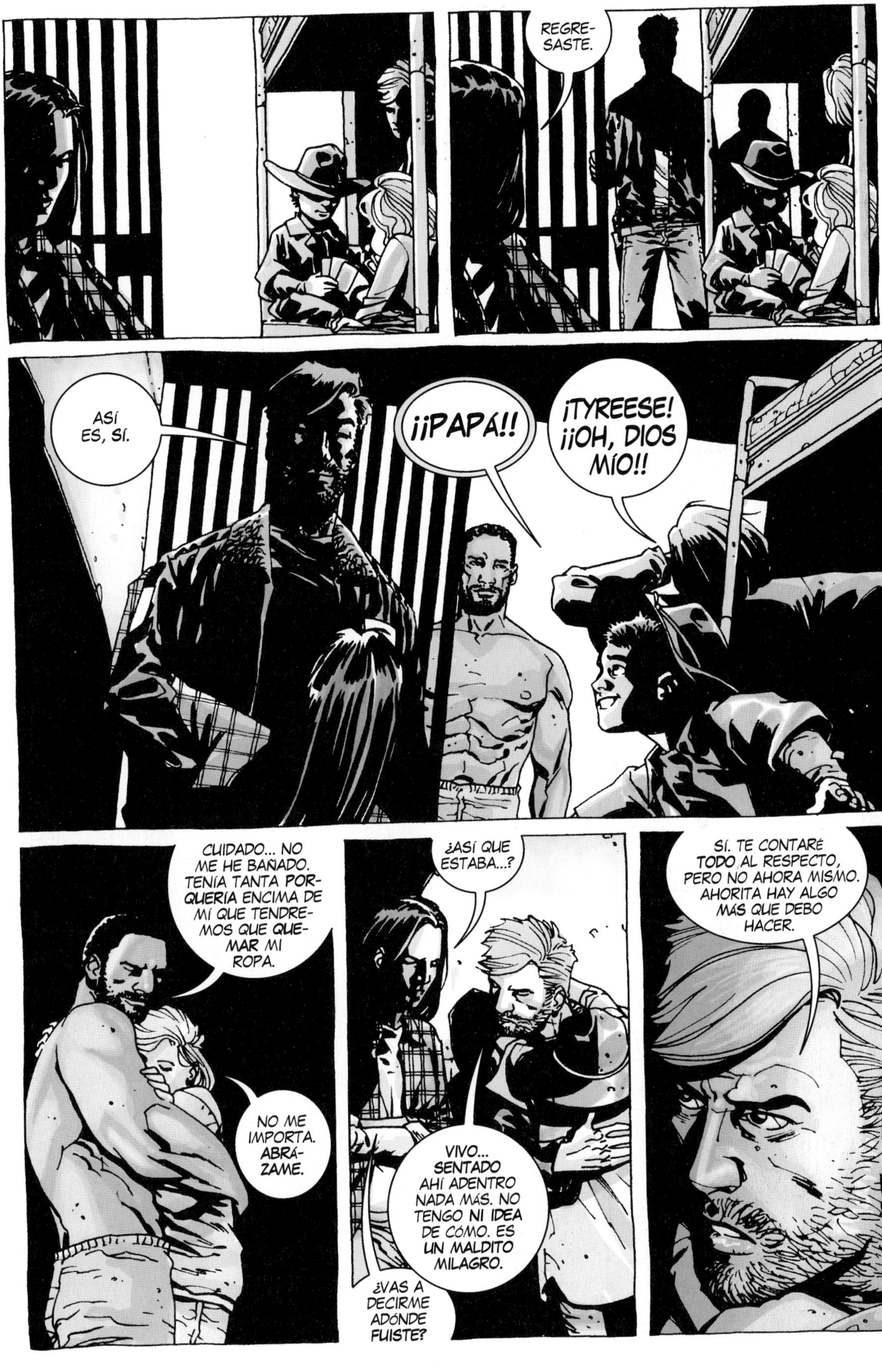
REGRE-SASTE.
ASÍ ES, SÍ.
¡¡PAPÁ!!
¡TYREESE! ¡¡OH, DIOS MÍO!!
CUIDADO... NO ME HE BAÑADO. TENÍA TANTA PORQUERÍA ENCIMA DE MÍ QUE TENDREMOS QUE QUEMAR MI ROPA.
NO ME IMPORTA. ABRÁZAME.
¿ASÍ QUE ESTABA...?
VIVO... SENTADO AHÍ ADENTRO NADA MÁS. NO TENGO NI IDEA DE CÓMO. ES UN MALDITO MILAGRO.
¿VAS A DECIRME ADÓNDE FUISTE?
SÍ. TE CONTARÉ TODO AL RESPECTO, PERO NO AHORA MISMO. AHORITA HAY ALGO MÁS QUE DEBO HACER.

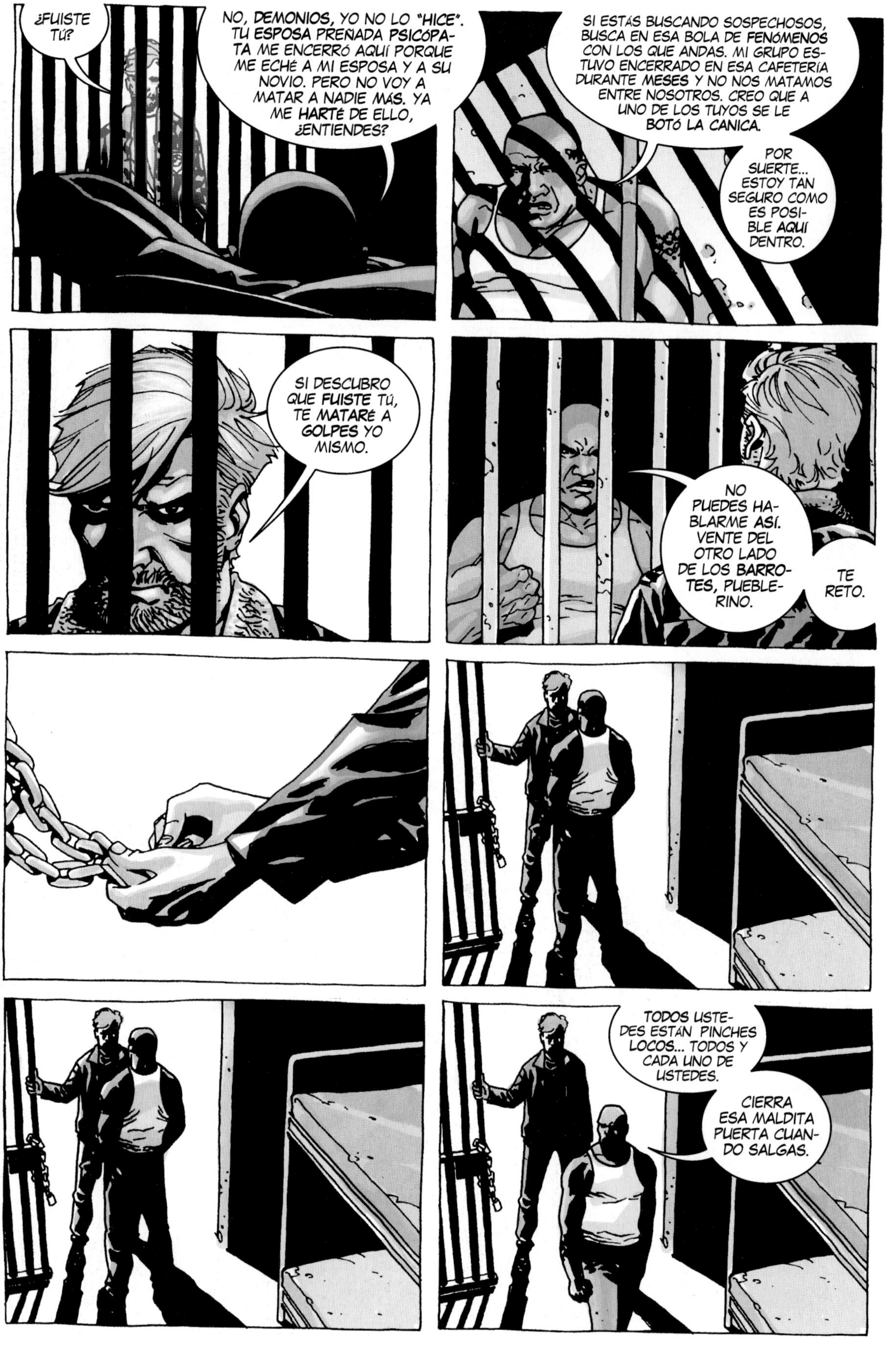
¿FUISTE TÚ?
NO, DEMONIOS, YO NO LO "HICE". TÚ ESPOSA PREÑADA PSICÓPATA ME ENCERRÓ AQUÍ PORQUE ME ECHÉ A MI ESPOSA Y A SU NOVIO. PERO NO VOY A MATAR A NADIE MÁS. YA ME HARTÉ DE ELLO, ¿ENTIENDES?
SI ESTÁS BUSCANDO SOSPECHOSOS, BUSCA EN ESA BOLA DE FENÓMENOS CON LOS QUE ANDAS. MI GRUPO ESTUVO ENCERRADO EN ESA CAFETERÍA DURANTE MESES Y NO NOS MATAMOS ENTRE NOSOTROS. CREO QUE A UNO DE LOS TUYOS SE LE BOTÓ LA CANICA.
POR SUERTE... ESTOY TAN SEGURO COMO ES POSIBLE AQUÍ DENTRO.
SI DESCUBRO QUE FUISTE TÚ, TE MATARÉ A GOLPES YO MISMO.
NO PUEDES HABLARME ASÍ. VENTE DEL OTRO LADO DE LOS BARROTES, PUEBLERINO.
TE RETO.
TODOS USTEDES ESTÁN PINCHES LOCOS... TODOS Y CADA UNO DE USTEDES.
CIERRA ESA MALDITA PUERTA CUANDO SALGAS.

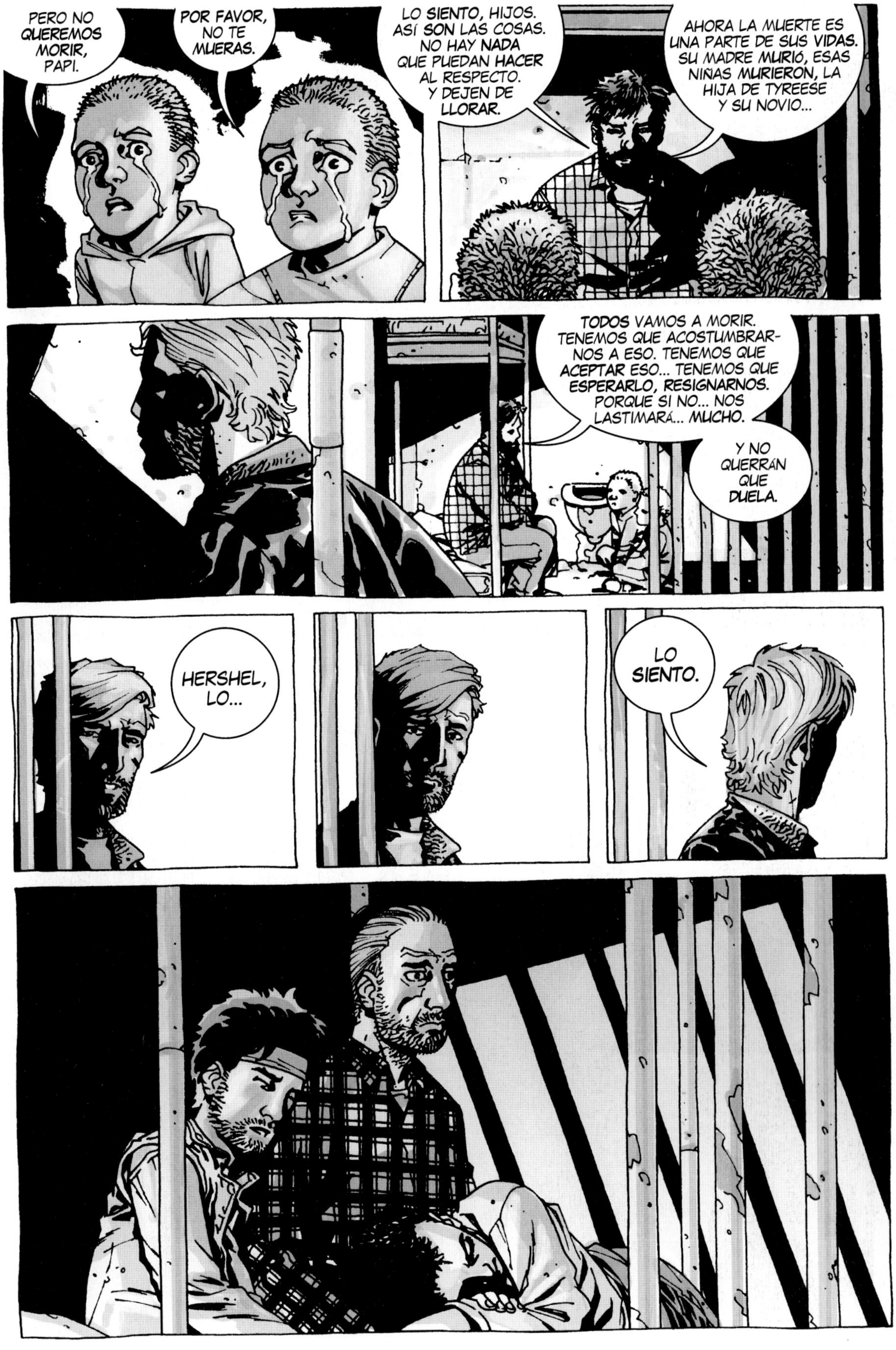
PERO NO QUEREMOS MORIR, PAPI.
POR FAVOR, NO TE MUERAS.
LO SIENTO, HIJOS. ASÍ SON LAS COSAS. NO HAY NADA QUE PUEDAN HACER AL RESPECTO. Y DEJEN DE LLORAR.
AHORA LA MUERTE ES UNA PARTE DE SUS VIDAS. SU MADRE MURIÓ, ESAS NIÑAS MURIERON, LA HIJA DE TYREESE Y SU NOVIO...
TODOS VAMOS A MORIR. TENEMOS QUE ACOSTUMBRARNOS A ESO. TENEMOS QUE ACEPTAR ESO... TENEMOS QUE ESPERARLO, RESIGNARNOS. PORQUE SI NO... NOS LASTIMARÁ... MUCHO.
Y NO QUERRÁN QUE DUELA.
HERSHEL, LO...
LO SIENTO.

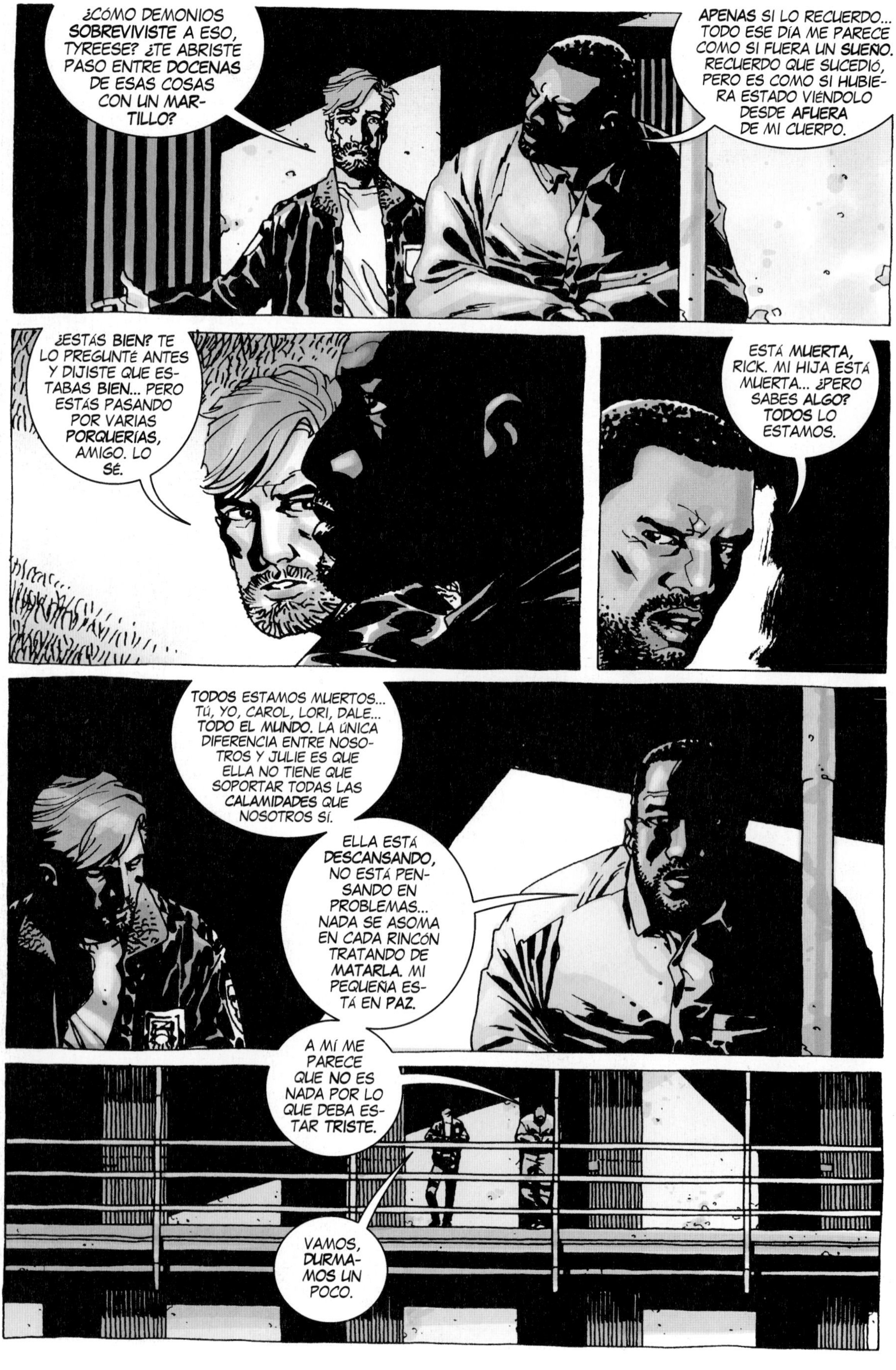
¿CÓMO DEMONIOS SOBREVIVISTE A ESO, TYREESE? ¿TE ABRISTE PASO ENTRE DOCENAS DE ESAS COSAS CON UN MARTILLO?
APENAS SI LO RECUERDO... TODO ESE DÍA ME PARECE COMO SI FUERA UN SUEÑO. RECUERDO QUE SUCEDIÓ, PERO ES COMO SI HUBIERA ESTADO VIÉNDOLO DESDE AFUERA DE MI CUERPO.
¿ESTÁS BIEN? TE LO PREGUNTÉ ANTES Y DIJISTE QUE ESTABAS BIEN... PERO ESTÁS PASANDO POR VARIAS PORQUERÍAS, AMIGO. LO SÉ.
ESTÁ MUERTA, RICK. MI HIJA ESTÁ MUERTA... ¿PERO SABES ALGO? TODOS LO ESTAMOS.
TODOS ESTAMOS MUERTOS... TÚ, YO, CAROL, LORI, DALE... TODO EL MUNDO. LA ÚNICA DIFERENCIA ENTRE NOSOTROS Y JULIE ES QUE ELLA NO TIENE QUE SOPORTAR TODAS LAS CALAMIDADES QUE NOSOTROS SÍ.
ELLA ESTÁ DESCANSANDO, NO ESTÁ PENSANDO EN PROBLEMAS... NADA SE ASOMA EN CADA RINCÓN TRATANDO DE MATARLA. MI PEQUEÑA ESTÁ EN PAZ.
A MÍ ME PARECE QUE NO ES NADA POR LO QUE DEBA ESTAR TRISTE.
VAMOS, DURMAMOS UN POCO.

BUENOS DÍAS, ANDREA. ¿QUÉ ESTÁS HACIENDO?

AH, HOLA. SÓLO ESTOY REUNIENDO ALGO DE LA ROPA QUE DEJARON EN ESTAS SECADORAS.

COMO A TODOS SE LES ACABA LA ROPA QUE PONERSE, PENSÉ QUE ESTOS UNIFORMES DE LA PRISIÓN RESULTARÍAN ÚTILES.

SI ME APURO PODRÉ LLEVARLE ÉSTA A LORI A TIEMPO PARA EL LAVADO MATUTINO. TODOS PODRÍAMOS CAMBIARNOS DE ROPA AL MEDIODÍA.

¿QUIERES AYUDAR?

NO EN PARTICULAR, NO.

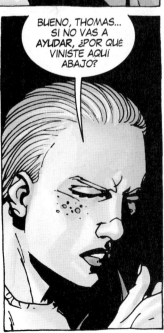

BUENO, THOMAS... SI NO VAS A AYUDAR, ¿POR QUÉ VINISTE AQUÍ ABAJO?

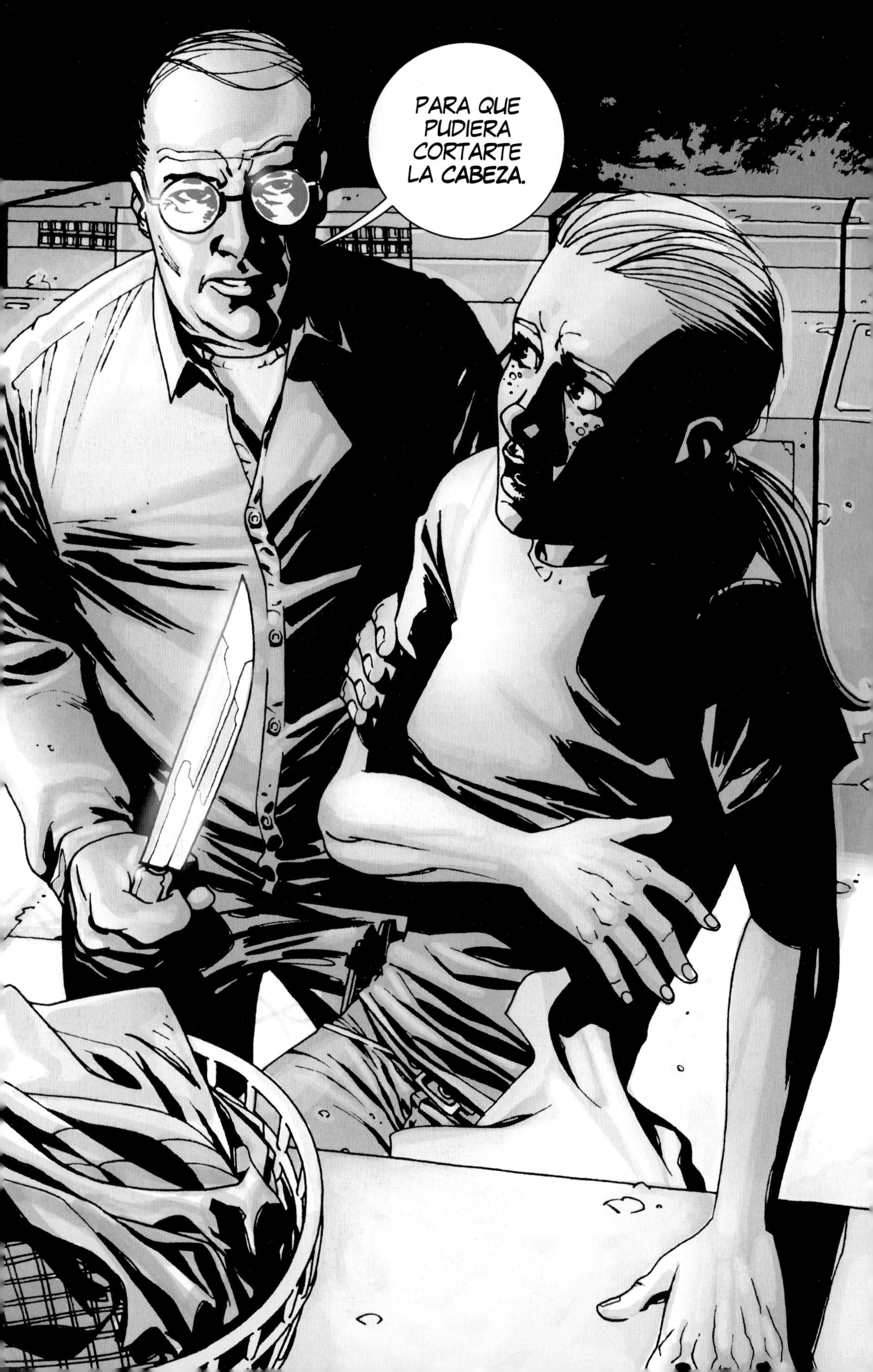
PARA QUE PUDIERA CORTARTE LA CABEZA.

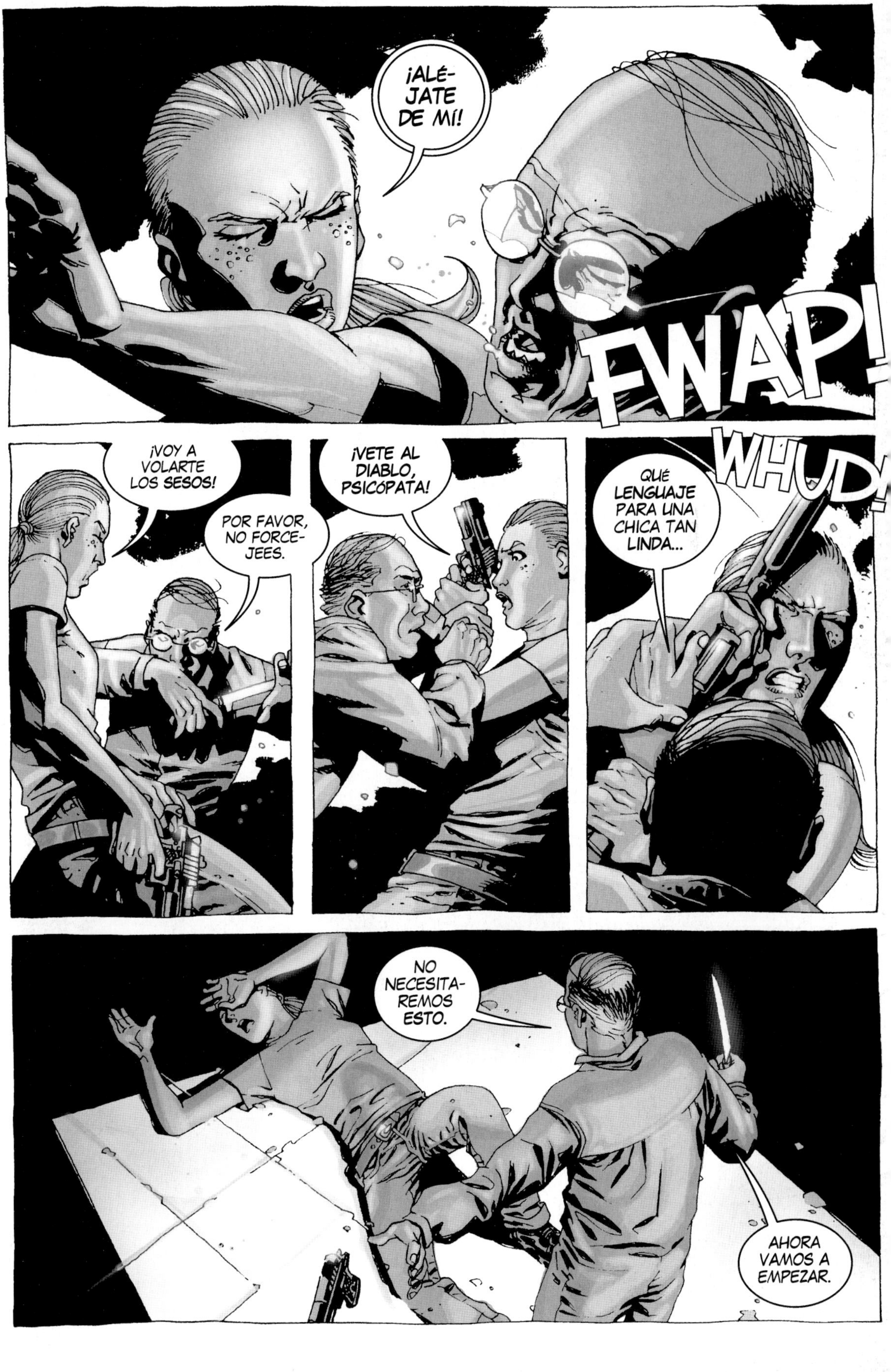
¡ALÉ-JATE DE MÍ!
FWAP!
¡VOY A VOLARTE LOS SESOS!
POR FAVOR, NO FORCE-JEES.
¡VETE AL DIABLO, PSICÓPATA!
WHUD!
QUÉ LENGUAJE PARA UNA CHICA TAN LINDA...
NO NECESITA-REMOS ESTO.
AHORA VAMOS A EMPEZAR.

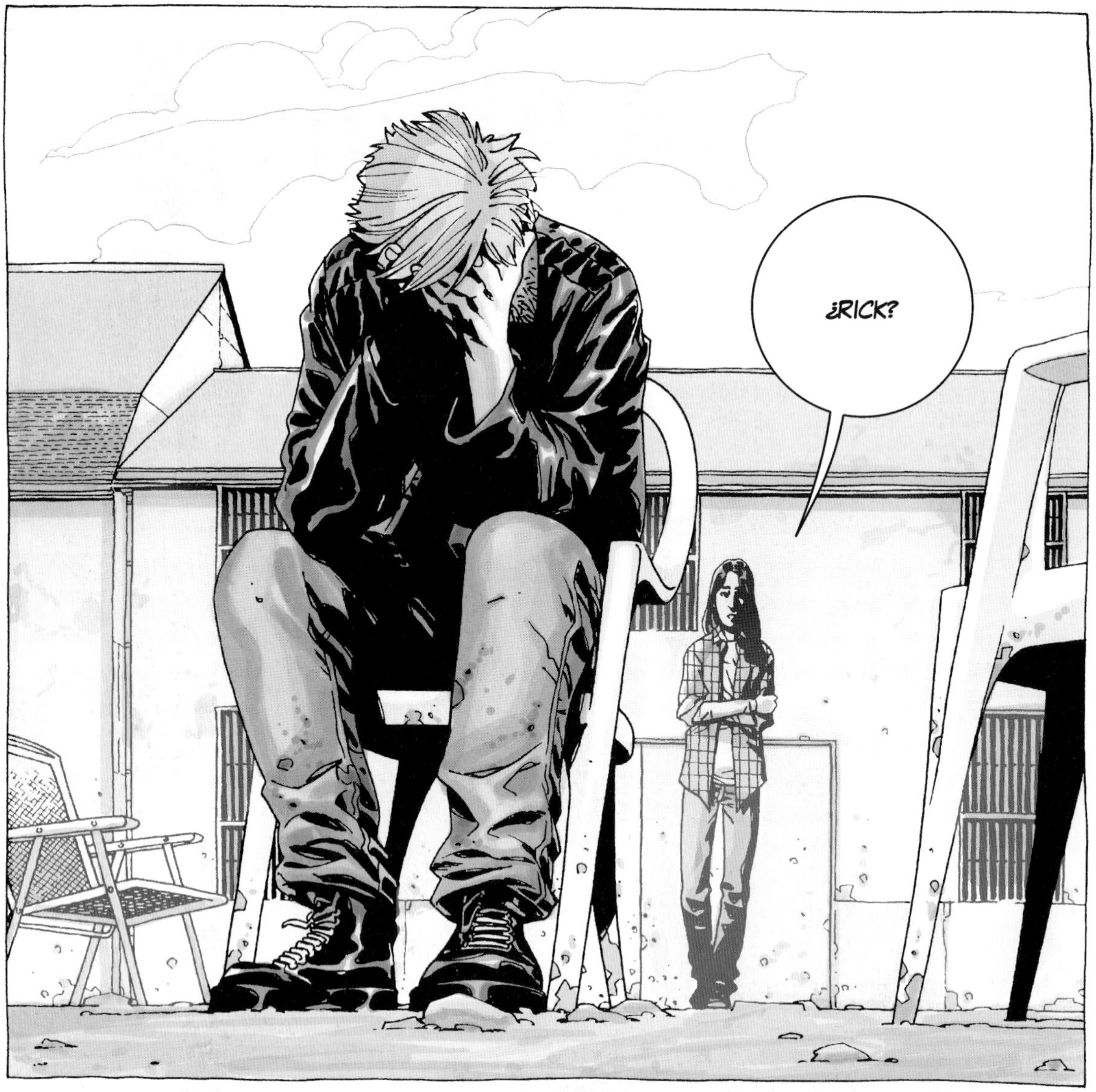
¿RICK?

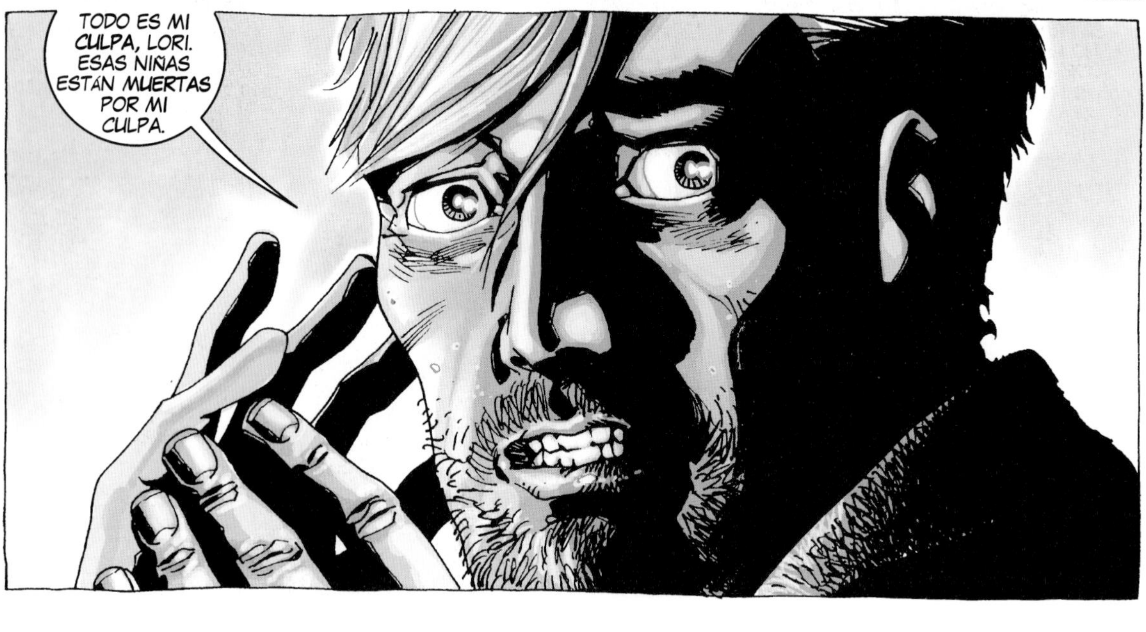
TODO ES MI CULPA, LORI. ESAS NIÑAS ESTÁN MUERTAS POR MI CULPA.

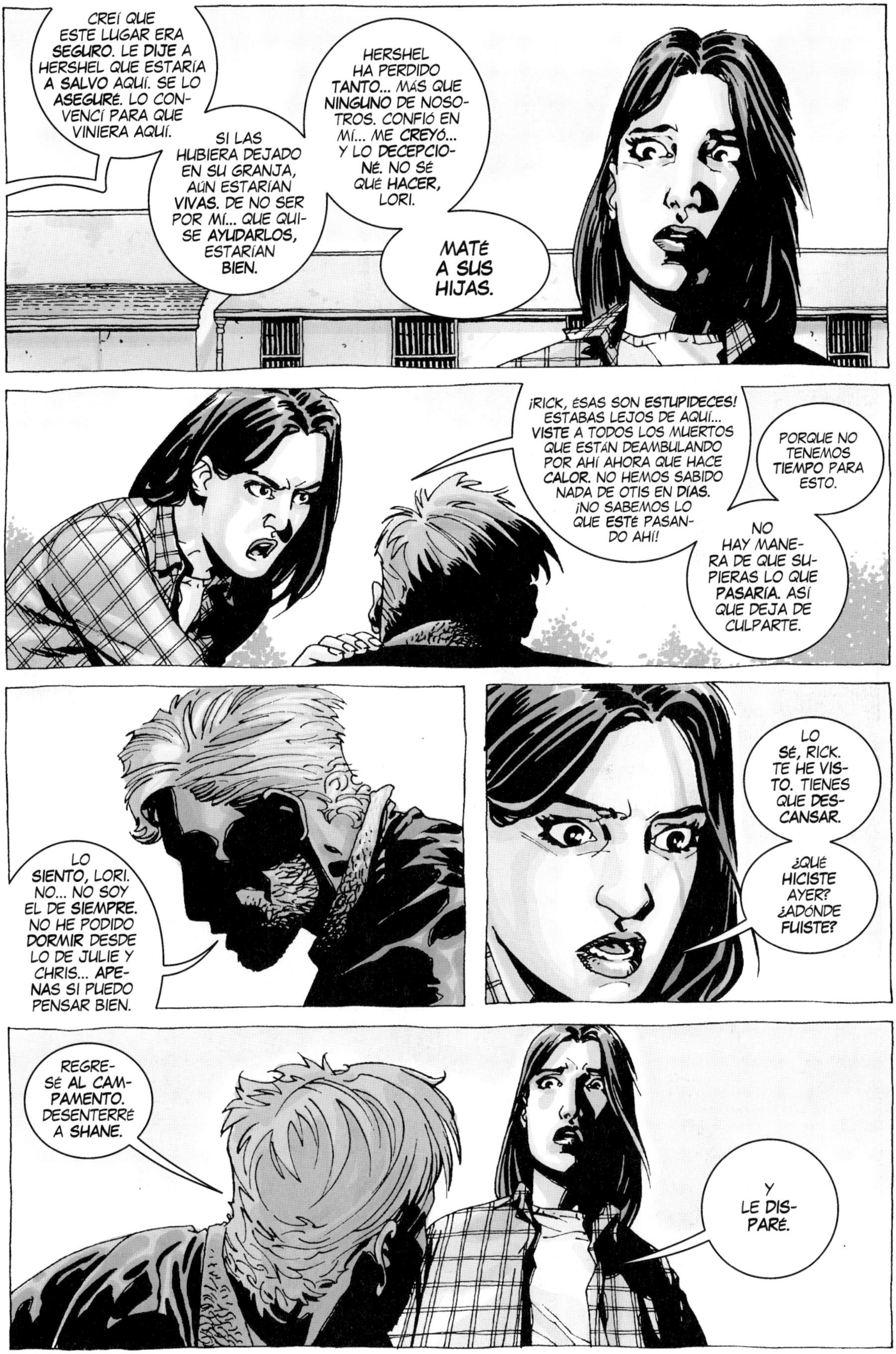

CREÍ QUE ESTE LUGAR ERA SEGURO. LE DIJE A HERSHEL QUE ESTARÍA A SALVO AQUÍ. SE LO ASEGURÉ. LO CONVENCÍ PARA QUE VINIERA AQUÍ.
SI LAS HUBIERA DEJADO EN SU GRANJA, AÚN ESTARÍAN VIVAS. DE NO SER POR MÍ... QUE QUISE AYUDARLOS, ESTARÍAN BIEN.
HERSHEL HA PERDIDO TANTO... MÁS QUE NINGUNO DE NOSOTROS. CONFIÓ EN MÍ... ME CREYÓ... Y LO DECEPCIONÉ. NO SÉ QUÉ HACER, LORI.
MATÉ A SUS HIJAS.
¡RICK, ÉSAS SON ESTUPIDECES! ESTABAS LEJOS DE AQUÍ... VISTE A TODOS LOS MUERTOS QUE ESTÁN DEAMBULANDO POR AHÍ AHORA QUE HACE CALOR. NO HEMOS SABIDO NADA DE OTIS EN DÍAS. ¡NO SABEMOS LO QUE ESTÉ PASANDO AHÍ!
PORQUE NO TENEMOS TIEMPO PARA ESTO.
NO HAY MANERA DE QUE SUPIERAS LO QUE PASARÍA. ASÍ QUE DEJA DE CULPARTE.
LO SIENTO, LORI. NO... NO SOY EL DE SIEMPRE. NO HE PODIDO DORMIR DESDE LO DE JULIE Y CHRIS... APENAS SI PUEDO PENSAR BIEN.
LO SÉ, RICK. TE HE VISTO. TIENES QUE DESCANSAR.
¿QUÉ HICISTE AYER? ¿ADÓNDE FUISTE?
REGRESÉ AL CAMPAMENTO. DESENTERRÉ A SHANE.
Y LE DISPARÉ.

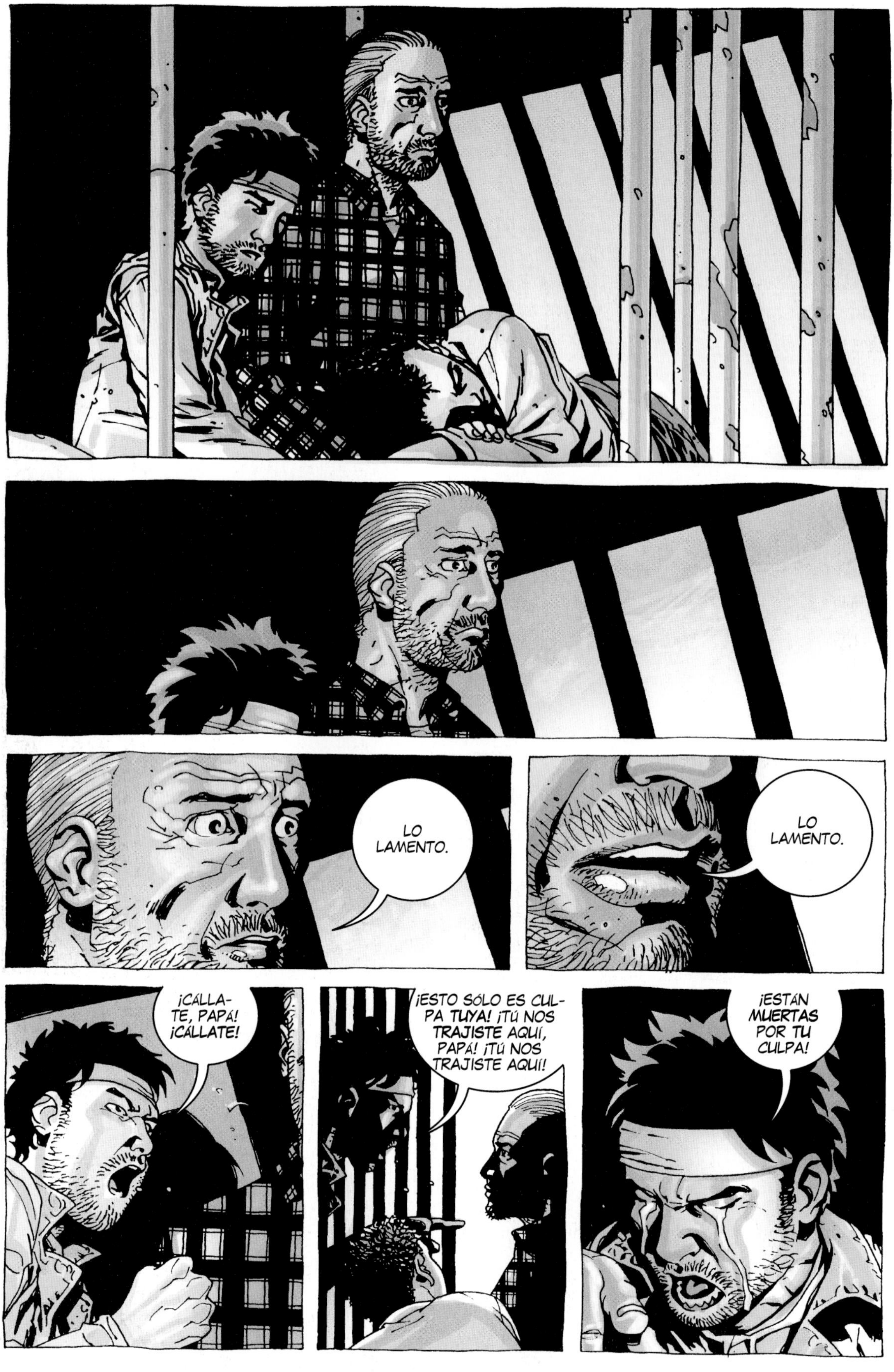
LO LAMENTO.
LO LAMENTO.
¡CÁLLATE, PAPÁ! ¡CÁLLATE!
¡ESTO SÓLO ES CULPA TUYA! ¡TÚ NOS TRAJISTE AQUÍ, PAPÁ! ¡TÚ NOS TRAJISTE AQUÍ!
¡ESTÁN MUERTAS POR TU CULPA!

¡PSST!

¡DEX!

OYE, WEY... ¿ESTÁS BIEN AHÍ DENTRO?

ESTOY AQUÍ DENTRO... NO ESTOY BIEN. ¿ENTIENDES?

ME SIENTO OTRA VEZ COMO UN PERRO PRISIONERO.

SI SE TE OCURRE ALGO QUE PUEDA HACER, WEY... LO QUE SEA PARA SACARTE DE AHÍ, LO HARÉ. NO ME IMPORTA LO QUE SEA.

SÓLO DAME LA ORDEN, WEY. SÓLO DAME LA ORDEN.

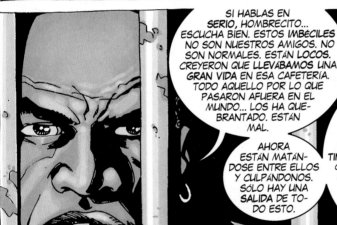

SI HABLAS EN SERIO, HOMBRECITO... ESCUCHA BIEN. ESTOS IMBÉCILES NO SON NUESTROS AMIGOS. NO SON NORMALES. ESTÁN LOCOS. CREYERON QUE LLEVÁBAMOS UNA GRAN VIDA EN ESA CAFETERÍA. TODO AQUELLO POR LO QUE PASARON AFUERA EN EL MUNDO... LOS HA QUEBRANTADO. ESTÁN MAL.

AHORA ESTÁN MATÁNDOSE ENTRE ELLOS Y CULPÁNDONOS. SÓLO HAY UNA SALIDA DE TODO ESTO.

TIENES QUE HALLAR CÓMO LLEGAR AL BLOQUE A... DONDE ESTÁ EL CENTRO DE GUARDIA. AHÍ ES DONDE TIENEN EL EQUIPO ANTIMOTINES Y LAS ESCOPETAS Y ESAS COSAS. AHÍ HAY SUFICIENTES MUNICIONES PARA MATAR A UN EJÉRCITO. SE ABASTECIERON PARA MOTINES. MÉTETE AHÍ, Y ESTAREMOS LIBRES.

PERO TIENES QUE HACERLO EN SECRETO. NUNCA CONFÍE EN ESTOS ESTÚPIDOS... NO SABEN DE LAS ARMAS.

¿ENTIENDES?

LAS CONSIGO... Y PODREMOS SACARTE DE AQUÍ DE MANERA GLORIOSA. ¡PARTIÉNDOLE EL TRASERO A TODOS!

ASÍ ES COMO DEBE SER. DE OTRA MANERA, ME PUDRIRÉ AQUÍ DENTRO HASTA QUE DECIDAN ELIMINARME. Y LUEGO SEGUIRÁS TÚ.

¿CREES PODER ENTRAR AHÍ?

HERMANO, PUEDO HALLAR LA MANERA.

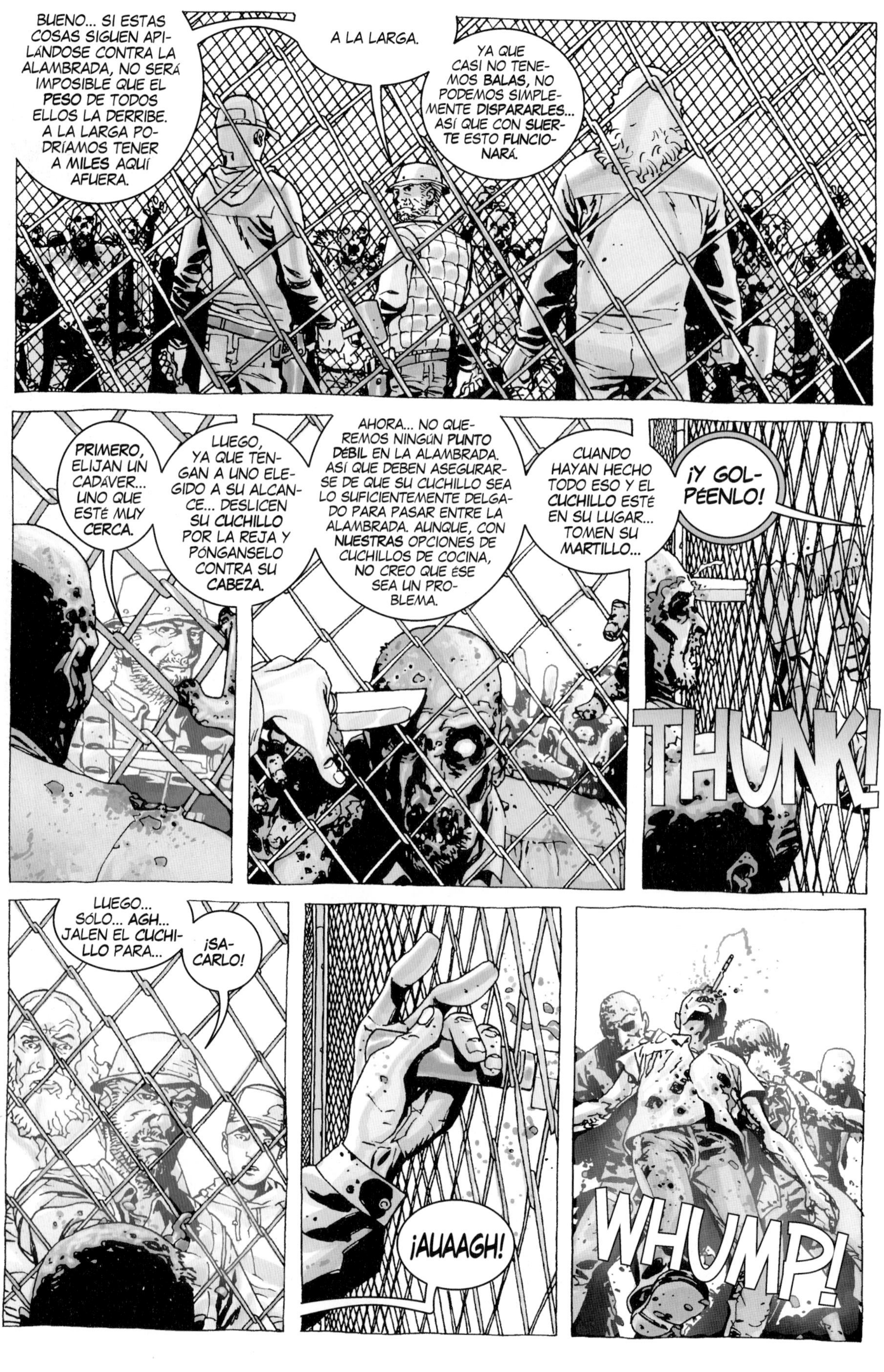
BUENO... SI ESTAS COSAS SIGUEN APILÁNDOSE CONTRA LA ALAMBRADA, NO SERÁ IMPOSIBLE QUE EL PESO DE TODOS ELLOS LA DERRIBE. A LA LARGA PODRÍAMOS TENER A MILES AQUÍ AFUERA.
A LA LARGA.
YA QUE CASI NO TENEMOS BALAS, NO PODEMOS SIMPLEMENTE DISPARARLES... ASÍ QUE CON SUERTE ESTO FUNCIONARÁ.
PRIMERO, ELIJAN UN CADÁVER... UNO QUE ESTÉ MUY CERCA.
LUEGO, YA QUE TENGAN A UNO ELEGIDO A SU ALCANCE... DESLICEN SU CUCHILLO POR LA REJA Y PÓNGANSELO CONTRA SU CABEZA.
AHORA... NO QUEREMOS NINGÚN PUNTO DÉBIL EN LA ALAMBRADA. ASÍ QUE DEBEN ASEGURARSE DE QUE SU CUCHILLO SEA LO SUFICIENTEMENTE DELGADO PARA PASAR ENTRE LA ALAMBRADA. AUNQUE, CON NUESTRAS OPCIONES DE CUCHILLOS DE COCINA, NO CREO QUE ÉSE SEA UN PROBLEMA.
CUANDO HAYAN HECHO TODO ESO Y EL CUCHILLO ESTÉ EN SU LUGAR... TOMEN SU MARTILLO...
¡Y GOLPÉENLO!
THUNK!
LUEGO... SÓLO... AGH... JALEN EL CUCHILLO PARA...
¡SACARLO!
¡AUAAGH!
WHUMP!

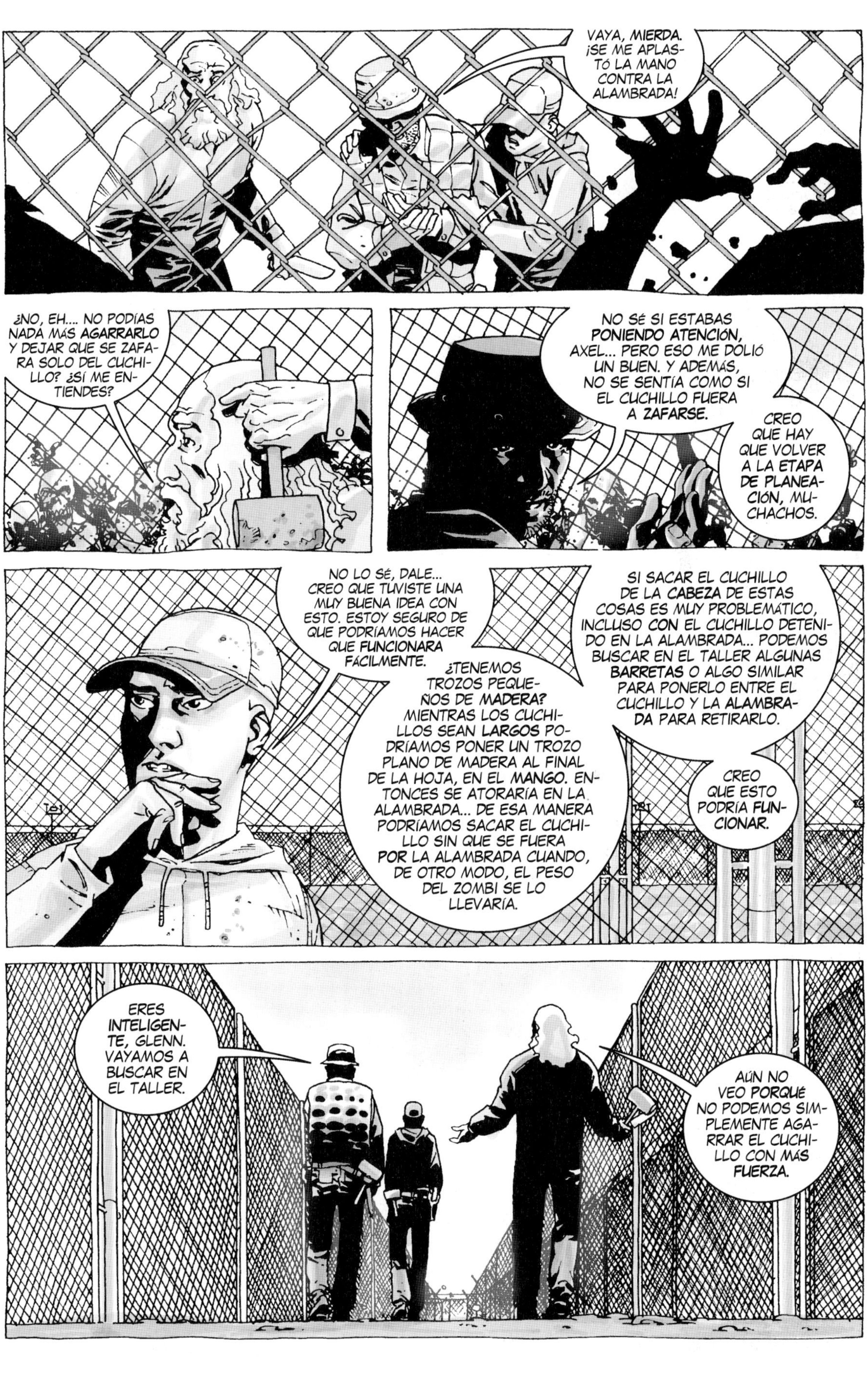
VAYA, MIERDA. ¡SE ME APLASTÓ LA MANO CONTRA LA ALAMBRADA!
¿NO, EH.... NO PODÍAS NADA MÁS AGARRARLO Y DEJAR QUE SE ZAFARA SOLO DEL CUCHILLO? ¿SÍ ME ENTIENDES?
NO SÉ SI ESTABAS PONIENDO ATENCIÓN, AXEL... PERO ESO ME DOLIÓ UN BUEN. Y ADEMÁS, NO SE SENTÍA COMO SI EL CUCHILLO FUERA A ZAFARSE.
CREO QUE HAY QUE VOLVER A LA ETAPA DE PLANEACIÓN, MUCHACHOS.
NO LO SÉ, DALE... CREO QUE TUVISTE UNA MUY BUENA IDEA CON ESTO. ESTOY SEGURO DE QUE PODRÍAMOS HACER QUE FUNCIONARA FÁCILMENTE.
¿TENEMOS TROZOS PEQUEÑOS DE MADERA? MIENTRAS LOS CUCHILLOS SEAN LARGOS PODRÍAMOS PONER UN TROZO PLANO DE MADERA AL FINAL DE LA HOJA, EN EL MANGO. ENTONCES SE ATORARÍA EN LA ALAMBRADA... DE ESA MANERA PODRÍAMOS SACAR EL CUCHILLO SIN QUE SE FUERA POR LA ALAMBRADA CUANDO, DE OTRO MODO, EL PESO DEL ZOMBI SE LO LLEVARÍA.
SI SACAR EL CUCHILLO DE LA CABEZA DE ESTAS COSAS ES MUY PROBLEMÁTICO, INCLUSO CON EL CUCHILLO DETENIDO EN LA ALAMBRADA... PODEMOS BUSCAR EN EL TALLER ALGUNAS BARRETAS O ALGO SIMILAR PARA PONERLO ENTRE EL CUCHILLO Y LA ALAMBRADA PARA RETIRARLO.
CREO QUE ESTO PODRÍA FUNCIONAR.
ERES INTELIGENTE, GLENN. VAYAMOS A BUSCAR EN EL TALLER.
AÚN NO VEO PORQUÉ NO PODEMOS SIMPLEMENTE AGARRAR EL CUCHILLO CON MÁS FUERZA.

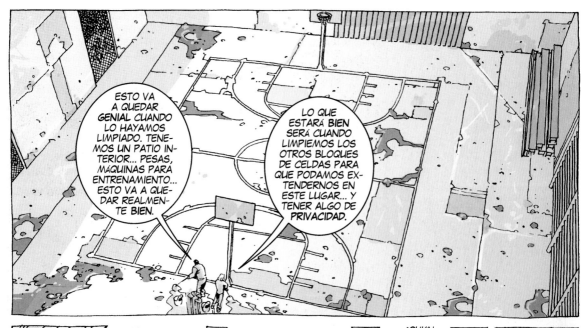

ESTO VA A QUEDAR GENIAL CUANDO LO HAYAMOS LIMPIADO. TENEMOS UN PATIO INTERIOR... PESAS, MÁQUINAS PARA ENTRENAMIENTO... ESTO VA A QUEDAR REALMENTE BIEN.

LO QUE ESTARÁ BIEN SERÁ CUANDO LIMPIEMOS LOS OTROS BLOQUES DE CELDAS PARA QUE PODAMOS EXTENDERNOS EN ESTE LUGAR... Y TENER ALGO DE PRIVACIDAD.

OPINO IGUAL QUE TÚ AL RESPECTO, CAROL... YA ME HACE FALTA UN TIEMPO A SOLAS.

¿EN SERIO, TYREESE? ¿ES VERDAD? ALLEN ESTÁ CUIDANDO A SOPHIA... Y HAY UNA PARTE LIMPIA EN EL SUELO ALLÁ ATRÁS... SE VE MUY CÓMODA.

¿QUIÉN SOY YO PARA NEGARLE A UNA MUJER LO QUE QUIERE?

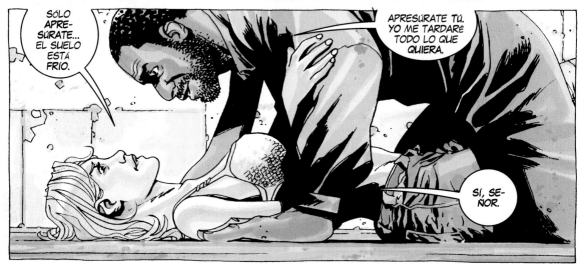

SÓLO APRESÚRATE... EL SUELO ESTÁ FRÍO.

APRESÚRATE TÚ. YO ME TARDARÉ TODO LO QUE QUIERA.

SÍ, SEÑOR.

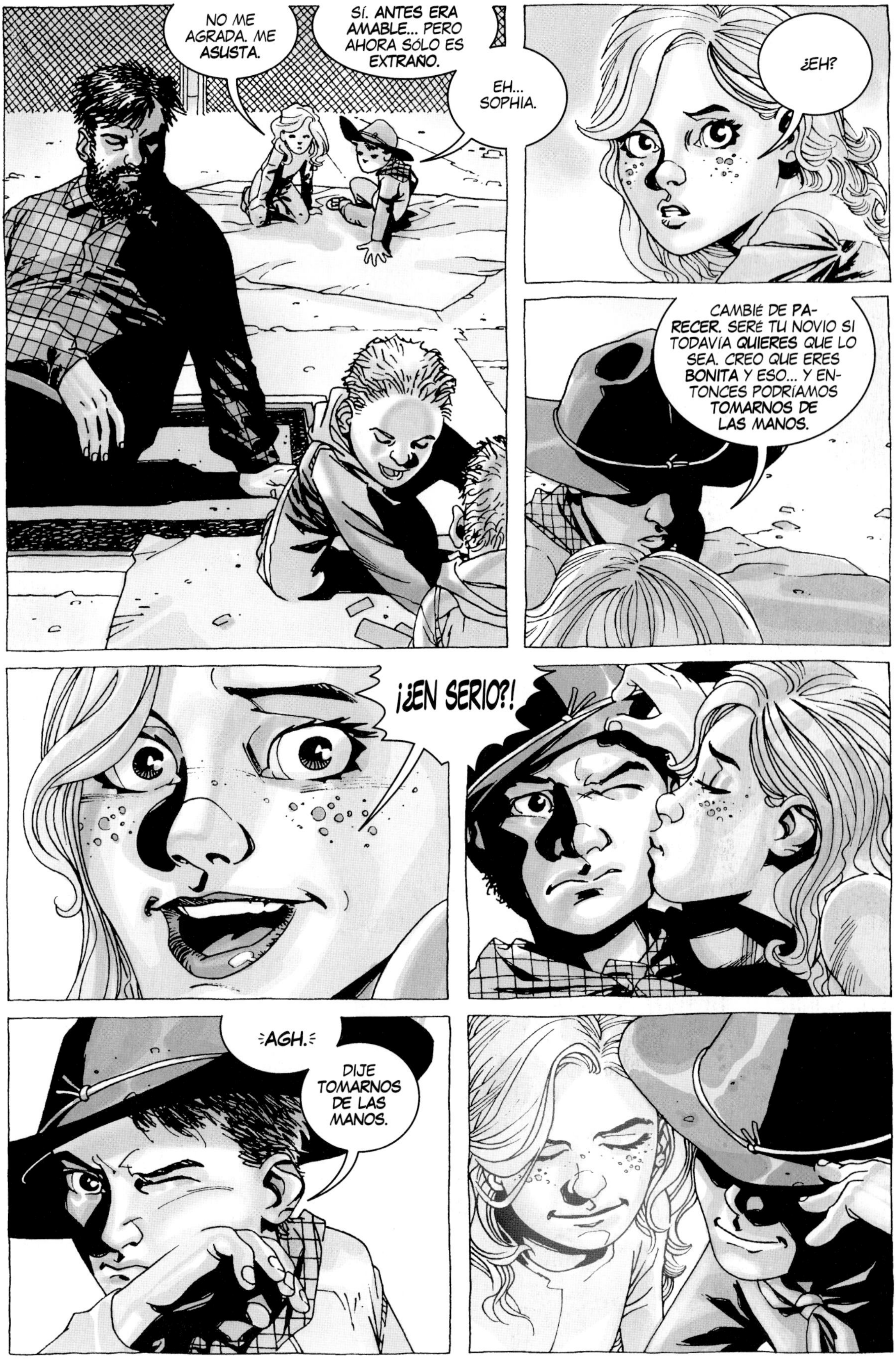
NO ME AGRADA. ME ASUSTA.
SÍ. ANTES ERA AMABLE... PERO AHORA SÓLO ES EXTRAÑO.
EH... SOPHIA.
¿EH?
CAMBIÉ DE PARECER. SERÉ TU NOVIO SI TODAVÍA QUIERES QUE LO SEA. CREO QUE ERES BONITA Y ESO... Y ENTONCES PODRÍAMOS TOMARNOS DE LAS MANOS.
¡¿EN SERIO?!
AGH.
DIJE TOMARNOS DE LAS MANOS.

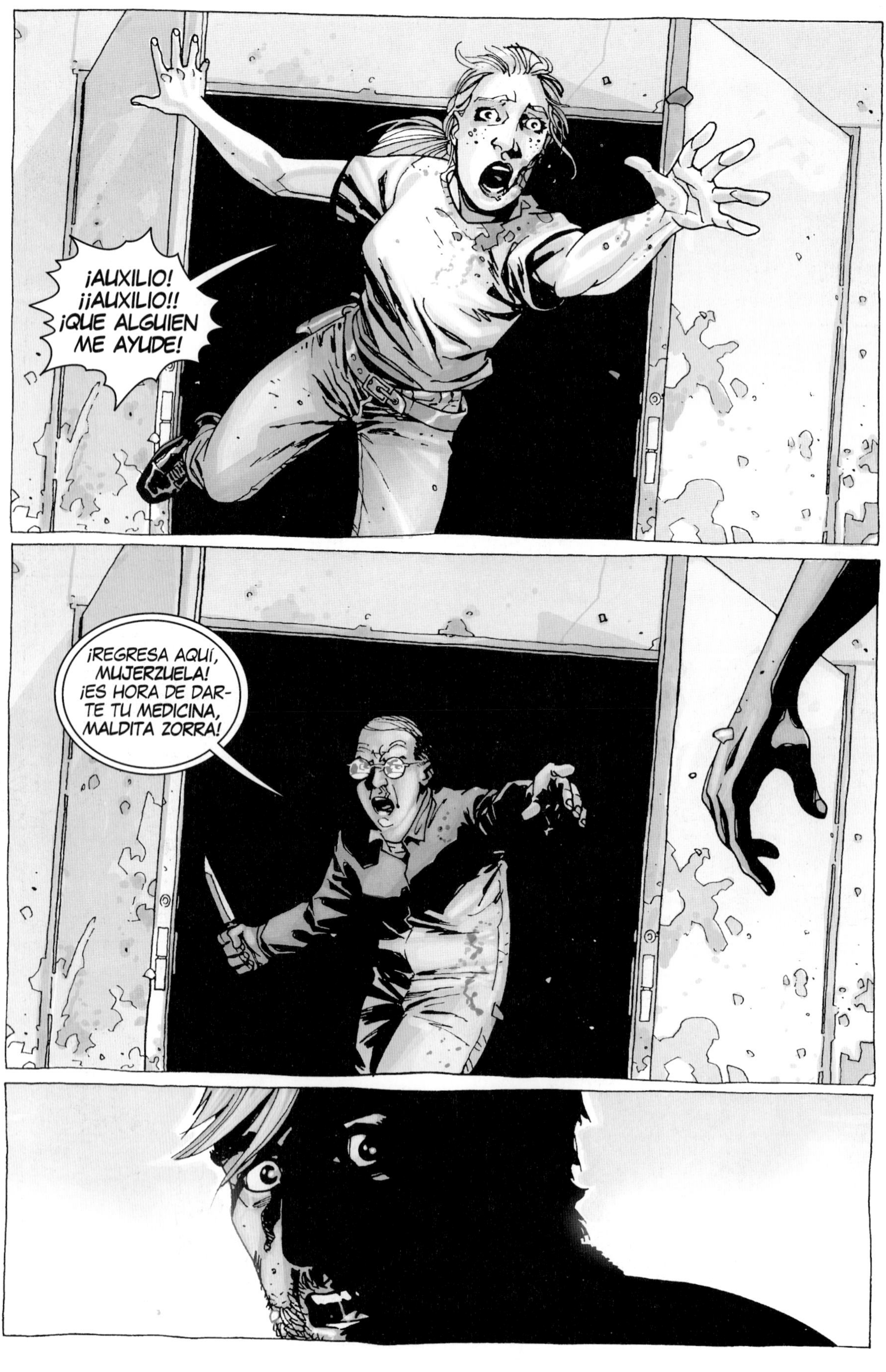
¡AUXILIO! ¡¡AUXILIO!! ¡QUE ALGUIEN ME AYUDE!
¡REGRESA AQUÍ, MUJERZUELA! ¡ES HORA DE DARTE TU MEDICINA, MALDITA ZORRA!

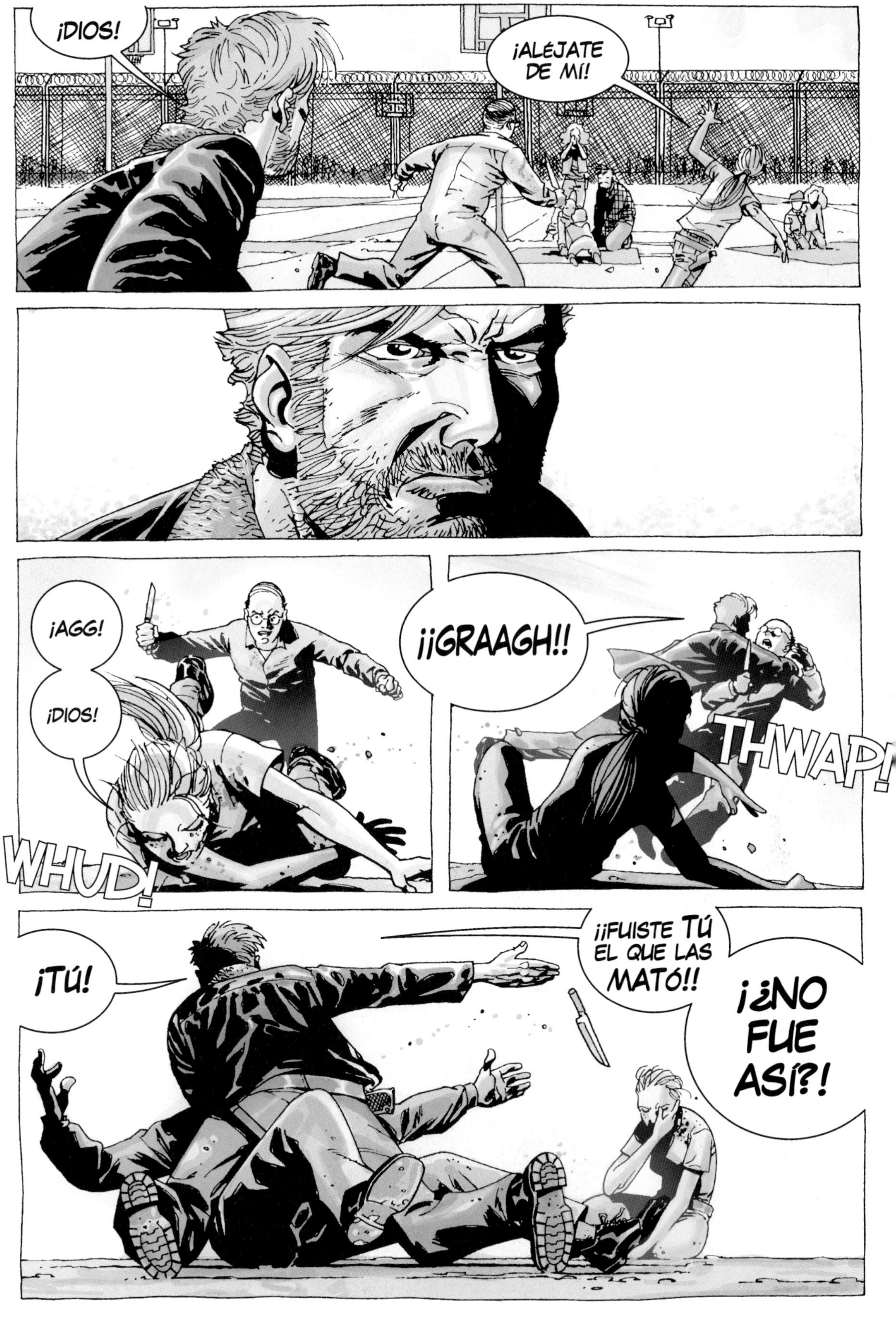
¡DIOS!
¡ALÉJATE DE MÍ!
¡AGG!
¡DIOS!
WHUD!
¡¡GRAAGH!!
THWAP!
¡TÚ!
¡¡FUISTE TÚ EL QUE LAS MATÓ!!
¡¿NO FUE ASÍ?!

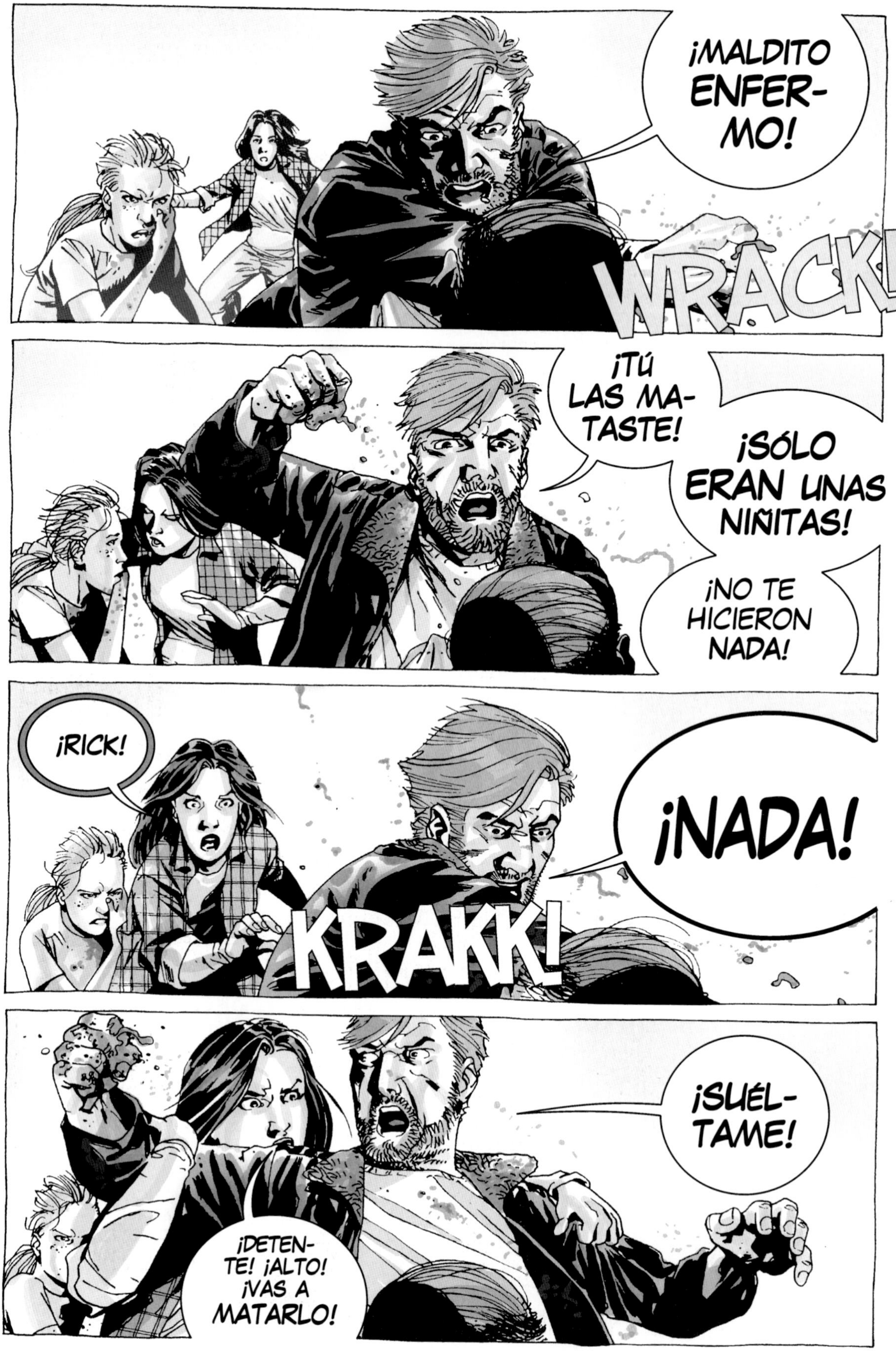
¡MALDITO ENFER-MO!
WRACK!
¡TÚ LAS MA-TASTE!
¡SÓLO ERAN UNAS NIÑITAS!
¡NO TE HICIERON NADA!
¡RICK!
¡NADA!
KRAKK!
¡SUÉL-TAME!
¡DETEN-TE! ¡ALTO! ¡VAS A MATARLO!

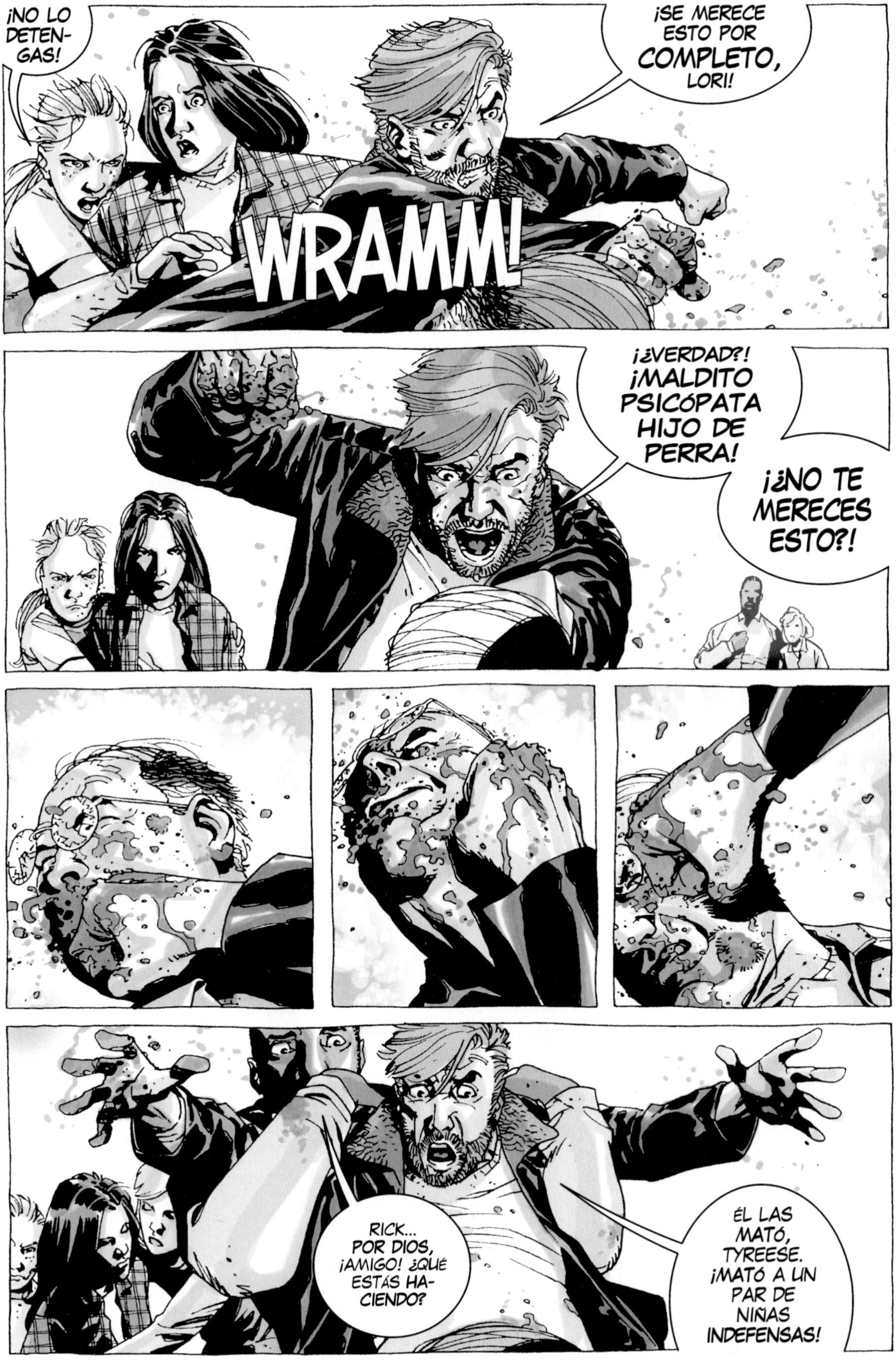

¡NO LO DETENGAS!
¡SE MERECE ESTO POR COMPLETO, LORI!
WRAMM!
¡¿VERDAD?! ¡MALDITO PSICÓPATA HIJO DE PERRA!
¡¿NO TE MERECES ESTO?!
RICK... POR DIOS, ¡AMIGO! ¿QUÉ ESTÁS HACIENDO?
ÉL LAS MATÓ, TYREESE. ¡MATÓ A UN PAR DE NIÑAS INDEFENSAS!

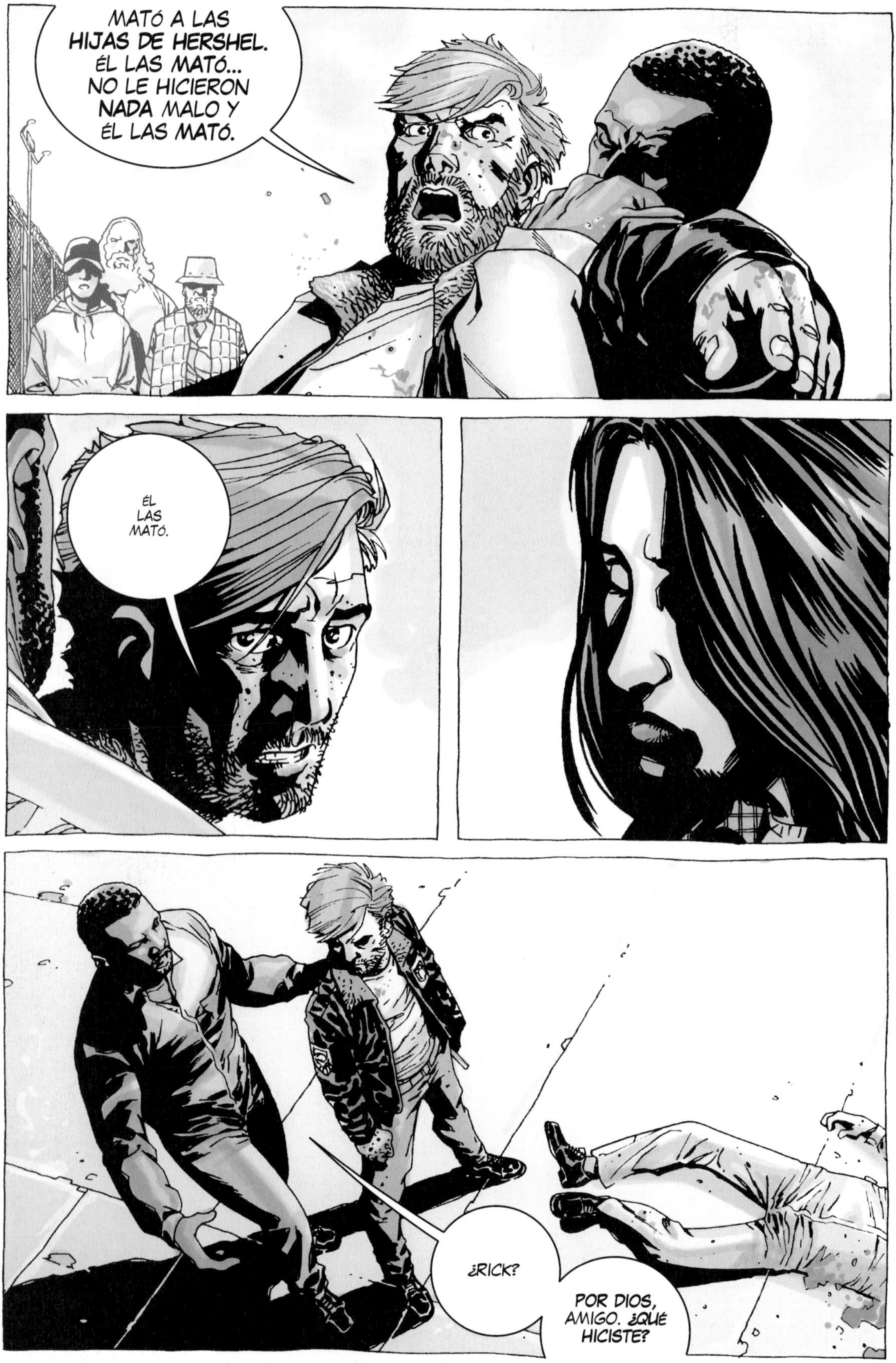
MATÓ A LAS HIJAS DE HERSHEL. ÉL LAS MATÓ... NO LE HICIERON NADA MALO Y ÉL LAS MATÓ.
ÉL LAS MATÓ.
¿RICK?
POR DIOS, AMIGO. ¿QUÉ HICISTE?

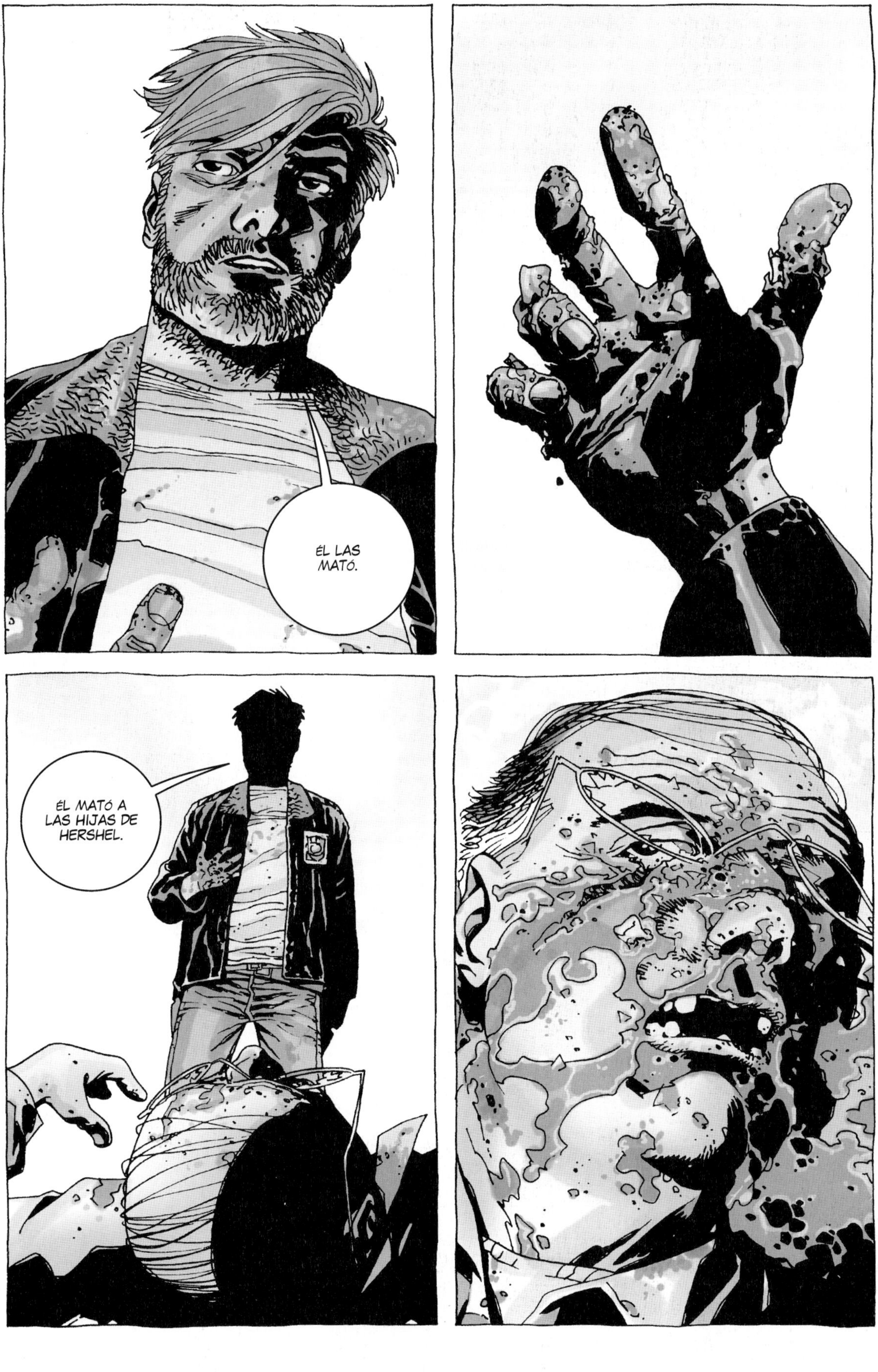
ÉL LAS MATÓ.
ÉL MATÓ A LAS HIJAS DE HERSHEL.

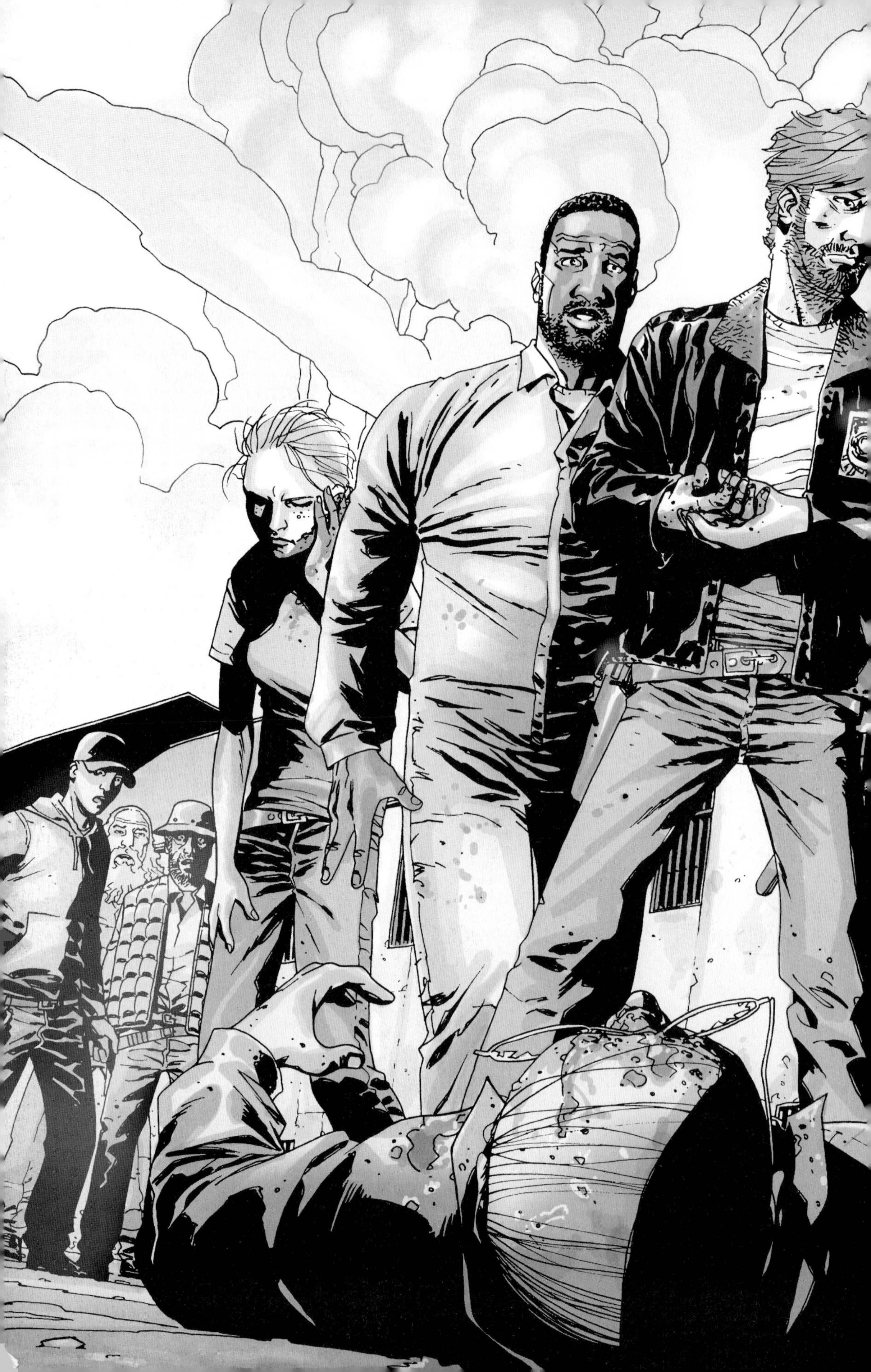

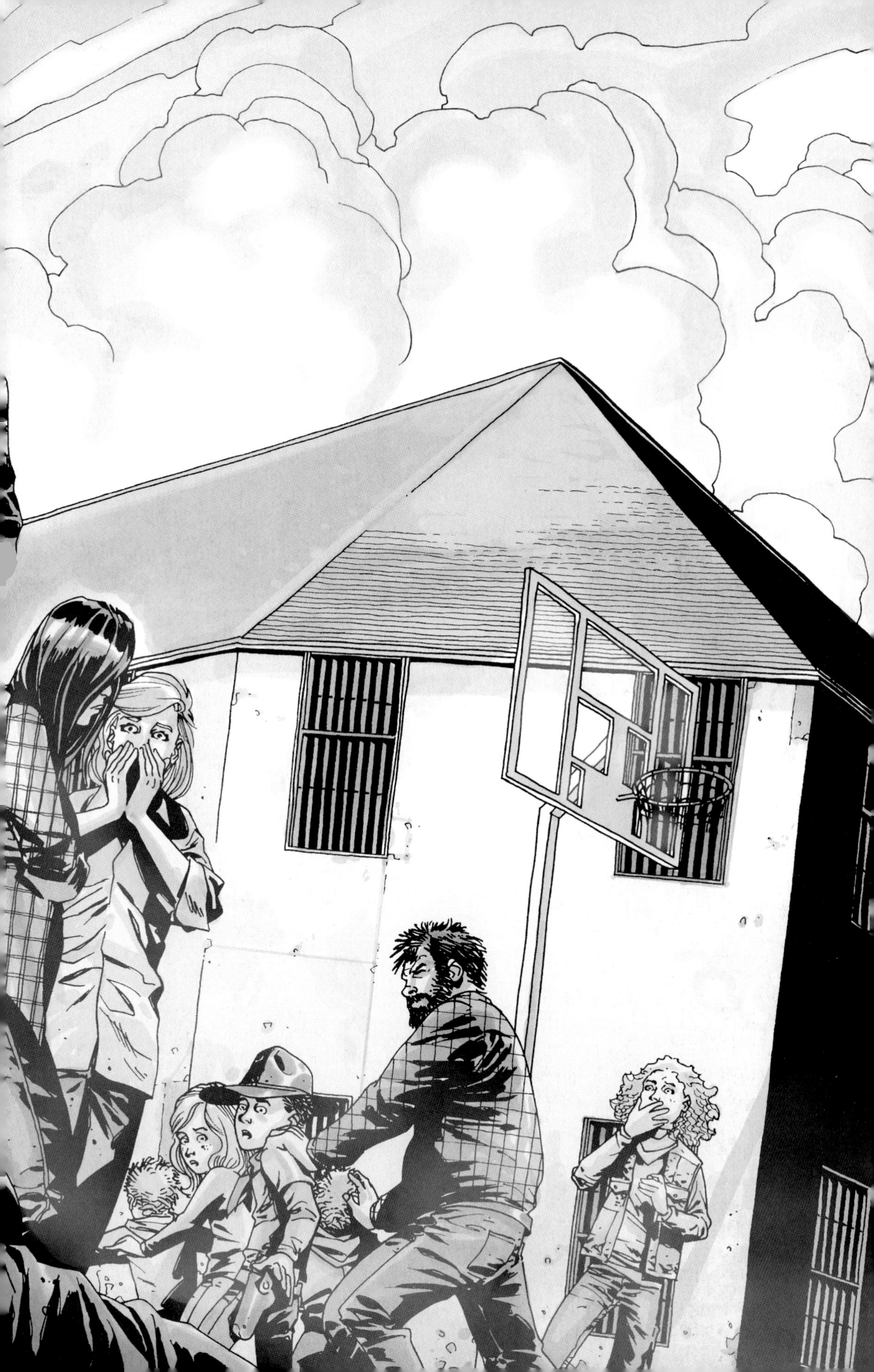

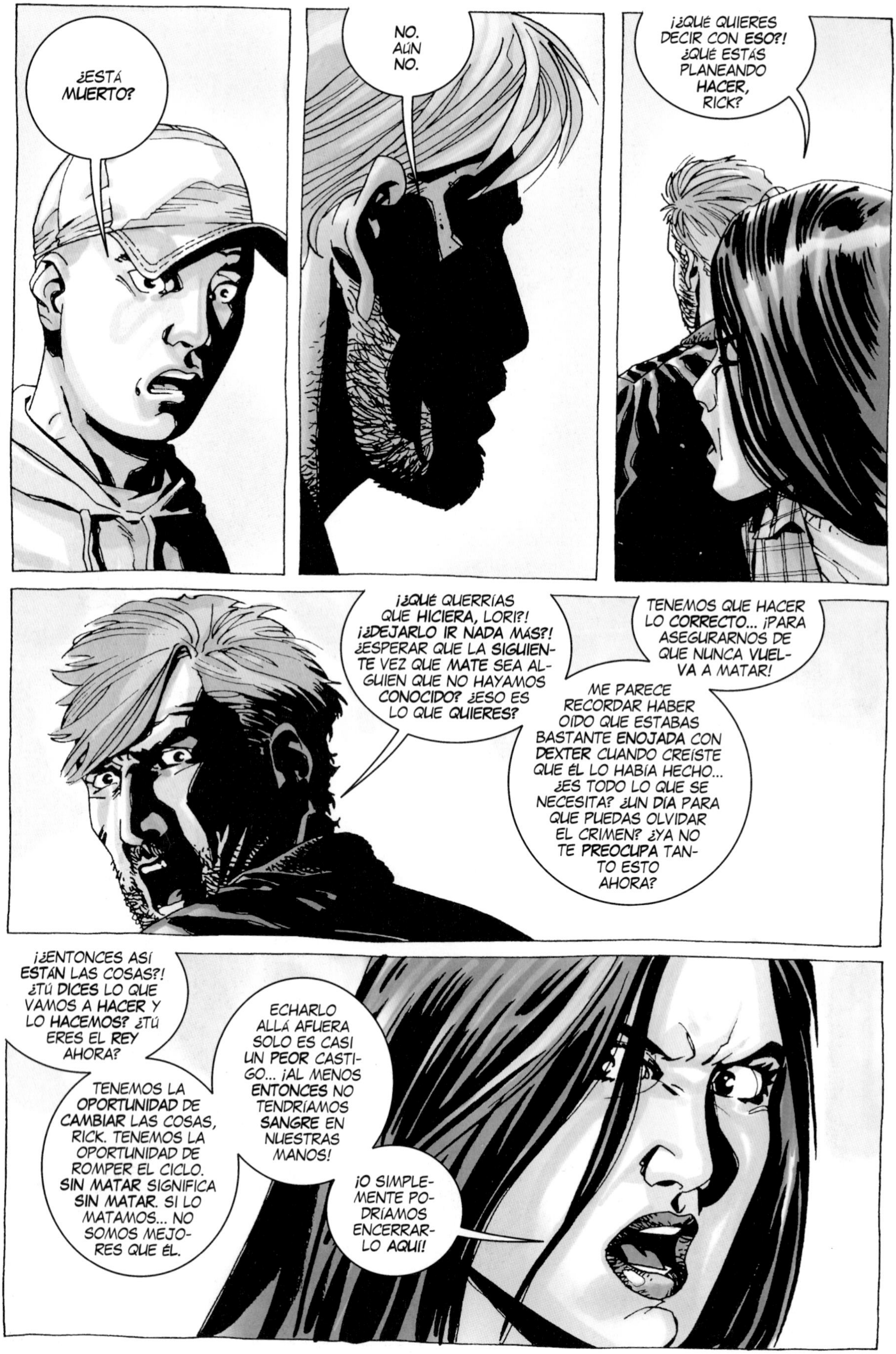
¿ESTÁ MUERTO?
NO. AÚN NO.
¡¿QUÉ QUIERES DECIR CON ESO?! ¿QUÉ ESTÁS PLANEANDO HACER, RICK?
¡¿QUÉ QUERRÍAS QUE HICIERA, LORI?! ¡¿DEJARLO IR NADA MÁS?! ¿ESPERAR QUE LA SIGUIENTE VEZ QUE MATE SEA ALGUIEN QUE NO HAYAMOS CONOCIDO? ¿ESO ES LO QUE QUIERES?
TENEMOS QUE HACER LO CORRECTO... ¡PARA ASEGURARNOS DE QUE NUNCA VUELVA A MATAR!
ME PARECE RECORDAR HABER OÍDO QUE ESTABAS BASTANTE ENOJADA CON DEXTER CUANDO CREÍSTE QUE ÉL LO HABÍA HECHO... ¿ES TODO LO QUE SE NECESITA? ¿UN DÍA PARA QUE PUEDAS OLVIDAR EL CRIMEN? ¿YA NO TE PREOCUPA TANTO ESTO AHORA?
¡¿ENTONCES ASÍ ESTÁN LAS COSAS?! ¿TÚ DICES LO QUE VAMOS A HACER Y LO HACEMOS? ¿TÚ ERES EL REY AHORA?
TENEMOS LA OPORTUNIDAD DE CAMBIAR LAS COSAS, RICK. TENEMOS LA OPORTUNIDAD DE ROMPER EL CICLO. SIN MATAR SIGNIFICA SIN MATAR. SI LO MATAMOS... NO SOMOS MEJORES QUE ÉL.
ECHARLO ALLÁ AFUERA SOLO ES CASI UN PEOR CASTIGO... ¡AL MENOS ENTONCES NO TENDRÍAMOS SANGRE EN NUESTRAS MANOS!
¡O SIMPLEMENTE PODRÍAMOS ENCERRARLO AQUÍ!

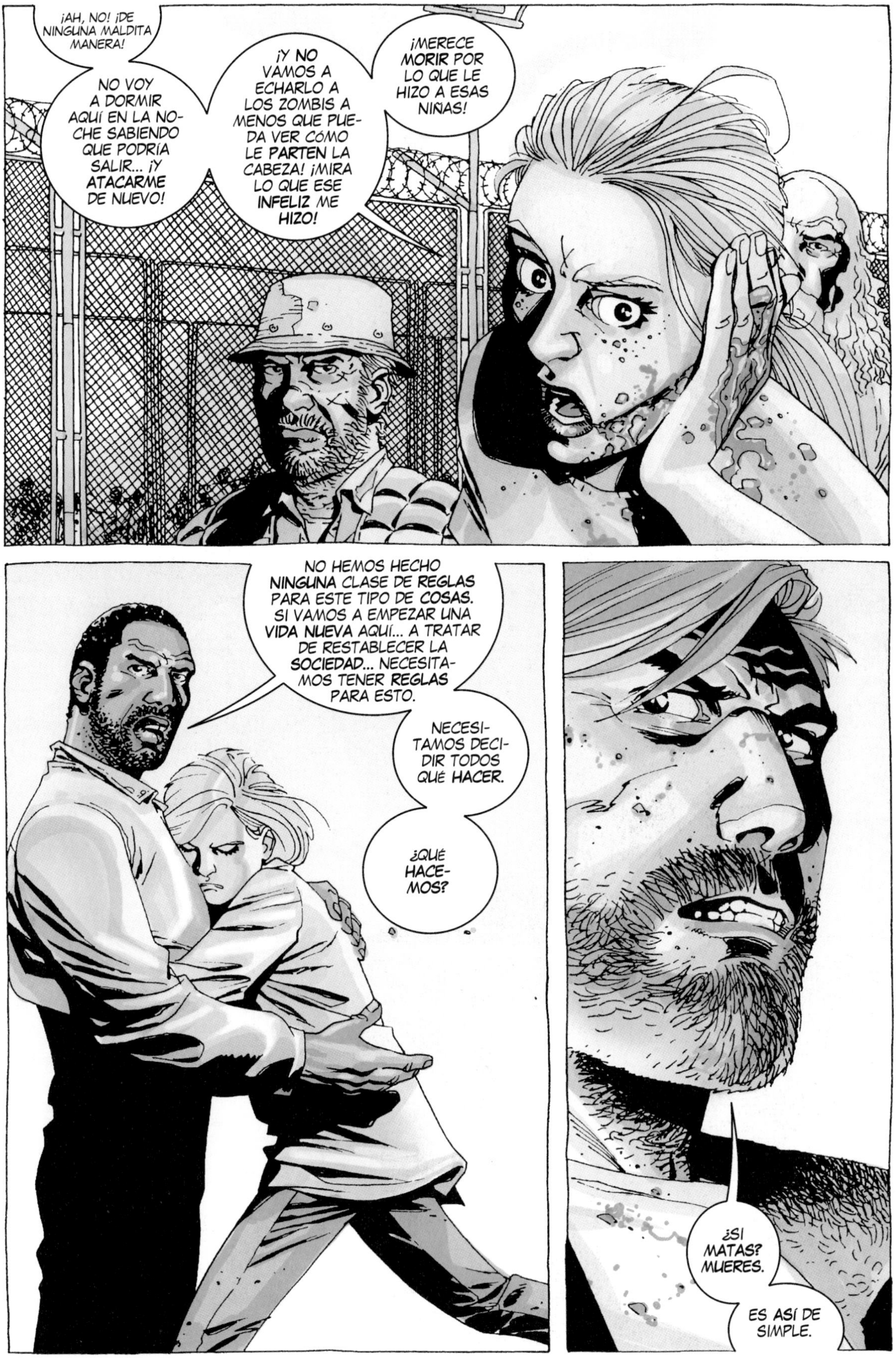
¡AH, NO! ¡DE NINGUNA MALDITA MANERA!
NO VOY A DORMIR AQUÍ EN LA NOCHE SABIENDO QUE PODRÍA SALIR... ¡Y ATACARME DE NUEVO!
¡Y NO VAMOS A ECHARLO A LOS ZOMBIS A MENOS QUE PUEDA VER CÓMO LE PARTEN LA CABEZA! ¡MIRA LO QUE ESE INFELIZ ME HIZO!
¡MERECE MORIR POR LO QUE LE HIZO A ESAS NIÑAS!
NO HEMOS HECHO NINGUNA CLASE DE REGLAS PARA ESTE TIPO DE COSAS. SI VAMOS A EMPEZAR UNA VIDA NUEVA AQUÍ... A TRATAR DE RESTABLECER LA SOCIEDAD... NECESITAMOS TENER REGLAS PARA ESTO.
NECESITAMOS DECIDIR TODOS QUÉ HACER.
¿QUÉ HACEMOS?
¿SI MATAS? MUERES.
ES ASÍ DE SIMPLE.

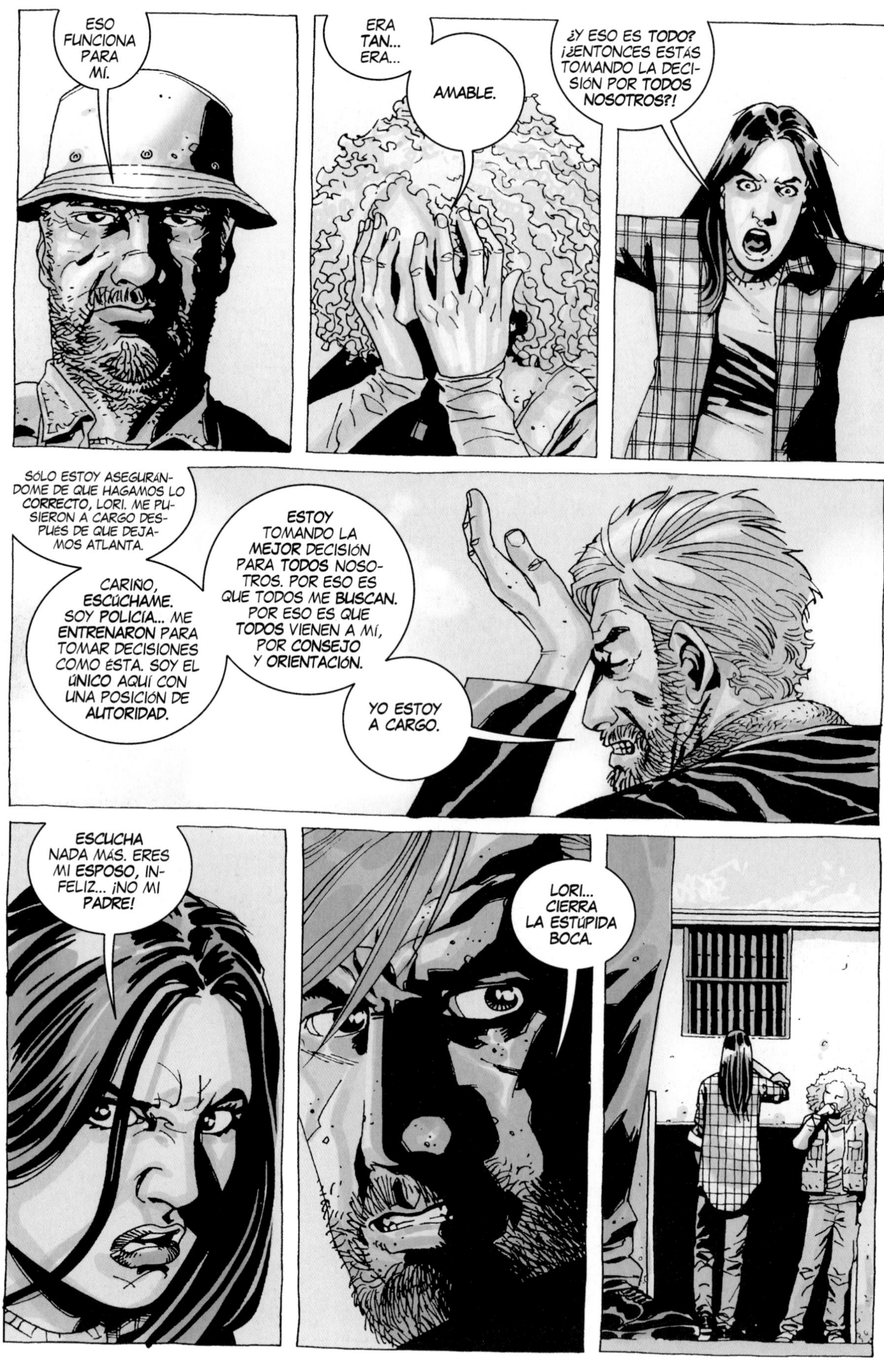

ESO FUNCIONA PARA MÍ.
ERA TAN... ERA...
AMABLE.
¿Y ESO ES TODO? ¡¿ENTONCES ESTÁS TOMANDO LA DECISIÓN POR TODOS NOSOTROS?!
SÓLO ESTOY ASEGURÁNDOME DE QUE HAGAMOS LO CORRECTO, LORI. ME PUSIERON A CARGO DESPUÉS DE QUE DEJAMOS ATLANTA.
CARIÑO, ESCÚCHAME. SOY POLICÍA... ME ENTRENARON PARA TOMAR DECISIONES COMO ÉSTA. SOY EL ÚNICO AQUÍ CON UNA POSICIÓN DE AUTORIDAD.
ESTOY TOMANDO LA MEJOR DECISIÓN PARA TODOS NOSOTROS. POR ESO ES QUE TODOS ME BUSCAN. POR ESO ES QUE TODOS VIENEN A MÍ, POR CONSEJO Y ORIENTACIÓN.
YO ESTOY A CARGO.
ESCUCHA NADA MÁS. ERES MI ESPOSO, INFELIZ... ¡NO MI PADRE!
LORI... CIERRA LA ESTÚPIDA BOCA.

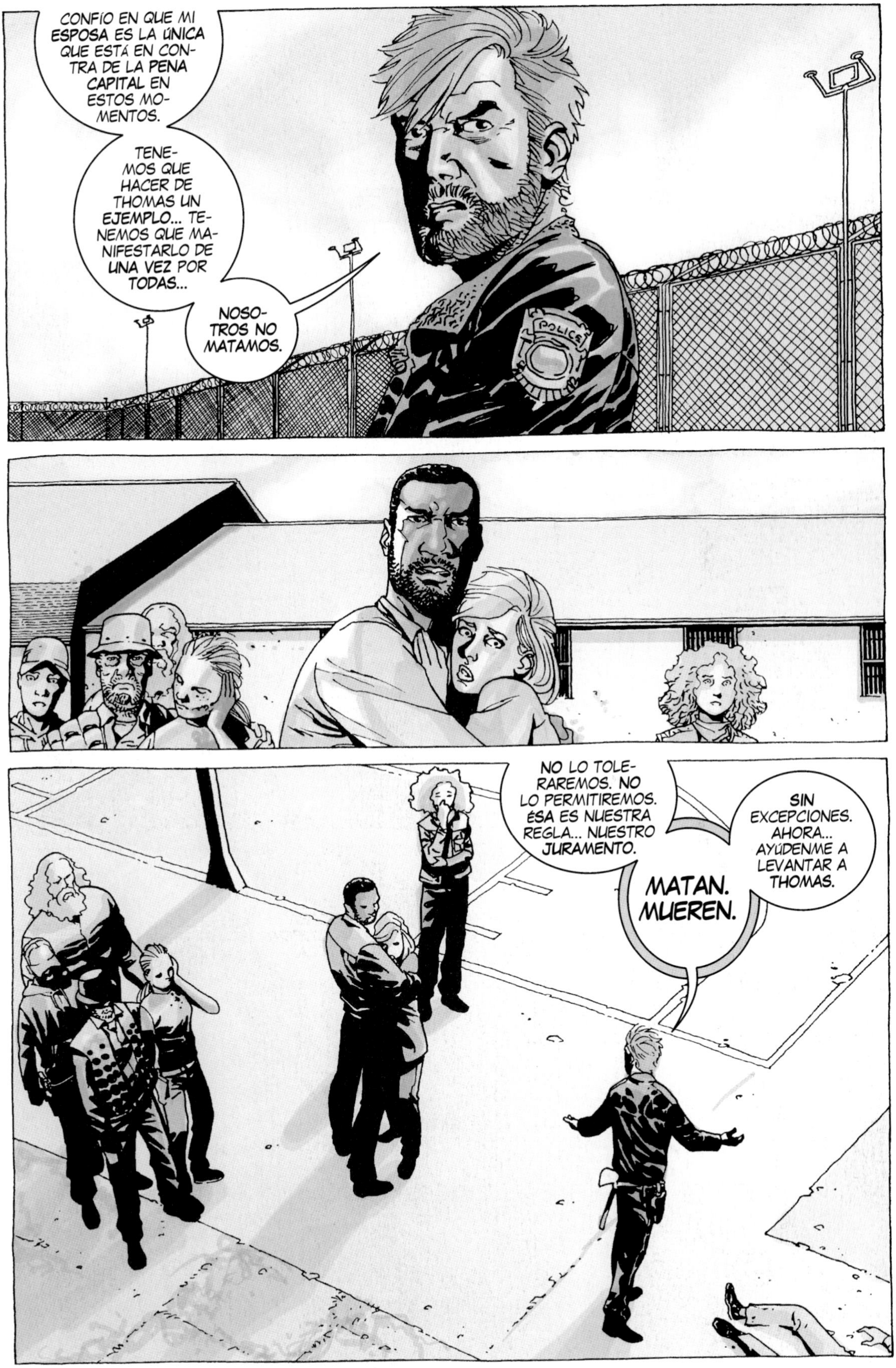
CONFÍO EN QUE MI ESPOSA ES LA ÚNICA QUE ESTÁ EN CONTRA DE LA PENA CAPITAL EN ESTOS MOMENTOS.
TENEMOS QUE HACER DE THOMAS UN EJEMPLO... TENEMOS QUE MANIFESTARLO DE UNA VEZ POR TODAS...
NOSOTROS NO MATAMOS.
POLICE
NO LO TOLERAREMOS. NO LO PERMITIREMOS. ÉSA ES NUESTRA REGLA... NUESTRO JURAMENTO.
MATAN. MUEREN.
SIN EXCEPCIONES. AHORA... AYÚDENME A LEVANTAR A THOMAS.

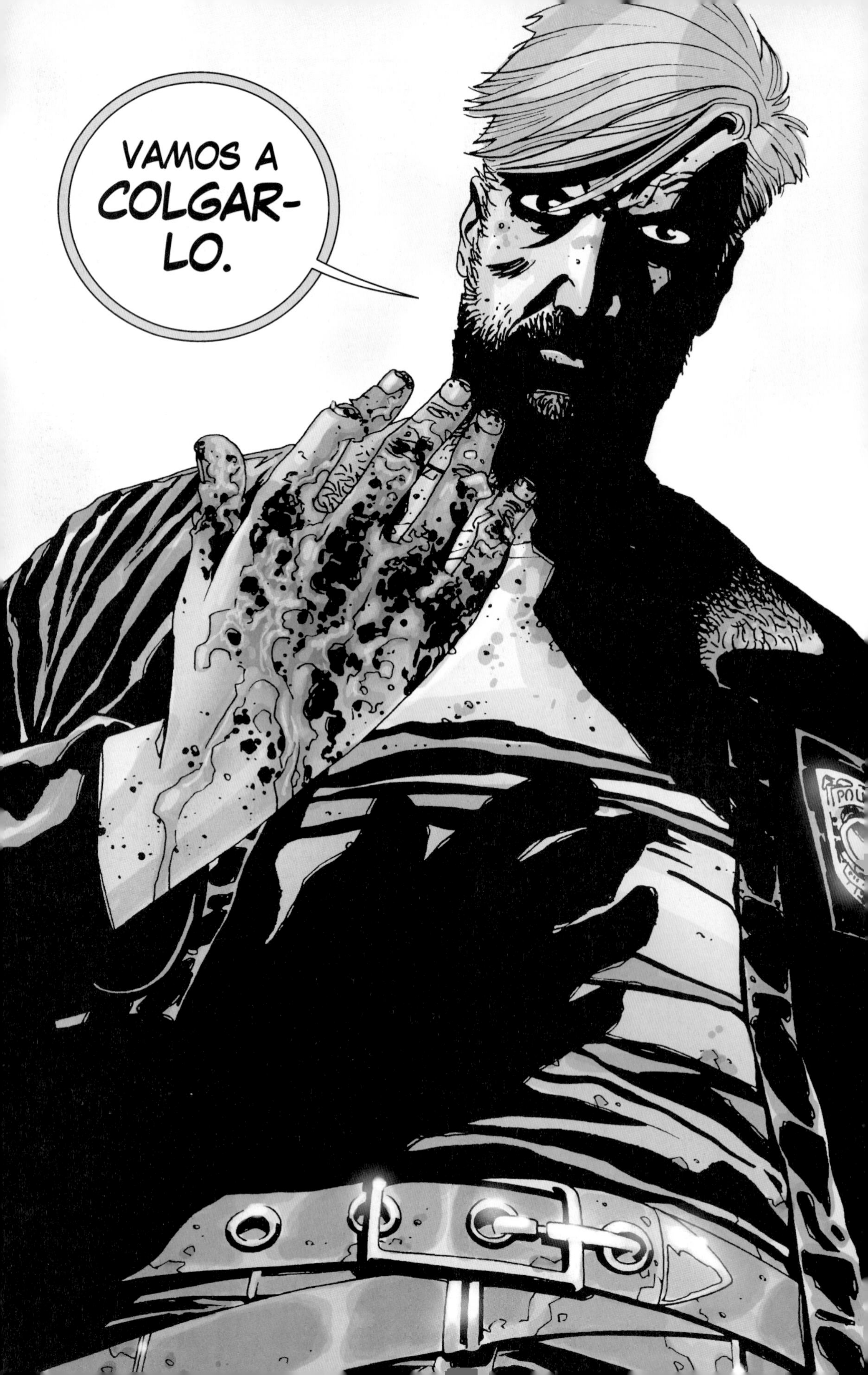
VAMOS A COLGAR-LO.

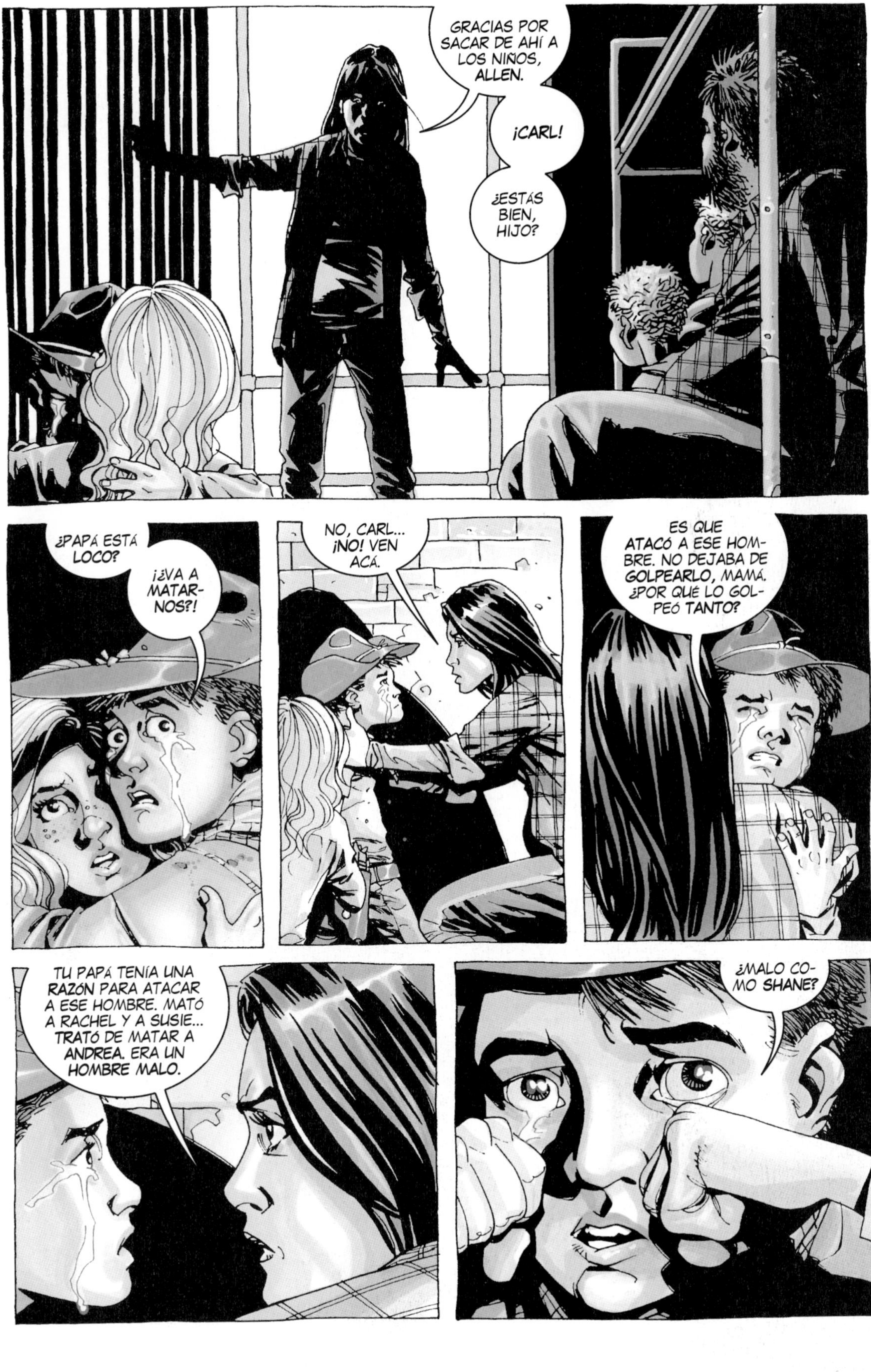
GRACIAS POR SACAR DE AHÍ A LOS NIÑOS, ALLEN.
¡CARL!
¿ESTÁS BIEN, HIJO?
¿PAPÁ ESTÁ LOCO?
¡¿VA A MATARNOS?!
NO, CARL... ¡NO! VEN ACÁ.
ES QUE ATACÓ A ESE HOMBRE. NO DEJABA DE GOLPEARLO, MAMÁ. ¿POR QUÉ LO GOLPEÓ TANTO?
TU PAPÁ TENÍA UNA RAZÓN PARA ATACAR A ESE HOMBRE. MATÓ A RACHEL Y A SUSIE... TRATÓ DE MATAR A ANDREA. ERA UN HOMBRE MALO.
¿MALO COMO SHANE?

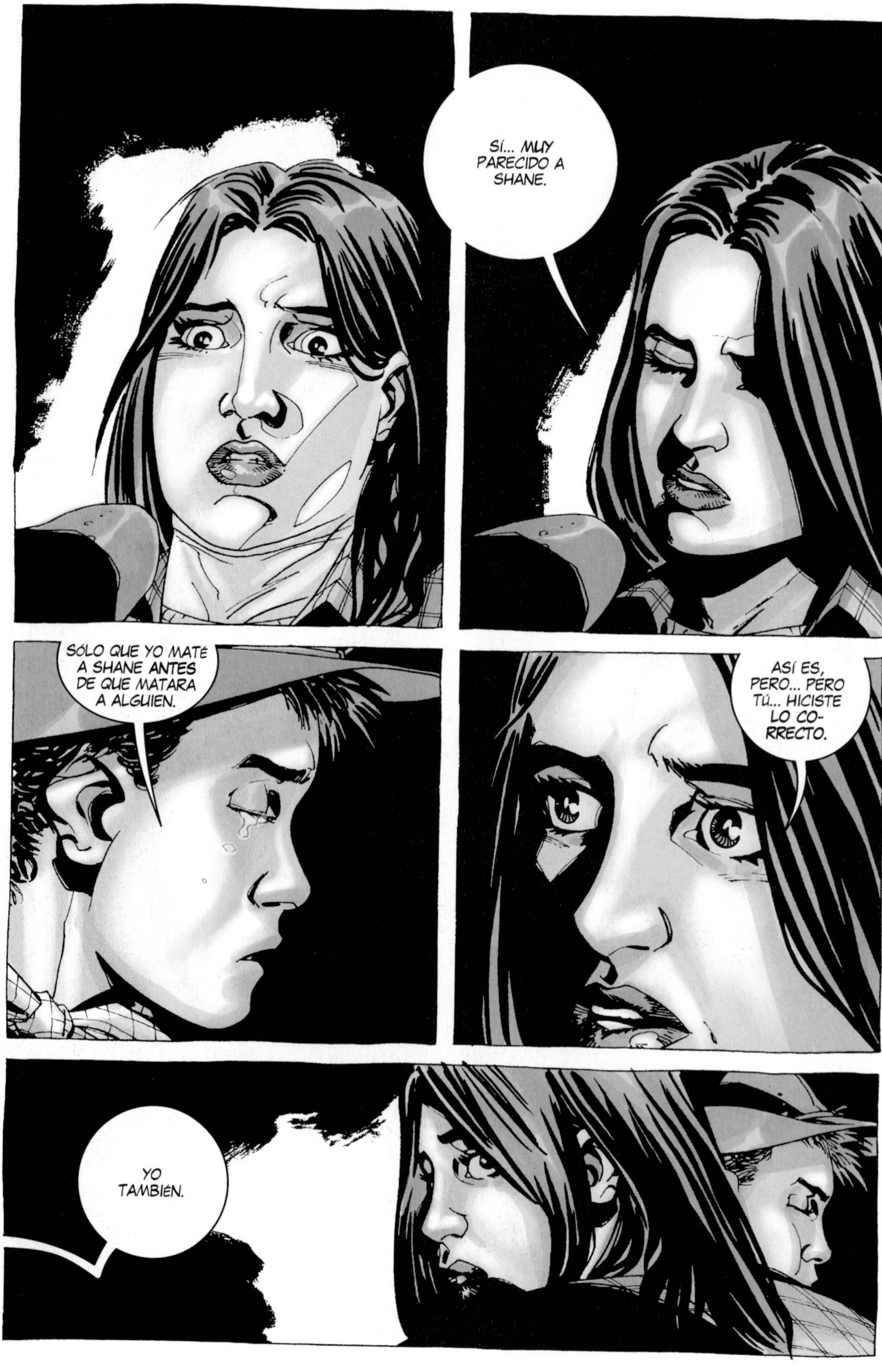
SÍ... MUY PARECIDO A SHANE.
SÓLO QUE YO MATÉ A SHANE ANTES DE QUE MATARA A ALGUIEN.
ASÍ ES, PERO... PERO TÚ... HICISTE LO CO- RRECTO.
YO TAMBIÉN.

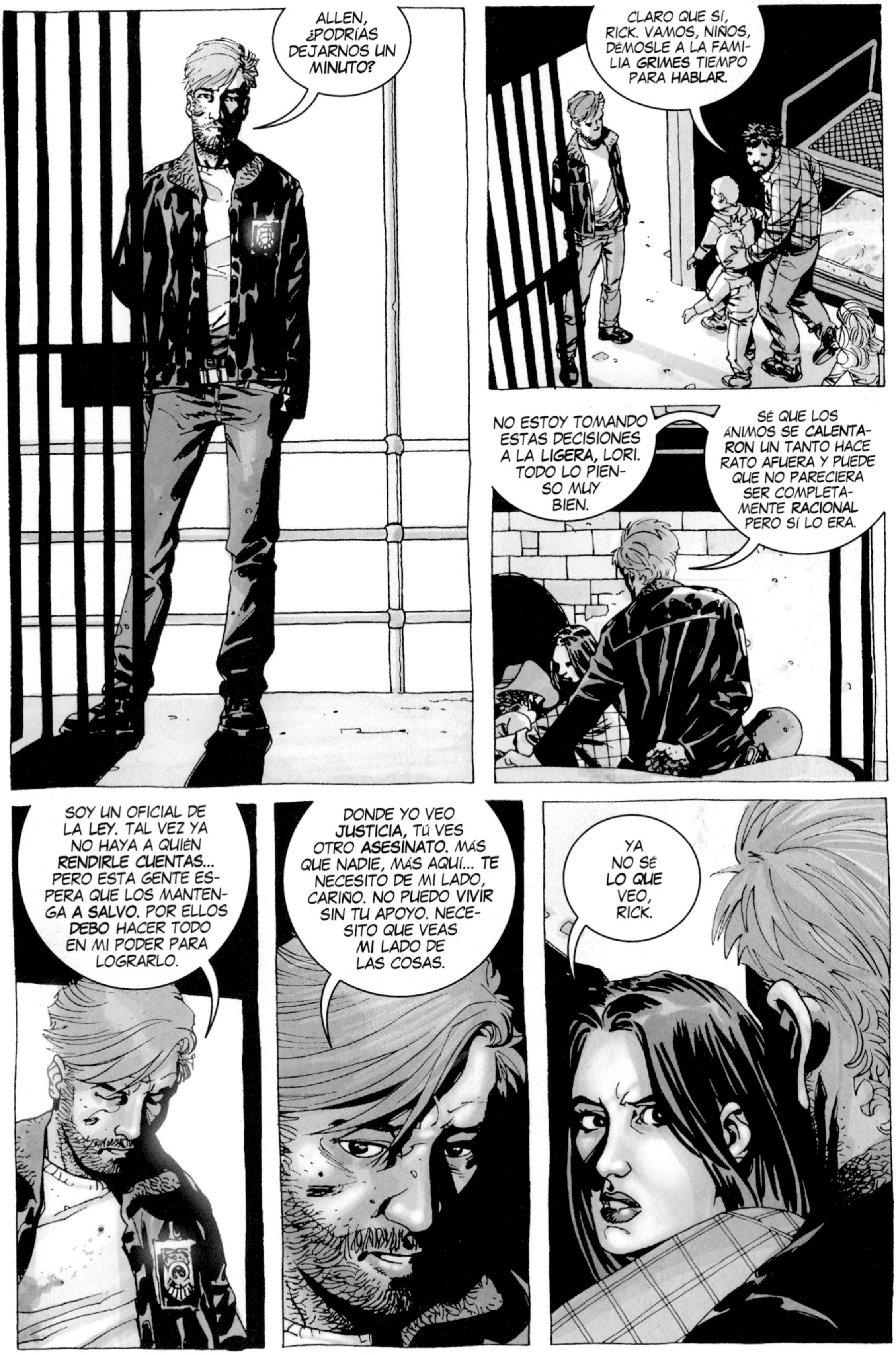
ALLEN, ¿PODRÍAS DEJARNOS UN MINUTO?
CLARO QUE SÍ, RICK. VAMOS, NIÑOS, DÉMOSLE A LA FAMILIA GRIMES TIEMPO PARA HABLAR.
NO ESTOY TOMANDO ESTAS DECISIONES A LA LIGERA, LORI. TODO LO PIENSO MUY BIEN.
SÉ QUE LOS ÁNIMOS SE CALENTARON UN TANTO HACE RATO AFUERA Y PUEDE QUE NO PARECIERA SER COMPLETAMENTE RACIONAL PERO SÍ LO ERA.
SOY UN OFICIAL DE LA LEY. TAL VEZ YA NO HAYA A QUIÉN RENDIRLE CUENTAS... PERO ESTA GENTE ESPERA QUE LOS MANTENGA A SALVO. POR ELLOS DEBO HACER TODO EN MI PODER PARA LOGRARLO.
DONDE YO VEO JUSTICIA, TÚ VES OTRO ASESINATO. MÁS QUE NADIE, MÁS AQUÍ... TE NECESITO DE MI LADO, CARIÑO. NO PUEDO VIVIR SIN TU APOYO. NECESITO QUE VEAS MI LADO DE LAS COSAS.
YA NO SÉ LO QUE VEO, RICK.

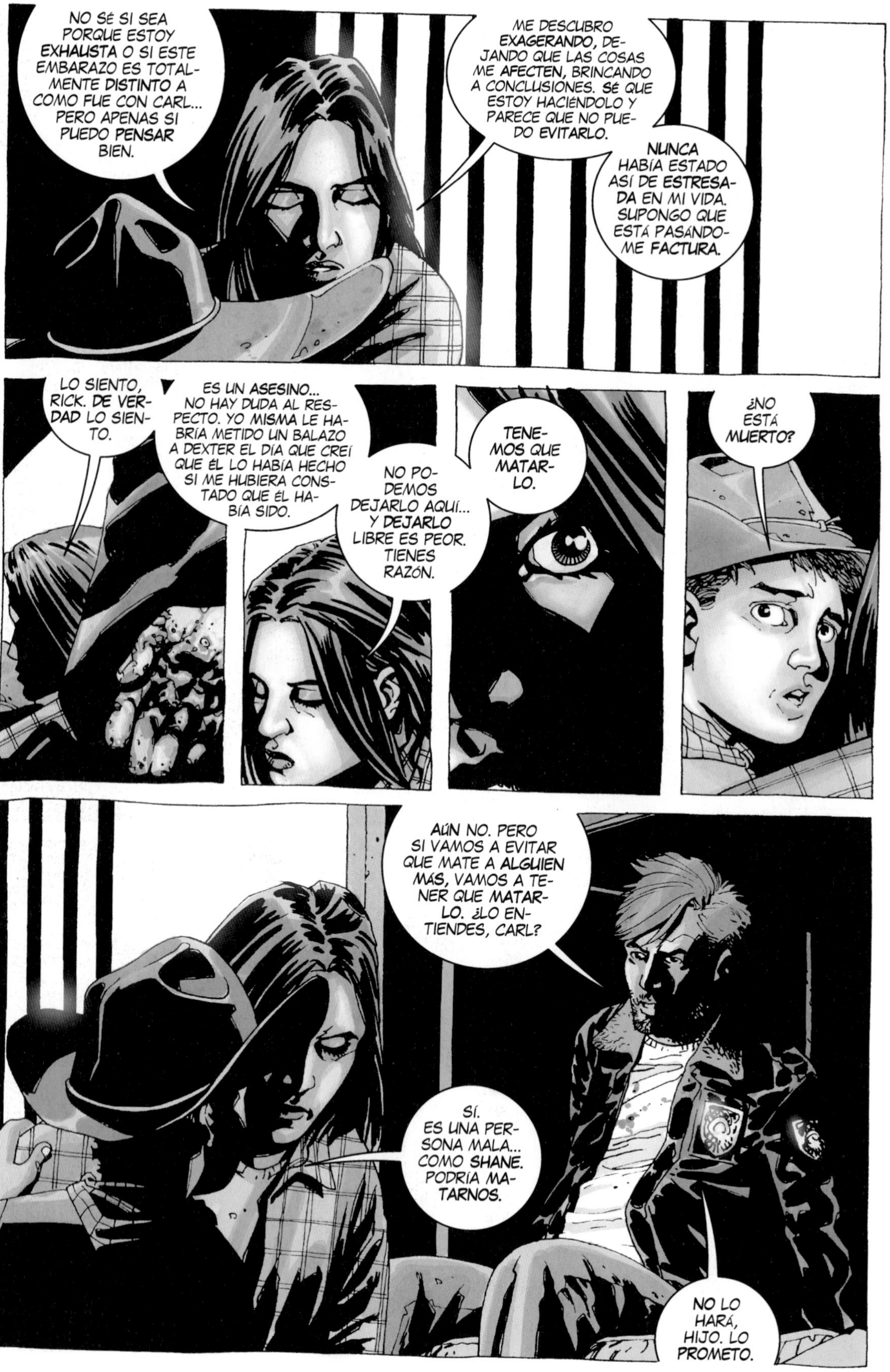
NO SÉ SI SEA PORQUE ESTOY EXHAUSTA O SI ESTE EMBARAZO ES TOTALMENTE DISTINTO A COMO FUE CON CARL... PERO APENAS SI PUEDO PENSAR BIEN.
ME DESCUBRO EXAGERANDO, DEJANDO QUE LAS COSAS ME AFECTEN, BRINCANDO A CONCLUSIONES. SÉ QUE ESTOY HACIÉNDOLO Y PARECE QUE NO PUEDO EVITARLO.
NUNCA HABÍA ESTADO ASÍ DE ESTRESADA EN MI VIDA. SUPONGO QUE ESTÁ PASÁNDOME FACTURA.
LO SIENTO, RICK. DE VERDAD LO SIENTO.
ES UN ASESINO... NO HAY DUDA AL RESPECTO. YO MISMA LE HABRÍA METIDO UN BALAZO A DEXTER EL DÍA QUE CREÍ QUE ÉL LO HABÍA HECHO SI ME HUBIERA CONSTADO QUE ÉL HABÍA SIDO.
NO PODEMOS DEJARLO AQUÍ... Y DEJARLO LIBRE ES PEOR. TIENES RAZÓN.
TENEMOS QUE MATARLO.
¿NO ESTÁ MUERTO?
AÚN NO. PERO SI VAMOS A EVITAR QUE MATE A ALGUIEN MÁS, VAMOS A TENER QUE MATARLO. ¿LO ENTIENDES, CARL?
SÍ. ES UNA PERSONA MALA... COMO SHANE. PODRÍA MATARNOS.
NO LO HARÁ, HIJO. LO PROMETO.

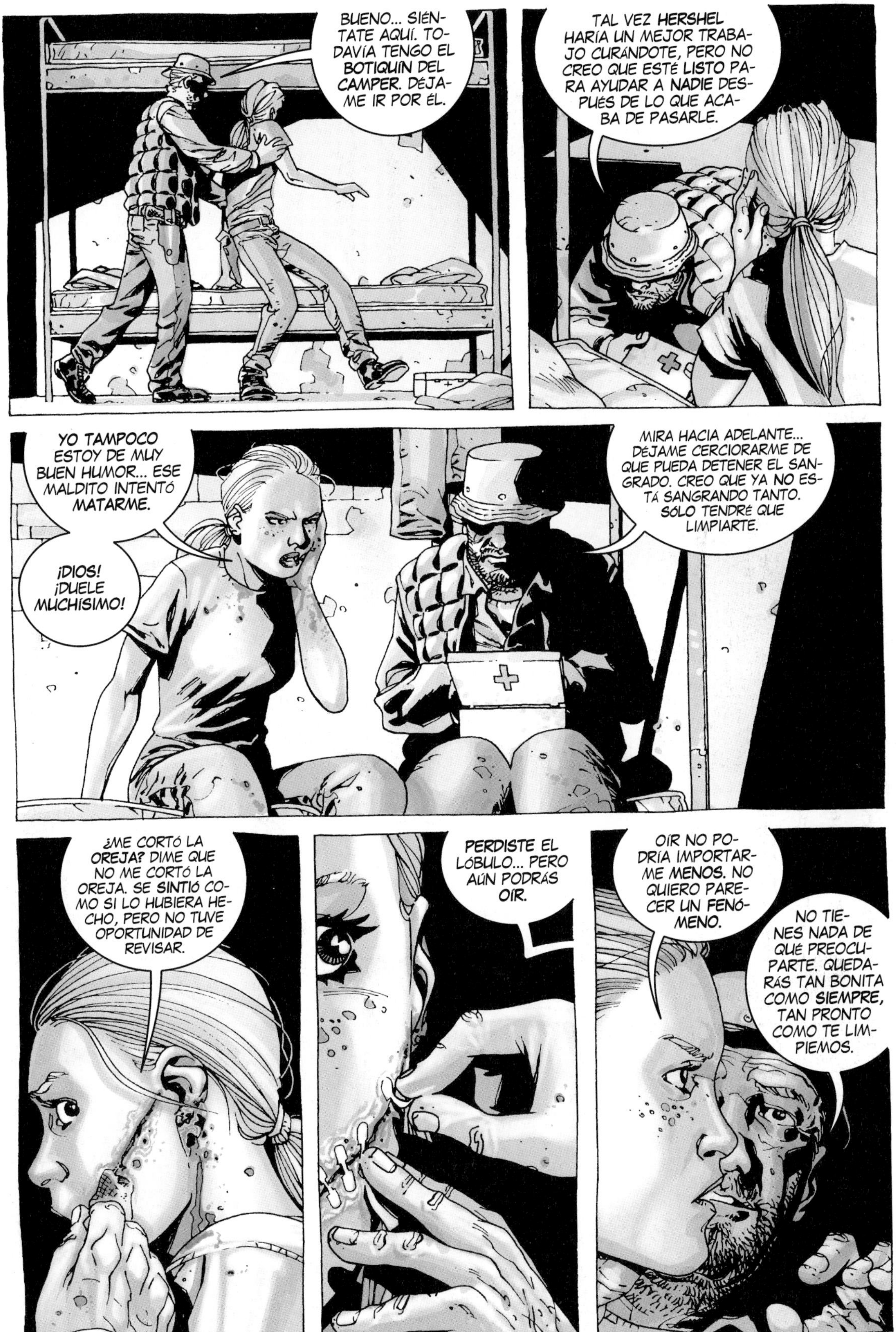
BUENO... SIÉNTATE AQUÍ. TODAVÍA TENGO EL BOTIQUÍN DEL CAMPER. DÉJAME IR POR ÉL.
TAL VEZ HERSHEL HARÍA UN MEJOR TRABAJO CURÁNDOTE, PERO NO CREO QUE ESTÉ LISTO PARA AYUDAR A NADIE DESPUÉS DE LO QUE ACABA DE PASARLE.
YO TAMPOCO ESTOY DE MUY BUEN HUMOR... ESE MALDITO INTENTÓ MATARME.
¡DIOS! ¡DUELE MUCHÍSIMO!
MIRA HACIA ADELANTE... DÉJAME CERCIORARME DE QUE PUEDA DETENER EL SANGRADO. CREO QUE YA NO ESTÁ SANGRANDO TANTO. SÓLO TENDRÉ QUE LIMPIARTE.
¿ME CORTÓ LA OREJA? DIME QUE NO ME CORTÓ LA OREJA. SE SINTIÓ COMO SI LO HUBIERA HECHO, PERO NO TUVE OPORTUNIDAD DE REVISAR.
PERDISTE EL LÓBULO... PERO AÚN PODRÁS OIR.
OIR NO PODRÍA IMPORTARME MENOS. NO QUIERO PARECER UN FENÓMENO.
NO TIENES NADA DE QUÉ PREOCUPARTE. QUEDARÁS TAN BONITA COMO SIEMPRE, TAN PRONTO COMO TE LIMPIEMOS.

¿TE QUEDA ALGO EN ESE BOTIQUÍN DE PRIMEROS AUXILIOS QUE PUEDA UTILIZAR?

TENGO AQUÍ MÁS DE MEDIA BOTELLA DE PERÓXIDO SÓLO PARA TI. SIÉNTATE Y VEAMOS ESA MANO.

DÉJAME ADVERTIRTE... NO ES NADA AGRADABLE.

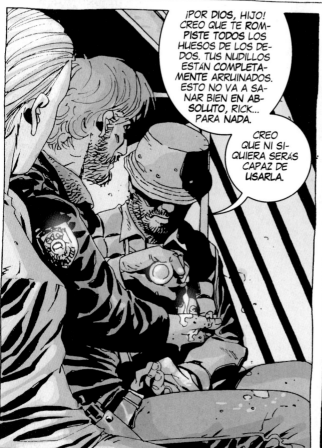

¡POR DIOS, HIJO! CREO QUE TE ROMPISTE TODOS LOS HUESOS DE LOS DEDOS. TUS NUDILLOS ESTÁN COMPLETAMENTE ARRUINADOS. ESTO NO VA A SANAR BIEN EN ABSOLUTO, RICK... PARA NADA.

CREO QUE NI SIQUIERA SERÁS CAPAZ DE USARLA.

DESPUÉS ME PREOCUPARÉ DE ESO... SÓLO LÍMPIALA. NO QUIERO QUE SE ME INFECTE PARA ACABARLA DE TORCER.

NO ME ARREPIENTO DE NADA.

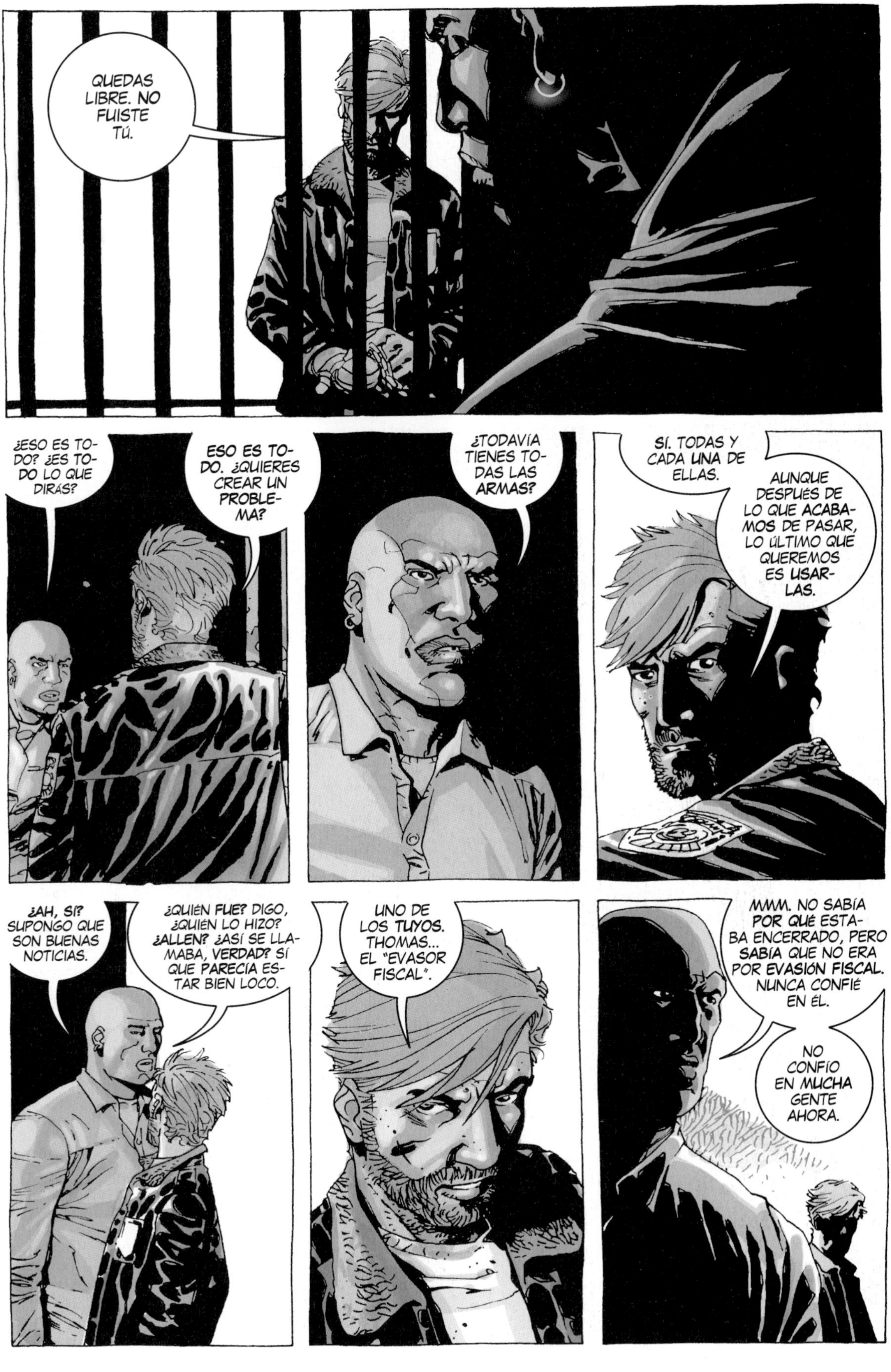
QUEDAS LIBRE. NO FUISTE TÚ.
¿ESO ES TODO? ¿ES TODO LO QUE DIRÁS?
ESO ES TODO. ¿QUIERES CREAR UN PROBLEMA?
¿TODAVÍA TIENES TODAS LAS ARMAS?
SÍ. TODAS Y CADA UNA DE ELLAS.
AUNQUE DESPUÉS DE LO QUE ACABAMOS DE PASAR, LO ÚLTIMO QUE QUEREMOS ES USARLAS.
¿AH, SÍ? SUPONGO QUE SON BUENAS NOTICIAS.
¿QUIÉN FUE? DIGO, ¿QUIÉN LO HIZO? ¿ALLEN? ¿ASÍ SE LLAMABA, VERDAD? SÍ QUE PARECÍA ESTAR BIEN LOCO.
UNO DE LOS TUYOS. THOMAS... EL "EVASOR FISCAL".
MMM. NO SABÍA POR QUÉ ESTABA ENCERRADO, PERO SABÍA QUE NO ERA POR EVASIÓN FISCAL. NUNCA CONFIÉ EN ÉL.
NO CONFÍO EN MUCHA GENTE AHORA.

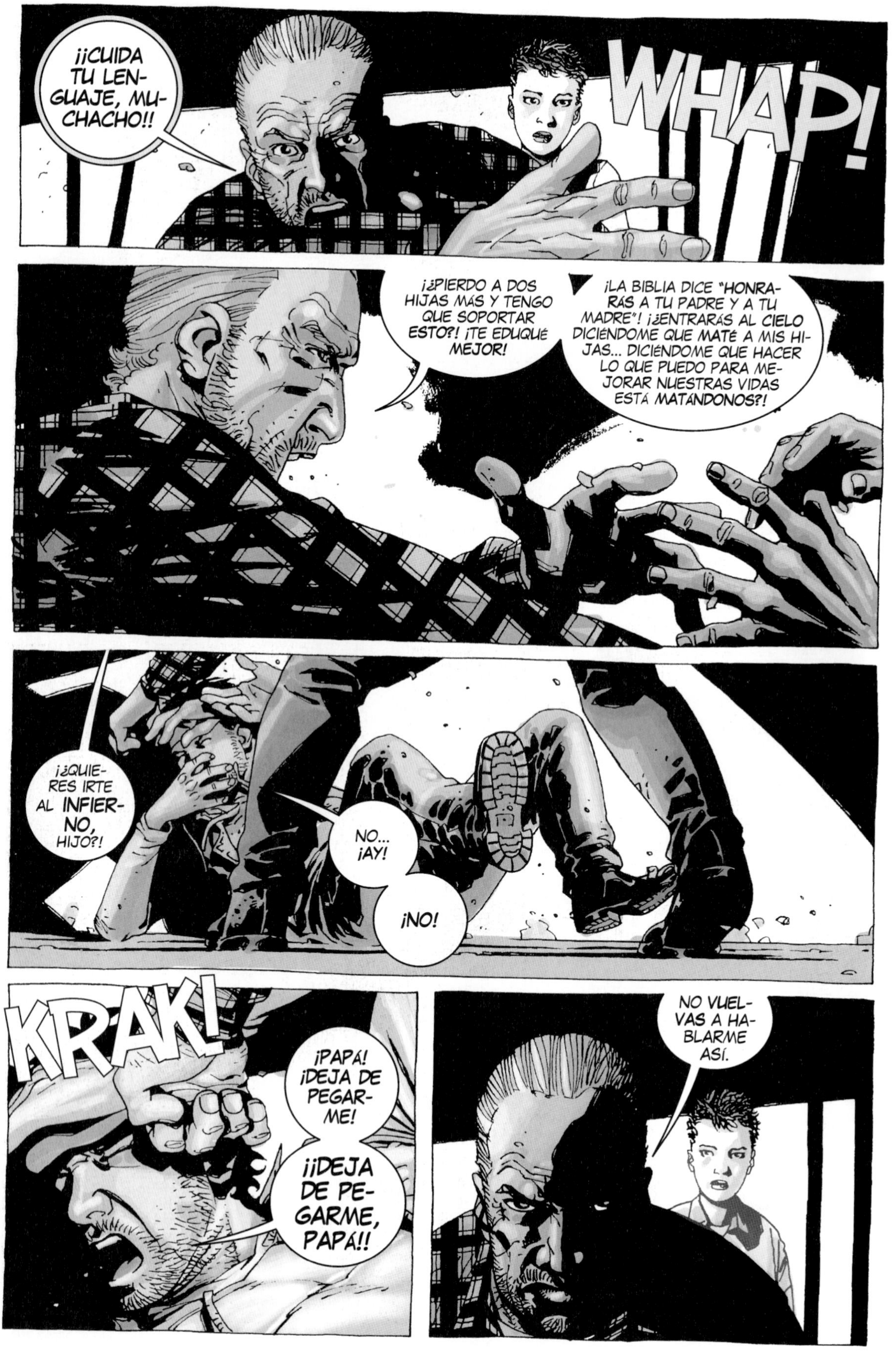
¡¡CUIDA TU LENGUAJE, MUCHACHO!!
WHAP!
¡¿PIERDO A DOS HIJAS MÁS Y TENGO QUE SOPORTAR ESTO?! ¡TE EDUQUÉ MEJOR!
¡LA BIBLIA DICE "HONRARÁS A TU PADRE Y A TU MADRE"! ¡¿ENTRARÁS AL CIELO DICIÉNDOME QUE MATÉ A MIS HIJAS... DICIÉNDOME QUE HACER LO QUE PUEDO PARA MEJORAR NUESTRAS VIDAS ESTÁ MATÁNDONOS?!
¡¿QUIERES IRTE AL INFIERNO, HIJO?!
NO... ¡AY!
¡NO!
KRAK!
¡PAPÁ! ¡DEJA DE PEGARME!
¡¡DEJA DE PEGARME, PAPÁ!!
NO VUELVAS A HABLARME ASÍ.

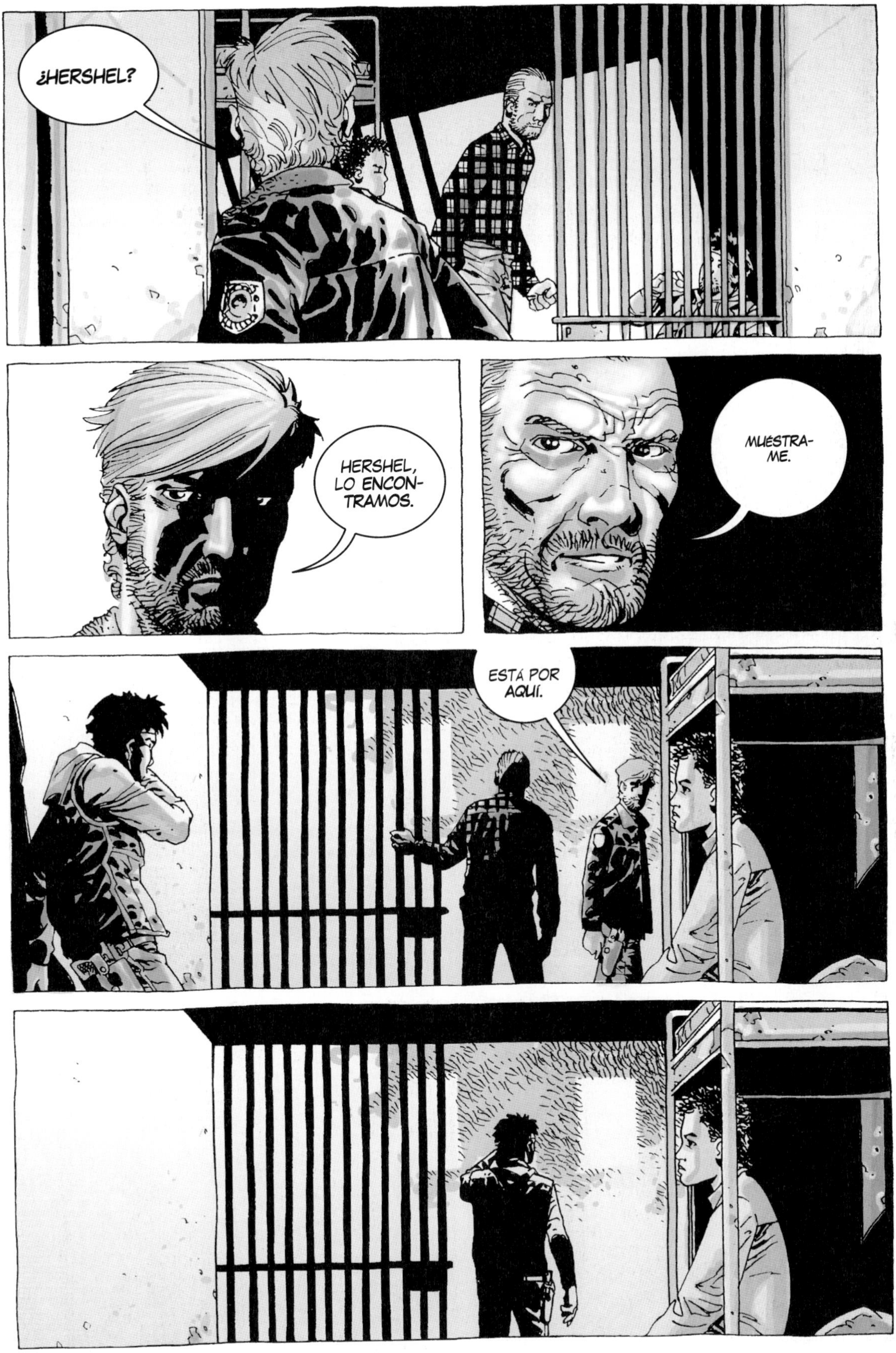
¿HERSHEL?
HERSHEL, LO ENCONTRAMOS.
MUESTRAME.
ESTÁ POR AQUÍ.

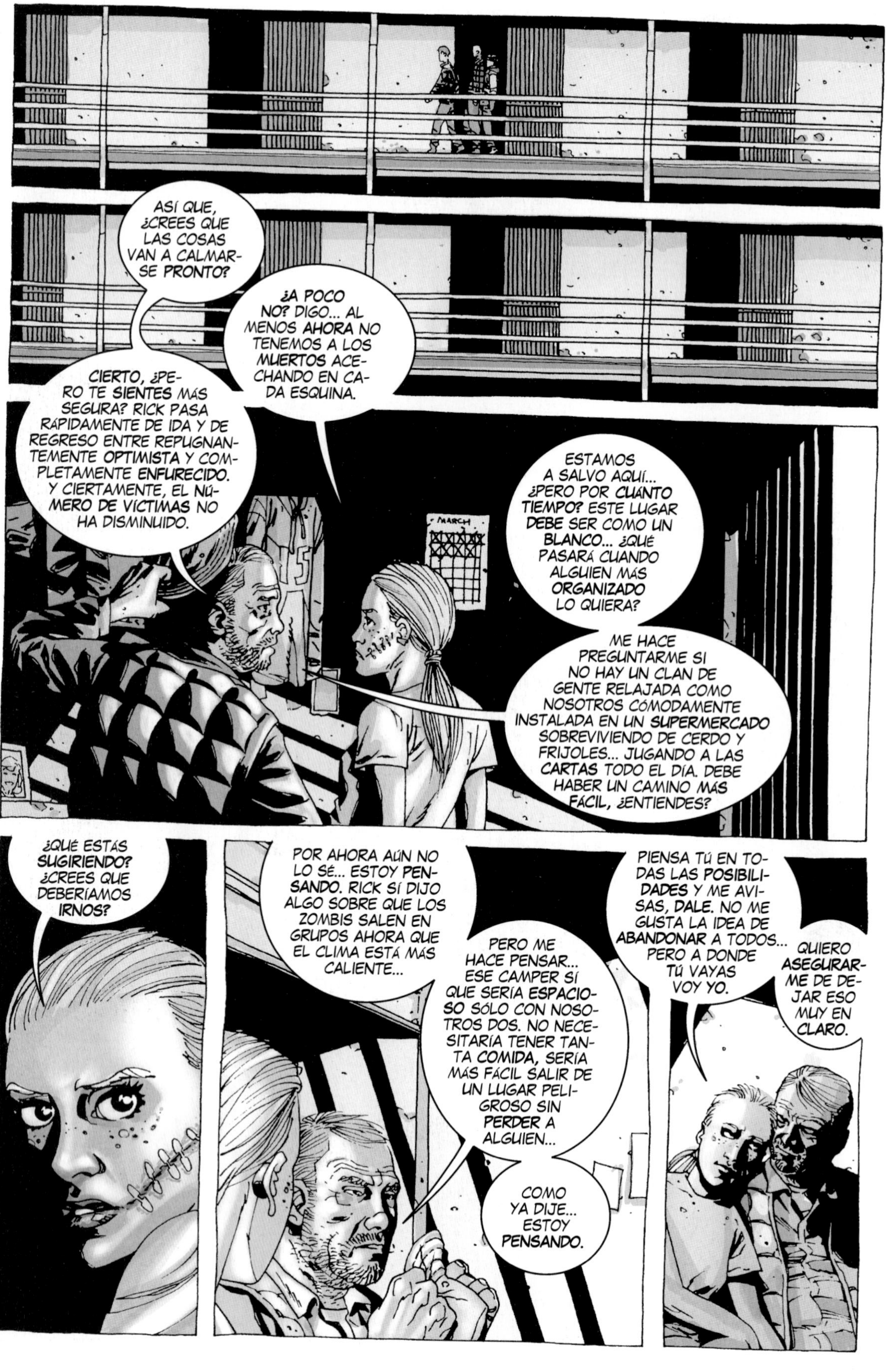
ASÍ QUE, ¿CREES QUE LAS COSAS VAN A CALMARSE PRONTO?
¿A POCO NO? DIGO... AL MENOS AHORA NO TENEMOS A LOS MUERTOS ACECHANDO EN CADA ESQUINA.
CIERTO, ¿PERO TE SIENTES MÁS SEGURA? RICK PASA RÁPIDAMENTE DE IDA Y DE REGRESO ENTRE REPUGNANTEMENTE OPTIMISTA Y COMPLETAMENTE ENFURECIDO. Y CIERTAMENTE, EL NÚMERO DE VÍCTIMAS NO HA DISMINUIDO.
ESTAMOS A SALVO AQUÍ... ¿PERO POR CUÁNTO TIEMPO? ESTE LUGAR DEBE SER COMO UN BLANCO... ¿QUÉ PASARÁ CUANDO ALGUIEN MÁS ORGANIZADO LO QUIERA?
ME HACE PREGUNTARME SI NO HAY UN CLAN DE GENTE RELAJADA COMO NOSOTROS CÓMODAMENTE INSTALADA EN UN SUPERMERCADO SOBREVIVIENDO DE CERDO Y FRIJOLES... JUGANDO A LAS CARTAS TODO EL DÍA. DEBE HABER UN CAMINO MÁS FÁCIL, ¿ENTIENDES?
¿QUÉ ESTÁS SUGIRIENDO? ¿CREES QUE DEBERÍAMOS IRNOS?
POR AHORA AÚN NO LO SÉ... ESTOY PENSANDO. RICK SÍ DIJO ALGO SOBRE QUE LOS ZOMBIS SALEN EN GRUPOS AHORA QUE EL CLIMA ESTÁ MÁS CALIENTE...
PERO ME HACE PENSAR... ESE CAMPER SÍ QUE SERÍA ESPACIOSO SÓLO CON NOSOTROS DOS. NO NECESITARÍA TENER TANTA COMIDA, SERÍA MÁS FÁCIL SALIR DE UN LUGAR PELIGROSO SIN PERDER A ALGUIEN...
COMO YA DIJE... ESTOY PENSANDO.
PIENSA TÚ EN TODAS LAS POSIBILIDADES Y ME AVISAS, DALE. NO ME GUSTA LA IDEA DE ABANDONAR A TODOS... PERO A DONDE TÚ VAYAS VOY YO.
QUIERO ASEGURARME DE DEJAR ESO MUY EN CLARO.

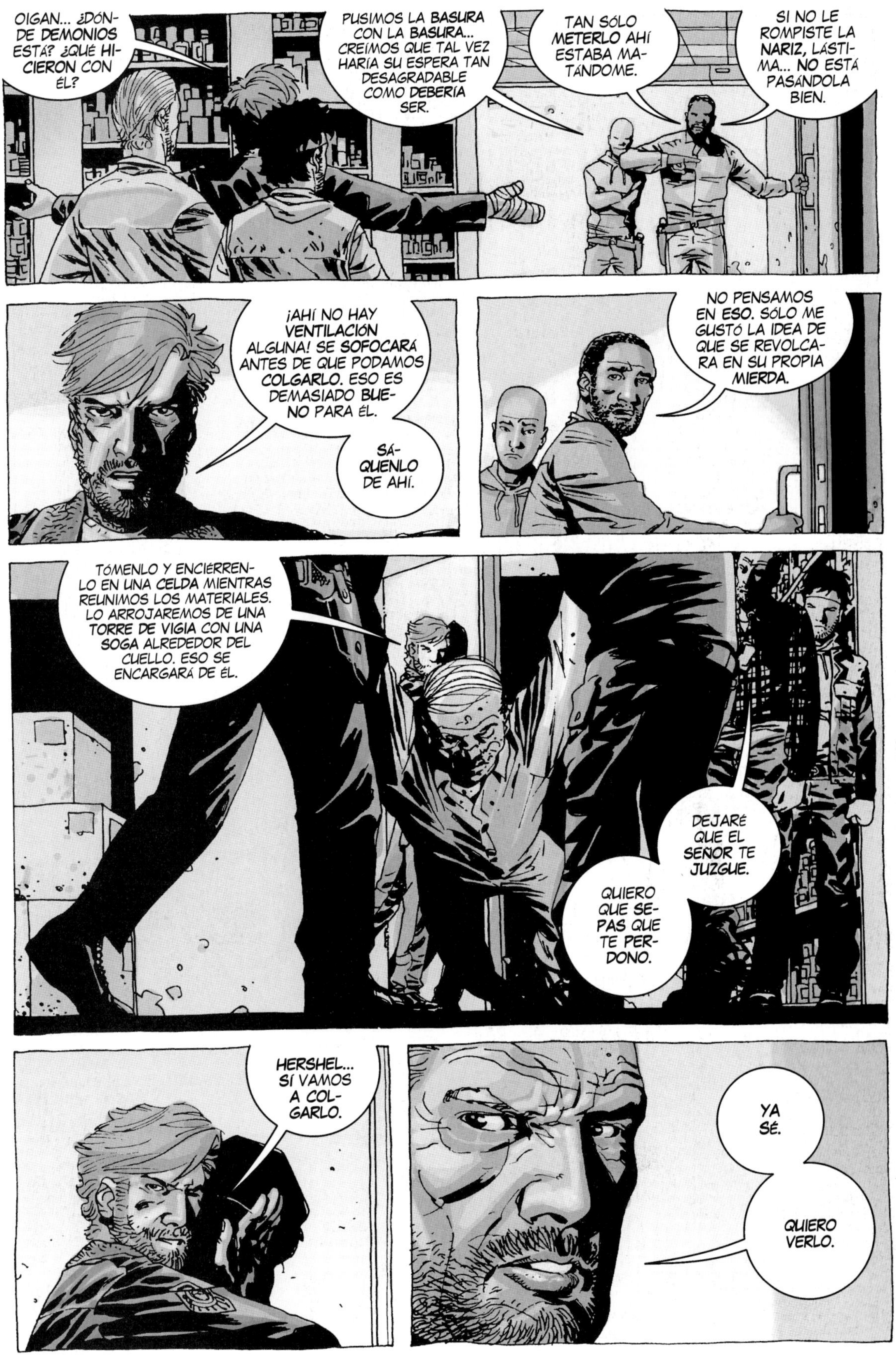
OIGAN... ¿DÓNDE DEMONIOS ESTÁ? ¿QUÉ HICIERON CON ÉL?
PUSIMOS LA BASURA CON LA BASURA... CREÍMOS QUE TAL VEZ HARÍA SU ESPERA TAN DESAGRADABLE COMO DEBERÍA SER.
TAN SÓLO METERLO AHÍ ESTABA MATÁNDOME.
SI NO LE ROMPISTE LA NARIZ, LÁSTIMA... NO ESTÁ PASÁNDOLA BIEN.
¡AHÍ NO HAY VENTILACIÓN ALGUNA! SE SOFOCARÁ ANTES DE QUE PODAMOS COLGARLO. ESO ES DEMASIADO BUENO PARA ÉL.
SÁQUENLO DE AHÍ.
NO PENSAMOS EN ESO. SÓLO ME GUSTÓ LA IDEA DE QUE SE REVOLCARA EN SU PROPIA MIERDA.
TÓMENLO Y ENCIÉRRENLO EN UNA CELDA MIENTRAS REUNIMOS LOS MATERIALES. LO ARROJAREMOS DE UNA TORRE DE VIGÍA CON UNA SOGA ALREDEDOR DEL CUELLO. ESO SE ENCARGARÁ DE ÉL.
DEJARÉ QUE EL SEÑOR TE JUZGUE.
QUIERO QUE SEPAS QUE TE PERDONO.
HERSHEL... SÍ VAMOS A COLGARLO.
YA SÉ.
QUIERO VERLO.

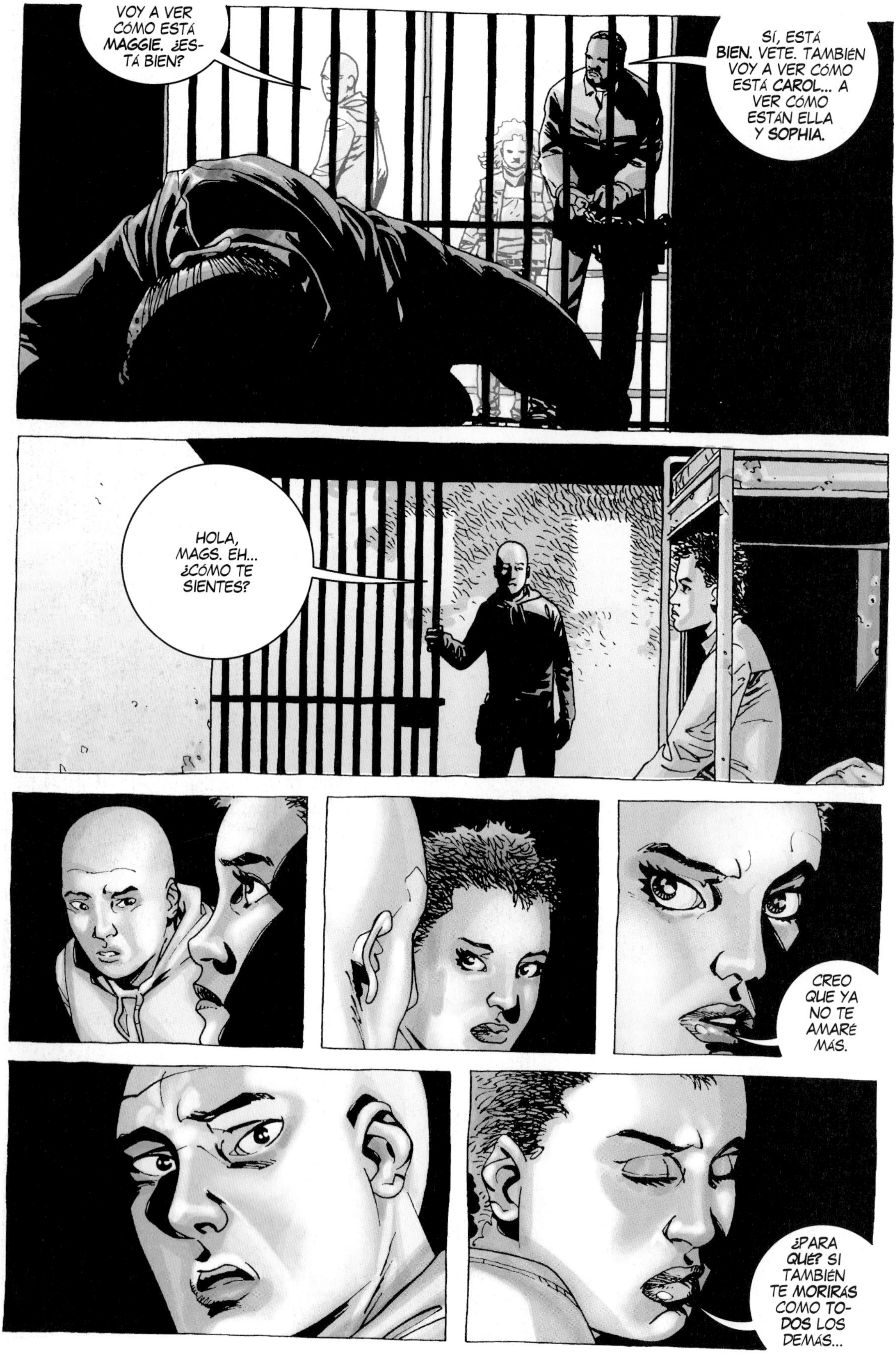
VOY A VER CÓMO ESTÁ MAGGIE. ¿ESTÁ BIEN?
SÍ, ESTÁ BIEN. VETE. TAMBIÉN VOY A VER CÓMO ESTÁ CAROL... A VER CÓMO ESTÁN ELLA Y SOPHIA.
HOLA, MAGS. EH... ¿CÓMO TE SIENTES?
CREO QUE YA NO TE AMARÉ MÁS.
¿PARA QUÉ? SI TAMBIÉN TE MORIRÁS COMO TODOS LOS DEMÁS...

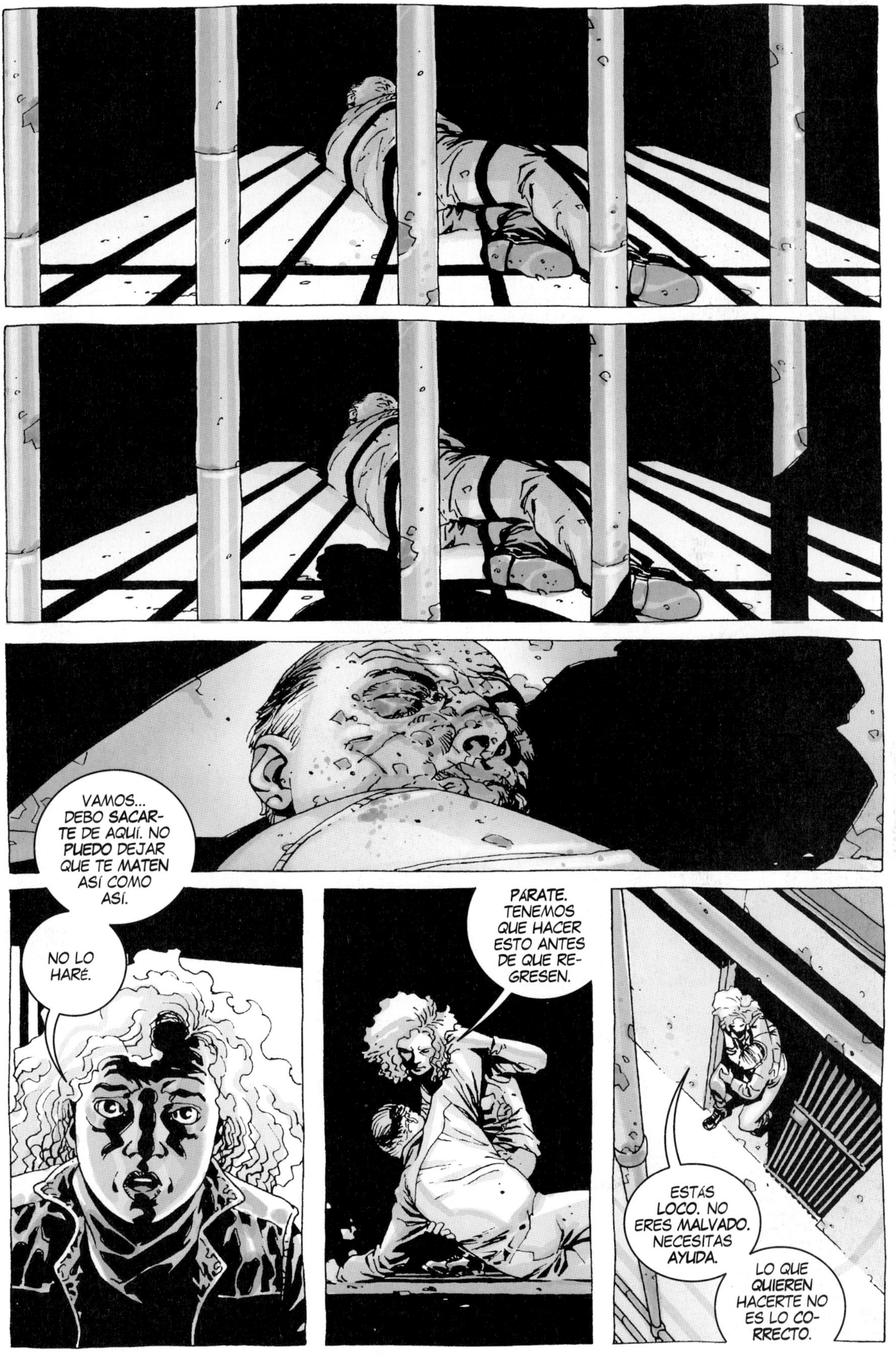
VAMOS... DEBO SACARTE DE AQUÍ. NO PUEDO DEJAR QUE TE MATEN ASÍ COMO ASÍ.
NO LO HARÉ.
PÁRATE. TENEMOS QUE HACER ESTO ANTES DE QUE REGRESEN.
ESTÁS LOCO. NO ERES MALVADO. NECESITAS AYUDA.
LO QUE QUIEREN HACERTE NO ES LO CORRECTO.

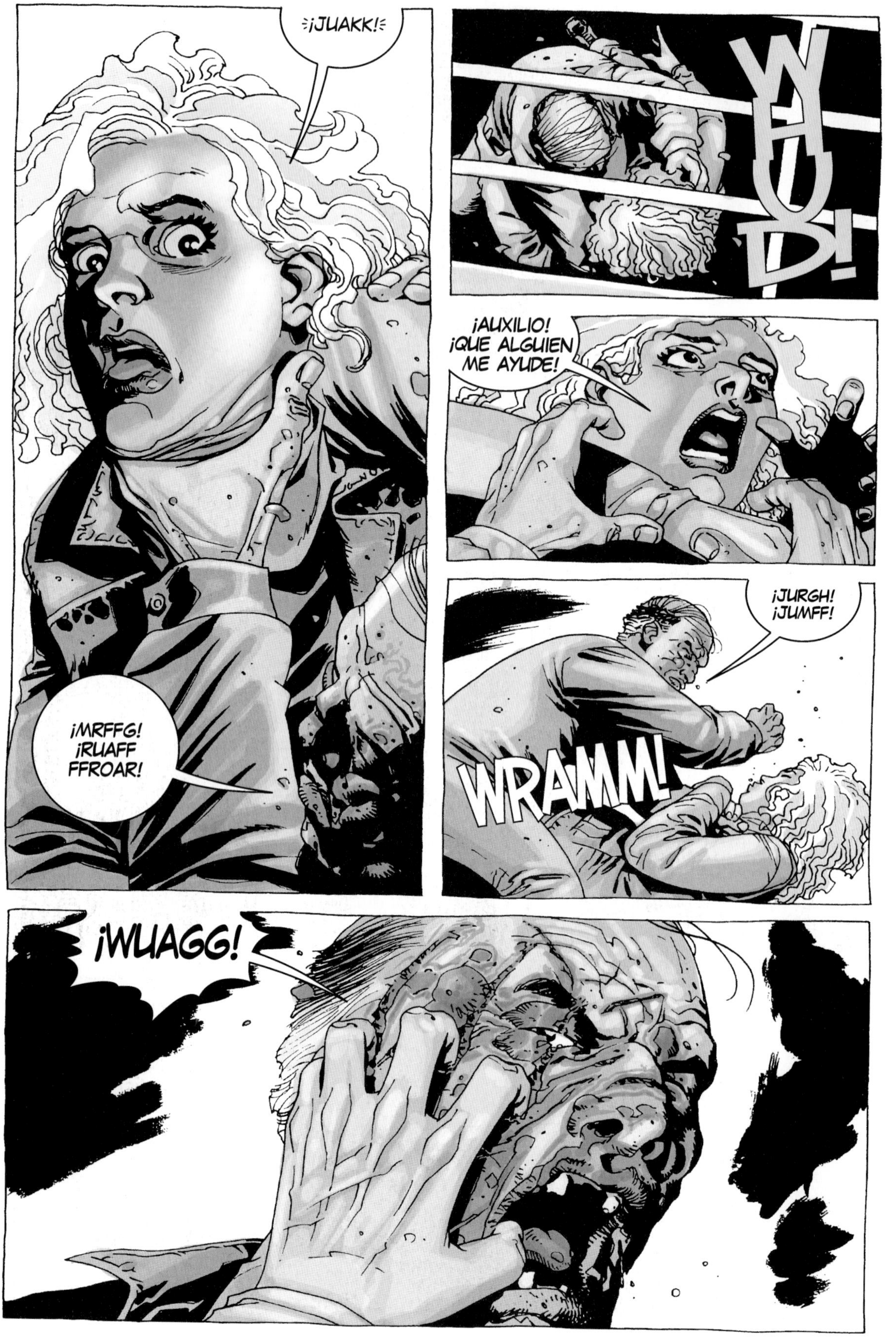
¡JUAKK!
¡MRFFG! ¡RUAFF FFROAR!
WHUD!
¡AUXILIO! ¡QUE ALGUIEN ME AYUDE!
¡JURGH! ¡JUMFF!
WRAMM!
¡WUAGG!

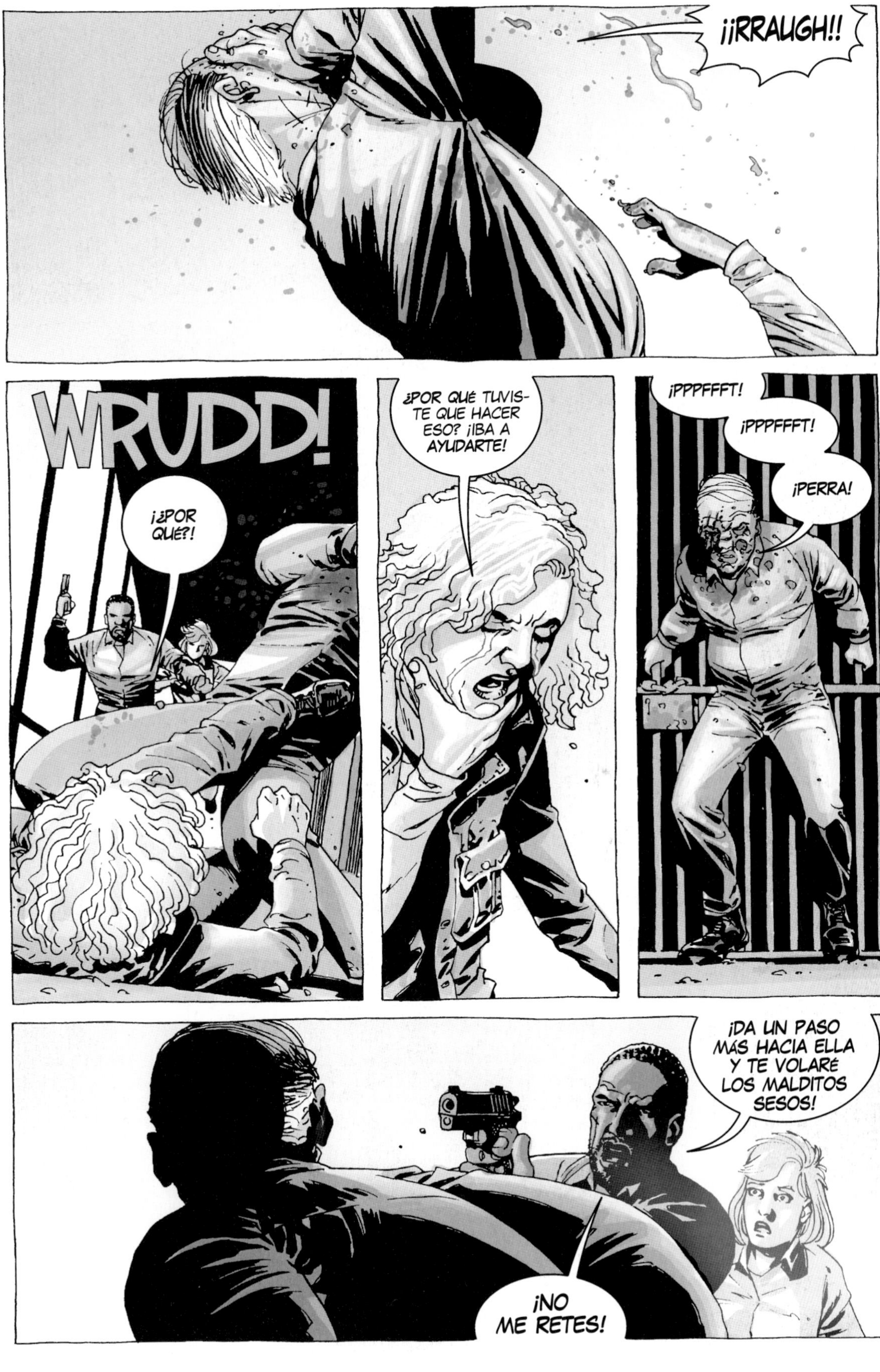
¡¡RRAUGH!!
WRUDD!
¡¿POR QUÉ?!
¿POR QUÉ TUVISTE QUE HACER ESO? ¡IBA A AYUDARTE!
¡PPPFFFT!
¡PPPFFFT!
¡PERRA!
¡DA UN PASO MÁS HACIA ELLA Y TE VOLARÉ LOS MALDITOS SESOS!
¡NO ME RETES!

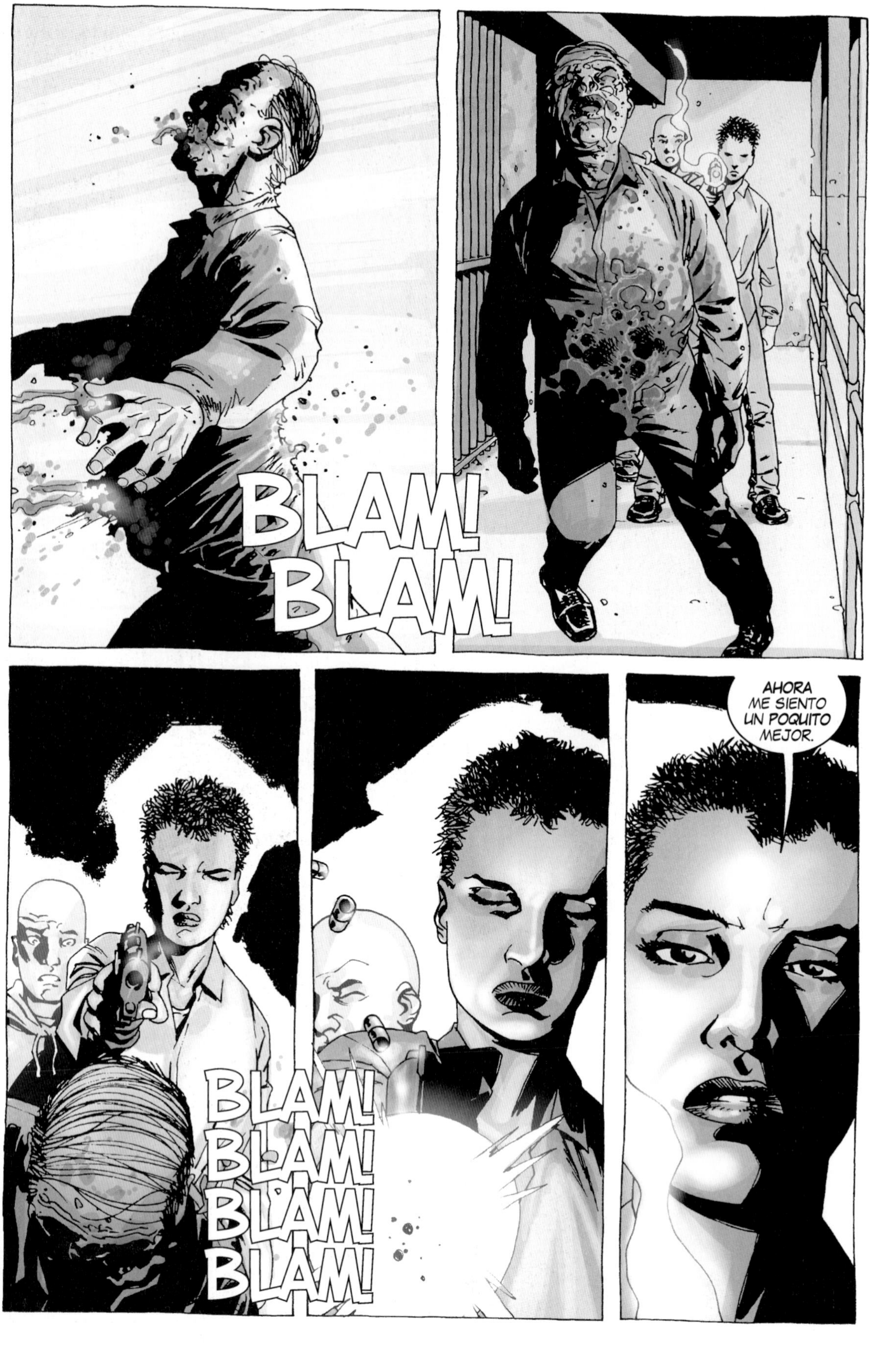
BLAM! BLAM!
BLAM! BLAM! BLAM! BLAM!
AHORA ME SIENTO UN POQUITO MEJOR.

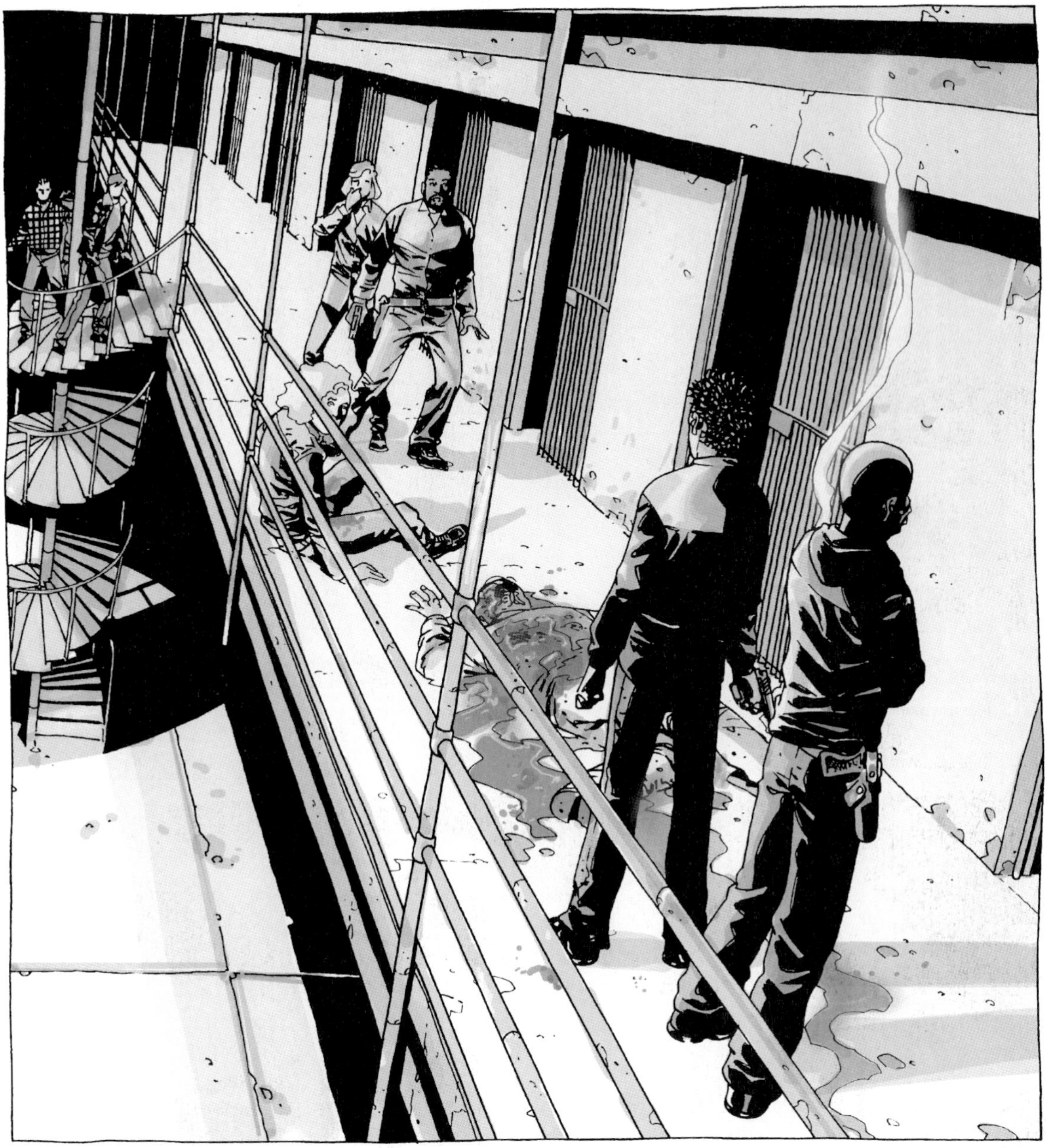

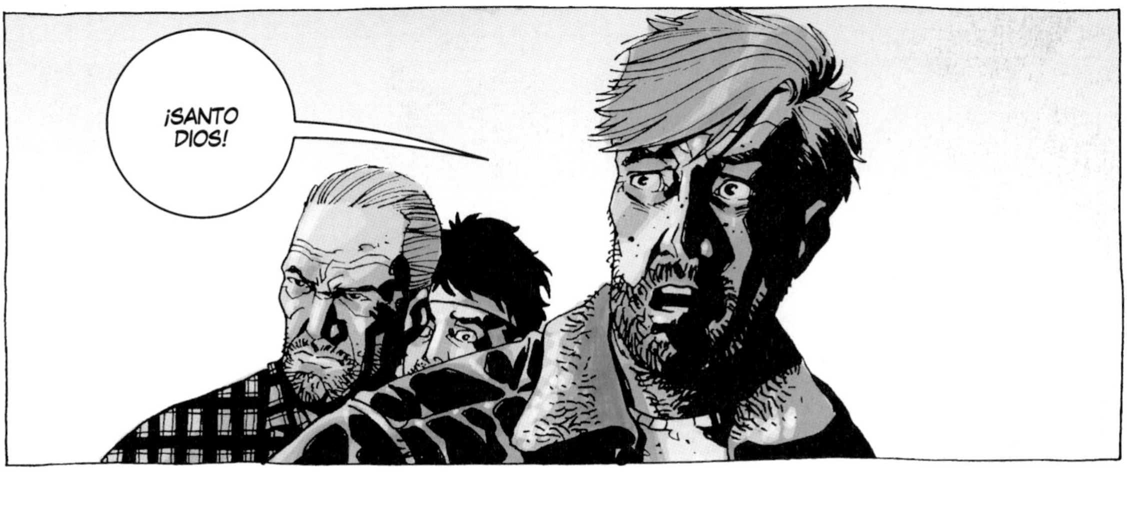
¡SANTO DIOS!

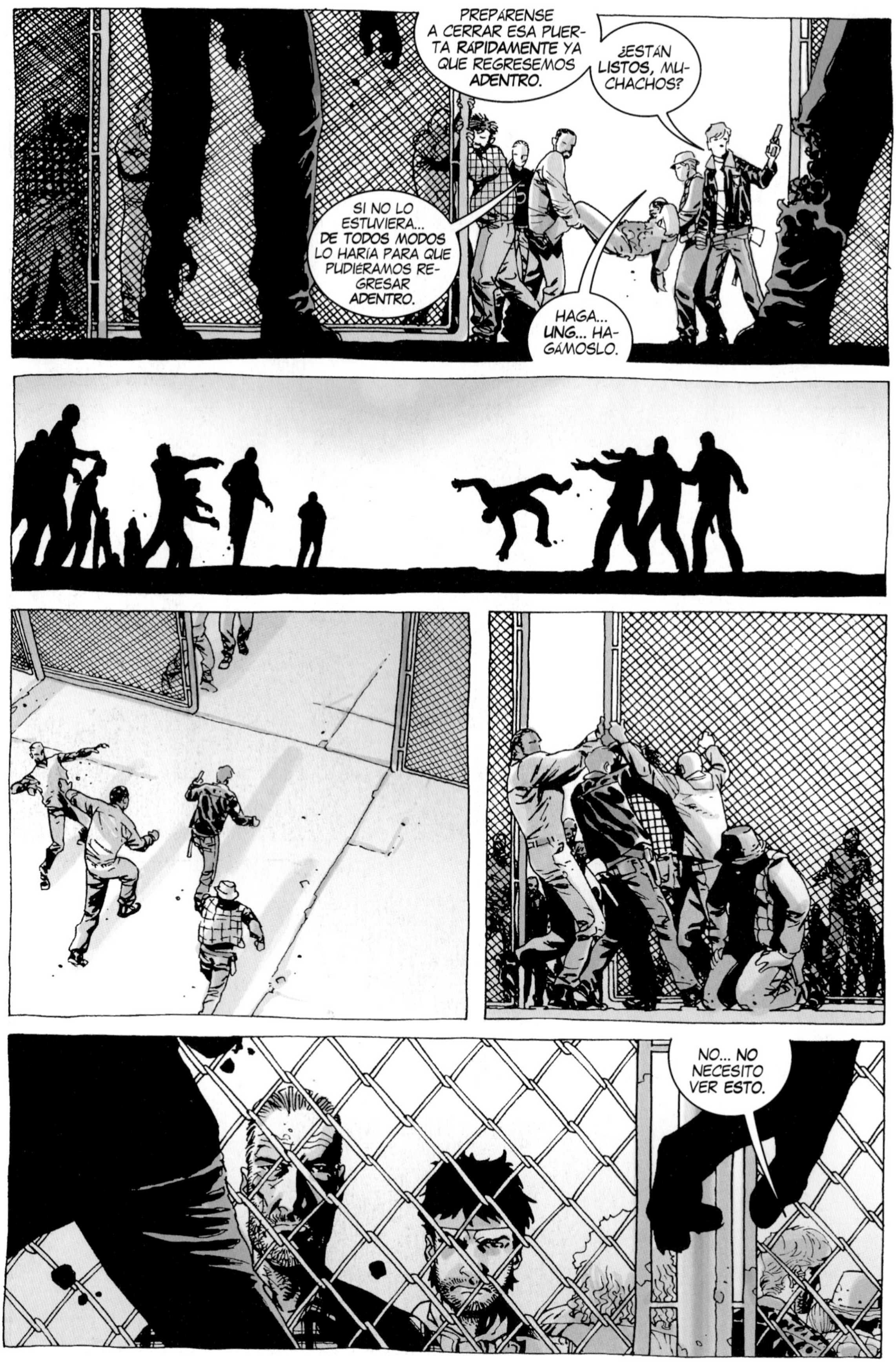

PREPÁRENSE A CERRAR ESA PUERTA RÁPIDAMENTE YA QUE REGRESEMOS ADENTRO.
¿ESTÁN LISTOS, MUCHACHOS?
SI NO LO ESTUVIERA... DE TODOS MODOS LO HARÍA PARA QUE PUDIÉRAMOS REGRESAR ADENTRO.
HAGA... UNG... HAGÁMOSLO.
NO... NO NECESITO VER ESTO.

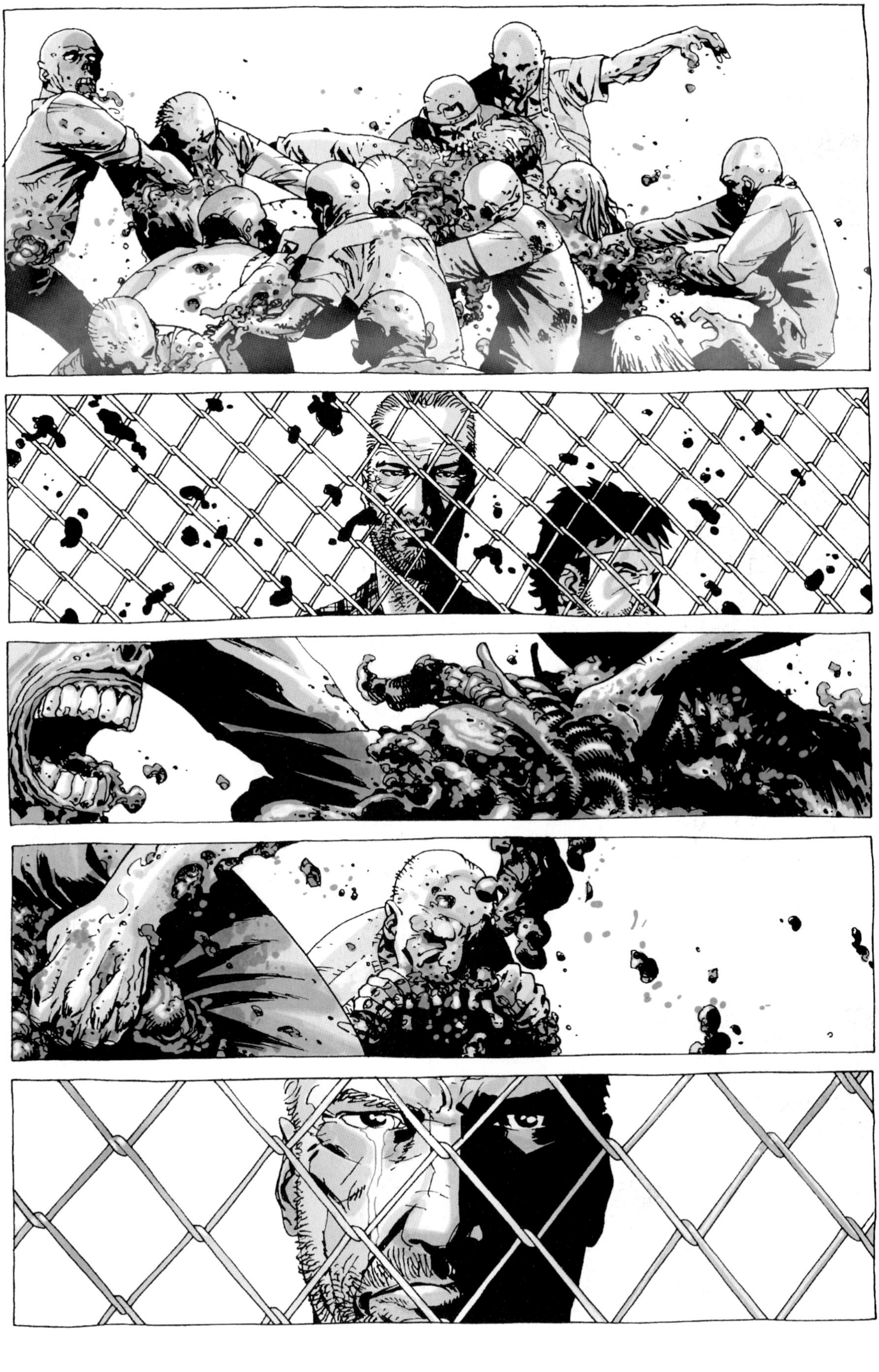

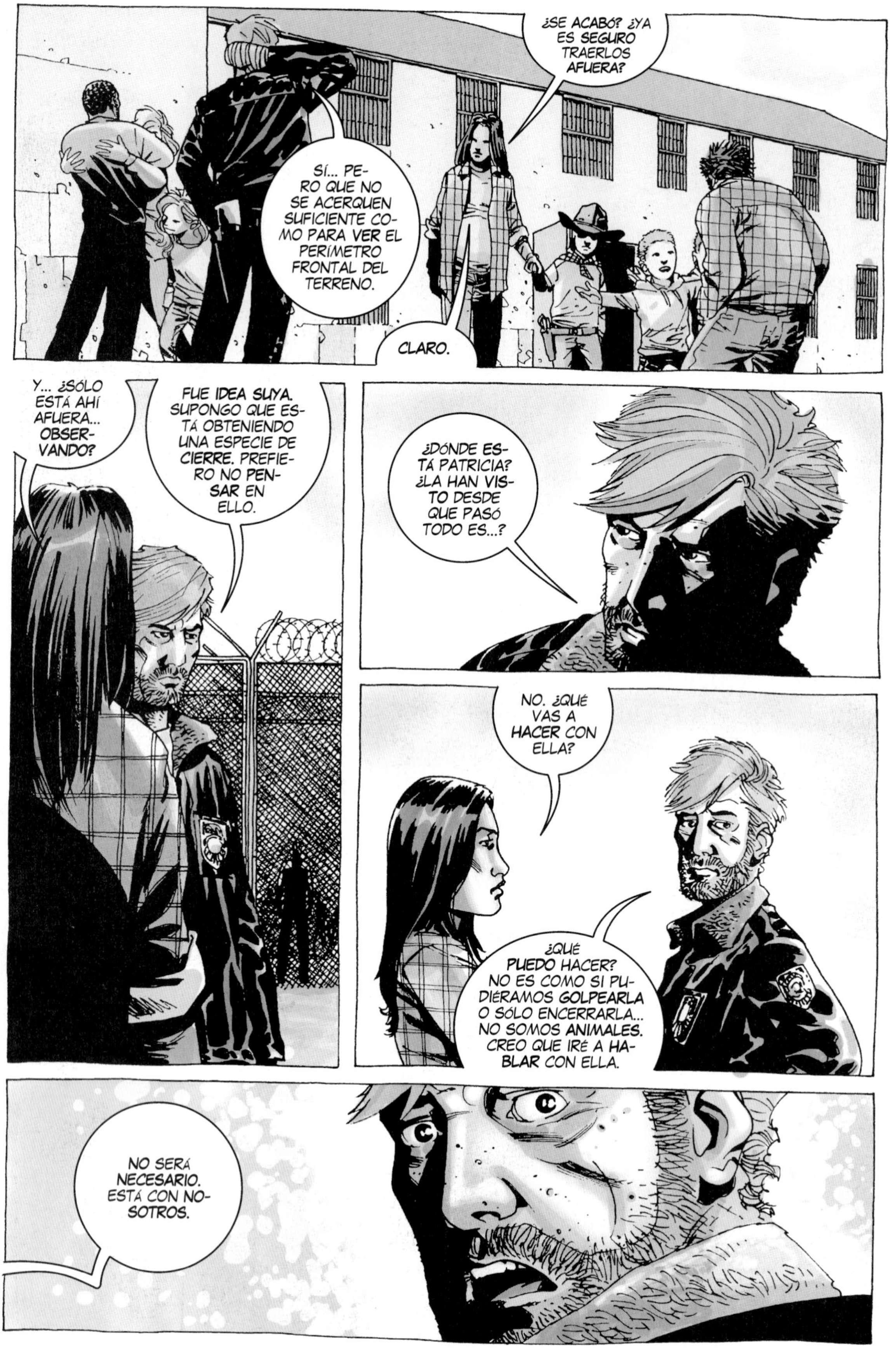
¿SE ACABÓ? ¿YA ES SEGURO TRAERLOS AFUERA?
SÍ... PERO QUE NO SE ACERQUEN SUFICIENTE COMO PARA VER EL PERÍMETRO FRONTAL DEL TERRENO.
CLARO.
Y... ¿SÓLO ESTÁ AHÍ AFUERA... OBSERVANDO?
FUE IDEA SUYA. SUPONGO QUE ESTÁ OBTENIENDO UNA ESPECIE DE CIERRE. PREFIERO NO PENSAR EN ELLO.
¿DÓNDE ESTÁ PATRICIA? ¿LA HAN VISTO DESDE QUE PASÓ TODO ES...?
NO. ¿QUÉ VAS A HACER CON ELLA?
¿QUÉ PUEDO HACER? NO ES COMO SI PUDIÉRAMOS GOLPEARLA O SÓLO ENCERRARLA... NO SOMOS ANIMALES. CREO QUE IRÉ A HABLAR CON ELLA.
NO SERÁ NECESARIO. ESTÁ CON NOSOTROS.

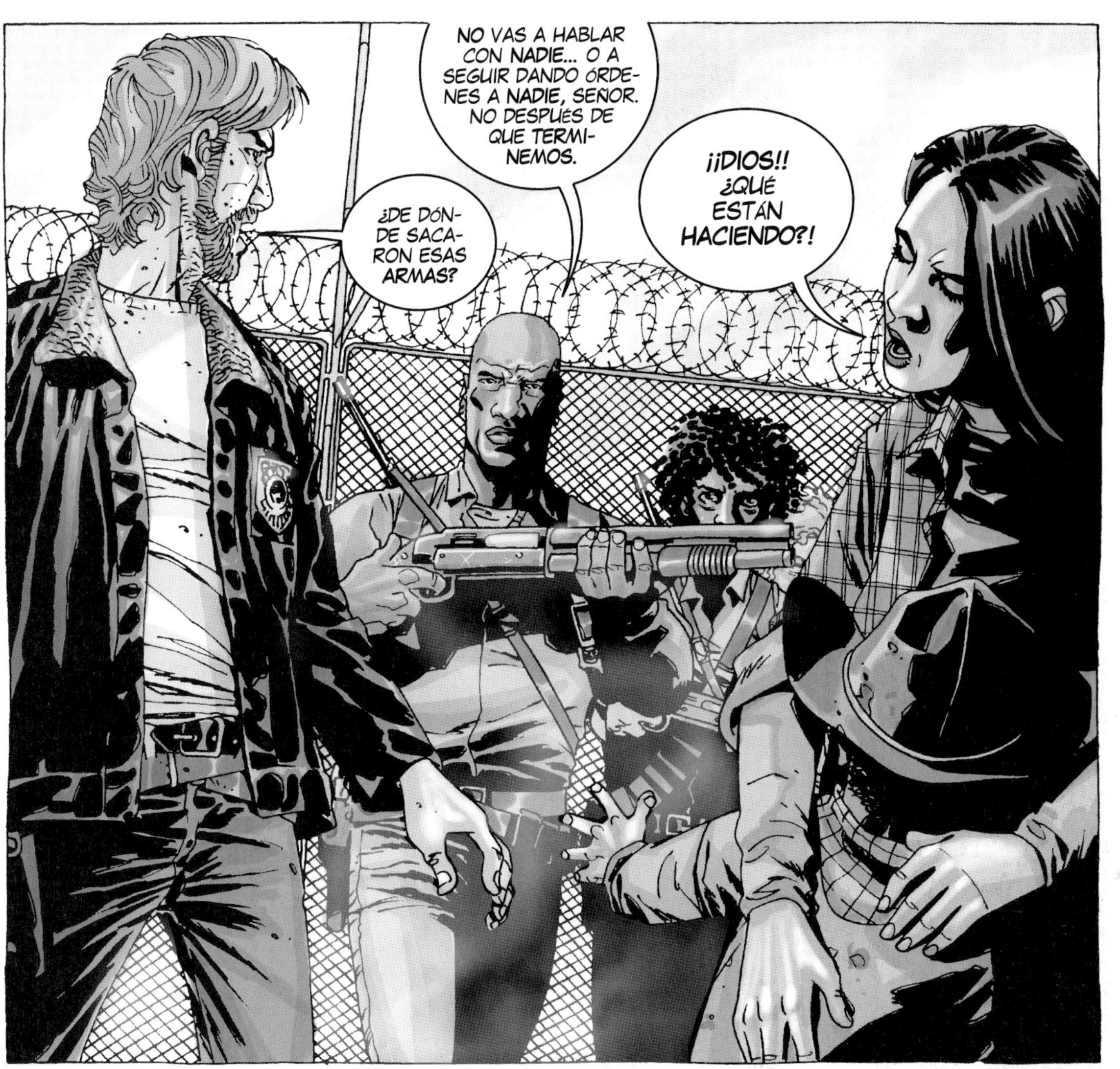
¿DE DÓNDE SACARON ESAS ARMAS?
NO VAS A HABLAR CON NADIE... O A SEGUIR DANDO ÓRDENES A NADIE, SEÑOR. NO DESPUÉS DE QUE TERMINEMOS.
¡¡DIOS!! ¿QUÉ ESTÁN HACIENDO?!

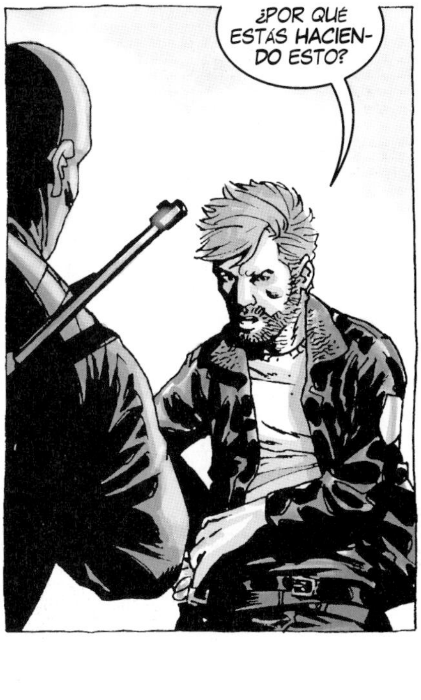
¿POR QUÉ ESTÁS HACIENDO ESTO?

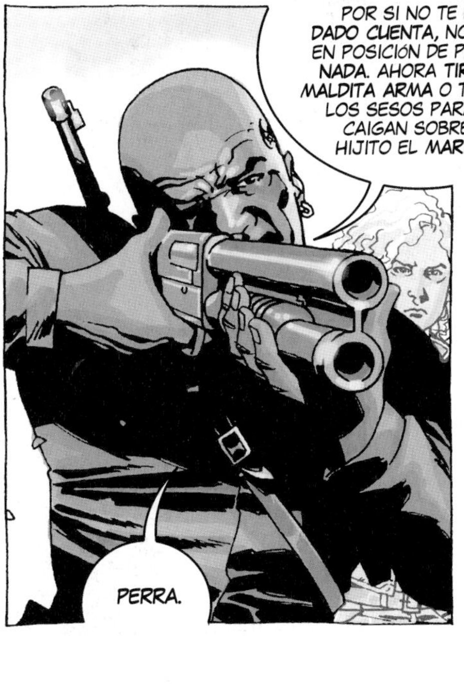
POR SI NO TE HAS DADO CUENTA, NO ESTÁS EN POSICIÓN DE PEDIRME NADA. AHORA TIRA ESA MALDITA ARMA O TE VUELO LOS SESOS PARA QUE CAIGAN SOBRE TU HIJITO EL MARICÓN.
PERRA.

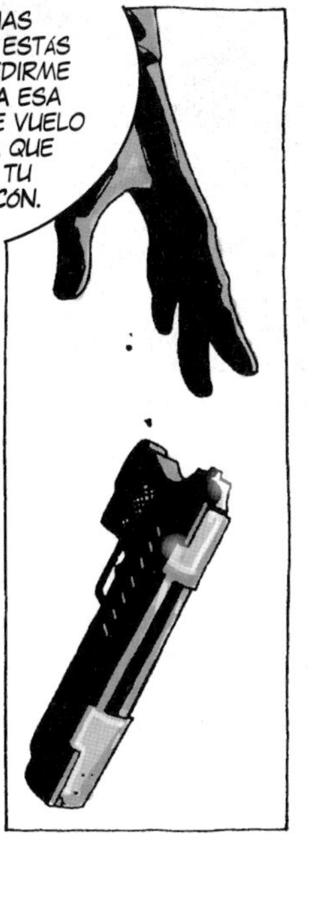

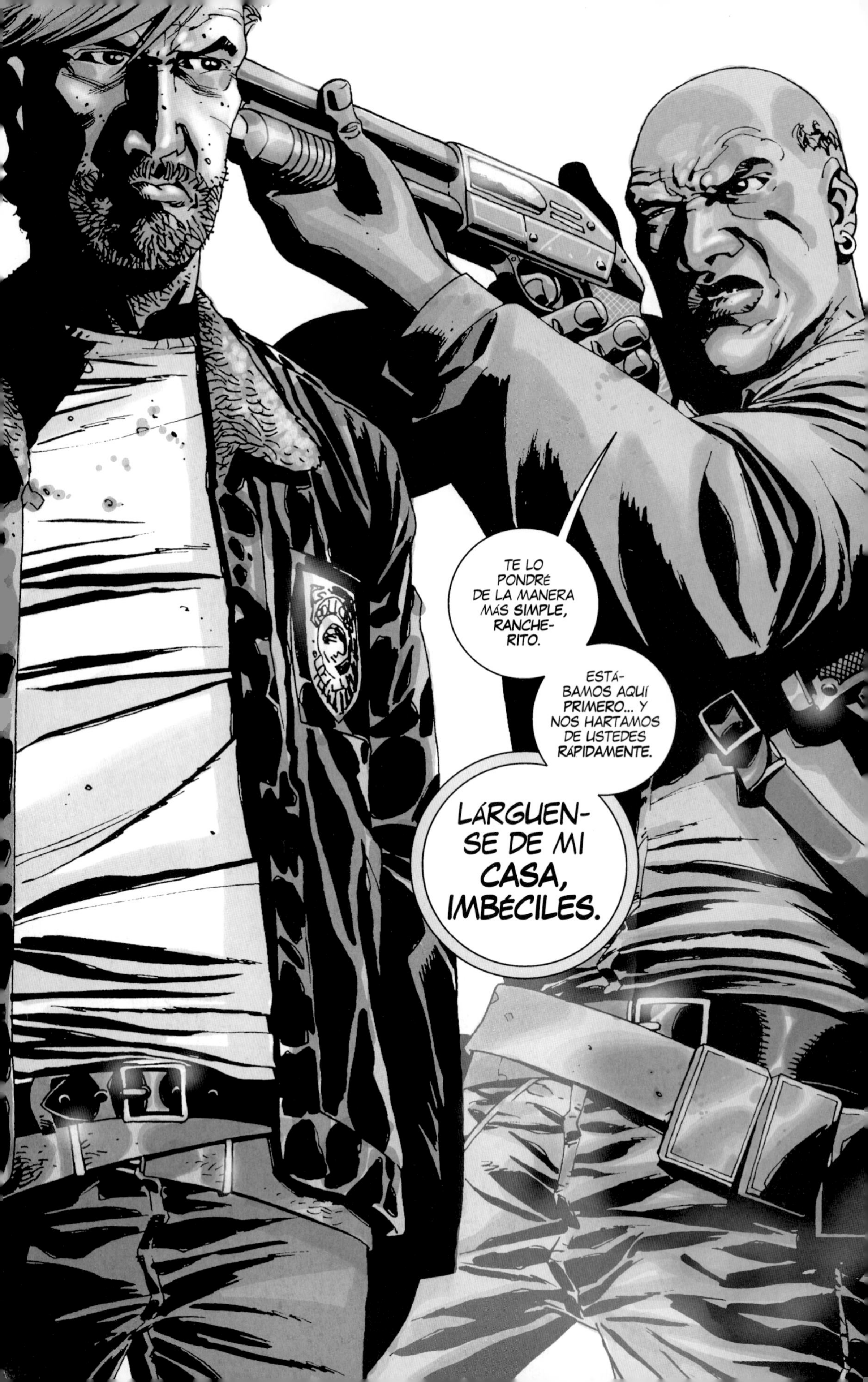
TE LO PONDRÉ DE LA MANERA MÁS SIMPLE, RANCHERITO.
ESTÁBAMOS AQUÍ PRIMERO... Y NOS HARTAMOS DE USTEDES RAPIDAMENTE.
LÁRGUENSE DE MI CASA, IMBÉCILES.

CONTINUARÁ...

FOR MORE OF THE WALKING DEAD

TRADEPAPERBACKS

ROBERT KIRKMAN TONY MOORE
THE WALKING DEAD
VOLUME 1
DAYS GONE BYE

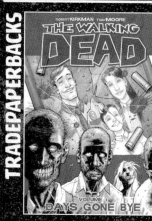

VOL. 1: DAYS GONE BYE TP
ISBN: 978-1-58240-672-5
$14.99

VOL. 2: MILES BEHIND US TP
ISBN: 978-1-58240-775-3
$14.99

VOL. 3: SAFETY BEHIND BARS TP
ISBN: 978-1-58240-805-7
$14.99

VOL. 4: THE HEART'S DESIRE TP
ISBN: 978-1-58240-530-8
$14.99

VOL. 5: THE BEST DEFENSE TP
ISBN: 978-1-58240-612-1
$14.99

VOL. 6: THIS SORROWFUL LIFE TP
ISBN: 978-1-58240-684-8
$14.99

VOL. 7: THE CALM BEFORE TP
ISBN: 978-1-58240-828-6
$14.99

VOL. 8: MADE TO SUFFER TP
ISBN: 978-1-58240-883-5
$14.99

VOL. 9: HERE WE REMAIN TP
ISBN: 978-1-60706-022-2
$14.99

VOL. 10: WHAT WE BECOME TP
ISBN: 978-1-60706-075-8
$14.99

VOL. 11: FEAR THE HUNTERS TP
ISBN: 978-1-60706-181-6
$14.99

VOL. 12: LIFE AMONG THEM TP
ISBN: 978-1-60706-254-7
$14.99

VOL. 13: TOO FAR GONE TP
ISBN: 978-1-60706-329-2
$14.99

VOL. 14: NO WAY OUT TP
ISBN: 978-1-60706-392-6
$14.99

VOL. 15: WE FIND OURSELVES TP
ISBN: 978-1-60706-440-4
$14.99

VOL. 16: A LARGER WORLD TP
ISBN: 978-1-60706-559-3
$14.99

VOL. 17: SOMETHING TO FEAR TP
ISBN: 978-1-60706-615-6
$14.99

VOL. 18: WHAT COMES AFTER TP
ISBN: 978-1-60706-687-3
$14.99

VOL. 19: MARCH TO WAR TP
ISBN: 978-1-60706-818-1
$14.99

VOL. 20: ALL OUT WAR TP
ISBN: 978-1-60706-882-2
$14.99

VOL. 1: SPANISH EDITION TP
ISBN: 978-1-60706-797-9
$14.99

VOL. 2: SPANISH EDITION TP
ISBN: 978-1-60706-845-7
$14.99

VOL. 3: SPANISH EDITION TP
ISBN: 978-1-60706-883-9
$14.99

HARDCOVERS

THE WALKING DEAD
BOOK ONE
a continuing story of survival horror.

BOOK ONE HC
ISBN: 978-1-58240-619-0
$34.99

BOOK TWO HC
ISBN: 978-1-58240-698-5
$34.99

BOOK THREE HC
ISBN: 978-1-58240-825-5
$34.99

BOOK FOUR HC
ISBN: 978-1-60706-000-0
$34.99

BOOK FIVE HC
ISBN: 978-1-60706-171-7
$34.99

BOOK SIX HC
ISBN: 978-1-60706-327-8
$34.99

BOOK SEVEN HC
ISBN: 978-1-60706-439-8
$34.99

BOOK EIGHT HC
ISBN: 978-1-60706-593-7
$34.99

BOOK NINE HC
ISBN: 978-1-60706-798-6
$34.99

COMPENDIUMS

The ultimate edition of The New York Times bestseller!
THE WALKING DEAD
COMPENDIUM ONE
Robert Kirkman • Charlie Adlard • Tony Moore • Cliff Rathburn

COMPENDIUM TP, VOL. 1
ISBN: 978-1-60706-076-5
$59.99

COMPENDIUM TP, VOL. 2
ISBN: 978-1-60706-596-8
$59.99

SPECIALTY BOOKS

THE WALKING DEAD
THE COVERS

THE WALKING DEAD: THE COVERS, VOL. 1 HC
ISBN: 978-1-60706-002-4
$24.99

THE WALKING DEAD SURVIVORS' GUIDE
ISBN: 978-1-60706-458-9
$12.99

OMNIBUS

THE WALKING DEAD

OMNIBUS, VOL. 1
ISBN: 978-1-60706-503-6
$100.00

OMNIBUS, VOL. 2
ISBN: 978-1-60706-515-9
$100.00

OMNIBUS, VOL. 3
ISBN: 978-1-60706-330-8
$100.00

OMNIBUS, VOL. 4
ISBN: 978-1-60706-616-3
$100.00